日本俳味

[日] 正冈子规 著
王向远 郭尔雅 译

复旦大学出版社

目 录 | Contents

俳句、俳论、俳味与正冈子规（代译本序） 王向远 / 1

向井去来 / 1

獭祭书屋俳话 / 6

芭蕉杂谈 / 19

文学的本分 / 54

地图的观念与绘画的观念 / 57

俳谐大要 / 63

俳句问答 / 140

松萝玉液 / 173

我的俳句 / 176

俳句和汉诗 / 190

俳人芜村 / 221

致歌人书 / 264

"古池"句之辩 / 274

新派俳句的倾向 / 289

关于雅号 / 310

明治三十年的俳句界 / 321

明治三十一年的俳句界 / 327

明治三十二年的俳句界 / 331

俳句中的京都与江户 / 335

病床六尺 / 346

译后记 / 351

俳句、俳论、俳味与正冈子规（代译本序）

⊙ 王向远

一、从和歌、连歌、俳谐连歌到俳谐

俳句，旧称"俳谐"，是日本文学中的一朵奇葩，是世界文苑中清新朴素的小花。它的产生与成长经历了上千年的漫长过程。其名称"俳谐"本来是汉语词汇，《辞源》"俳谐"释义："戏谑取笑的言辞。""戏谑取笑"当然是一种语言技巧和游戏，也含有语言艺术的成分，因此在中国"俳谐"也是一个文学概念。在中国文学中，有"俳谐文""俳谐诗""俳谐词""俳谐曲"之类的体裁类型，都是对诗文词曲的"俳谐"特性的概括。但是，长期以来，俳谐在中国文学中只是一个依托在诗文词曲上的一个概念，它本身并没有成为一种独立的文体样式。在日本，起初"俳谐"这个词和中国的用法一样，就是用来标注滑稽谐谑的文学题材类型，除了"俳谐诗"之外，在日本独特的文学样式"和歌"中，有"俳谐歌"这样一类滑稽、谐谑风格的和歌，10世纪初的《古今和歌集》中把"俳谐歌"编在"杂歌"中。

早在平安王朝时代（794—1192），作为一种高雅的游戏，贵族歌人们将"五七五七七"五句共 31 个字音的短歌（"短歌"是和歌的基础样式），按"五七五"上句和"七七"下句的形式互相唱和，产生了"连歌"，是为"短连歌"。到了镰仓幕府时代（1192—1333），又逐渐形成了以 36 首（称为"歌仙"）为一组、50 首（称为"五十韵"）或 100 首（称为"百韵"）为一组的多人联合轮流吟咏（连歌会）的形式，与起初的"短连歌"相对而言，叫做"长连歌"。又因为"连歌"是把完整的"歌"拆分成"句"加以连锁吟咏，后又被称为"连句"。"连歌"与"连句"的不同称谓，初步有了"歌"与"句"（和歌与俳句）的分别。到了室町幕府时代（1336—1573）前期，连歌理论家二条良基（1320—1388）对连歌作了系统的理论阐释，制定了连歌会的种种规则，并在连歌理论中最早使用"俳谐"这一概念，把"俳谐"列入连歌的部类。比起传统的和歌来，连歌（连句）虽然也使用文言雅语，也秉承和歌的"物哀""幽玄""风雅""有心"的贵族文学的审美传统，但其本质在于其社交性、游戏性、趣味性，故而发展到室町时代末期，趣味性的诙谐滑稽、幽默机智成为连歌的主流，这种连歌被称为"俳谐连歌"。

到了公元 16 世纪的室町时代末期至江户时代（1603—1867）早期，随着贵族文化的没落和町人（市井）文化的兴起，俳谐连歌也受到市井平民的欢迎。山崎宗鉴（约卒于

1553）、荒木田守武（1473—1549）把"俳谐连歌"中的"发句"（首句）加以独立，使其成为"五七五"3句17字音的独立体裁，并规定这样的俳谐中须含有表示特定季节的词语即"季语"，在风格上则强调通俗、滑稽、谐谑，以自由表达庶民的感受与感情，完成了在创作主体上由贵族向平民的转换。这类脱胎于俳谐连歌的新的样式，被简称为"俳谐"。而在此前，不管是"俳谐歌"还是"俳谐连歌"都是和歌或连歌的一种，和歌的"俳谐"趣味主要表现在题材上，吟咏轻快、谐谑的事物；而"俳谐连歌"的"俳谐"趣味则主要是集体联合吟咏本身所带有的那种社交性、程式性与游戏色彩，因而十分注重集体之间的谐调配合、心照而宣、相互接续的技巧与规则。若是这方面做得恰到好处，连歌的俳谐趣味就自然表现出来。

到了16世纪后，松永贞德（1571—1653）主张俳谐不使用和歌那样的雅语，而是使用日常俗语，从而使俳谐在语言风格上与传统的连歌相区分，这样的语言就是所谓"俳言"。"俳言"包括了当时的俗语与汉语，是古典和歌和连歌所不用的。主张俳谐使用俳言，就等于跟古典和歌、连歌的"雅言"划清了界限，并将"俳谐连歌"的"俳谐"趣味由连歌的集体游戏本身转到语言本身。换言之，不再是此前由多人吟咏的谐调配合所产生的俳谐趣味，而是由俳谐语言（俳言）本身产生俳谐趣味。这就从根本上将古典和歌、连歌从贵族文艺样式转变为平民文艺样式，也促使"俳谐"脱离对和歌、连歌的依附，从而获得独立，因而很受民众欢迎，形成了所谓"贞门派"。接着，西山宗因（1605—1682）及其"谈林派"（又作"檀林派"）打破了贞门派的一些清规戒律，进一步将俳谐加以庶民化，主张即兴吟咏，以滑稽诙谐的游戏趣味为中心，为此将俳谐的题材范围扩大至日常生活的一切方面，将俳言的范围扩大到民间俗谣、谚语、佛教用语等，甚至有时候还可以突破"五七五"句的限制，允许"破格"之句的存在。但是另一方面，谈林派的俳谐虽打破了一切规矩，也因过于自由随意而逐渐失去艺术规范，只要大体是"五七五"格律，便百无禁忌，脱口而出。这样一来，滑稽趣味倒是有，但艺术韵味及文学品位则很难保持了。像井原西鹤的"矢数俳谐"（"矢数"指在特定时间内射出箭数的）那样，创造了一昼夜独吟23 500多句的惊人记录，但不免粗制滥造、俚俗不堪了。

在这种情况下，对俳谐的革新势在必行。如何将俳谐从俚俗、浅陋中提升起来，使其获得纯正的艺术品位，如何使俳谐由滑稽的语言搞笑成为雅俗共赏、怡情悦性的文学样式，成为一个时代的课题。就在此时，松尾芭蕉出现了。

二、松尾芭蕉与俳谐的古典化

松尾芭蕉（1644—1696）之所以被尊为"俳圣"，就在于他及他的弟子（所谓"蕉门弟子"）在实践与理论上，把俳谐由一种语言游戏而改造为一种语言艺术。芭蕉把佛教的博大、禅宗的悟性、汉诗的醇厚以及和歌与连歌的物哀、幽玄与风流等，有机统一起来，提出了"风雅之诚""风雅之寂"说，对后世影响甚为深远。

所谓"风雅"，指的是俳谐（俳句）这种文体，也指"俳谐"这种文学样式所应具有的基本精神。而"风雅"之所以是"风雅"，就在一个"诚"（まこと）字，"诚"就成为"风雅"的灵魂。若没有"风雅之诚"，本来以滑稽搞笑为特征、以游戏为旨归的"俳谐"就只能是一种消遣玩物。关于俳谐之"诚"，芭蕉的弟子服部土芳在其俳论著作《三册子》中有很好的阐述，他写道：

> 俳谐从形成伊始，历来都以巧舌善言为宗，一直以来的俳人，均不知"诚"（まこと）为何物。回顾晚近的俳谐历史，使俳谐中兴的人物是难波的西山宗因。他以自由潇洒的俳风而为世人所知。但宗因亦未臻于善境，乃以遣词机巧知名而已。及至先师芭蕉翁，从事俳谐三十余年乃得正果。先师的俳谐，名称还是从前的名称，但已经不同于从前的俳谐了。其特点在于它是"诚之俳谐"。"俳谐"这一称呼，本与"诚"字无关。在芭蕉之前，虽岁转时移，俳谐却徒然无"诚"，奈之

若何!①

服部土芳还对"诚"作了不同角度的阐释。他认为,"诚"首先应该具备审美之心,就是用风雅之心拥抱世界,用审美的眼光关注大自然的一切,特别是要在汉诗、和歌中不以为美的事物中发现美,服部土芳说:"献身于俳谐之道者,要以风雅之心看待外物,方能确立自我风格。取材于自然,并合乎情理。若不以风雅之心看待万物,一味玩弄辞藻,就不能责之以'诚',而流于庸俗。"②又说:"汉诗、和歌、连歌、俳谐,皆为风雅。而不被汉诗、和歌、连歌所关注的事物,俳谐无不纳入视野。在樱花间鸣啭的黄莺,飞到檐廊下,朝面饼上拉了屎,表现了新年的气氛。还有那原本生于水中的青蛙,复又跳入水中的发出的声音,还有在草丛中跳跃的青蛙的声响,对于俳谐而言都是情趣盎然的事物。"③像这样"以风雅之心看待万物",就是俳谐之"诚"。而另一方面,"风雅之诚"的"诚"也意味着尊重客观事物的"真",俳人虽须风

---

① 服部土芳:《三册子》,王向远译《日本古代诗学汇译》下卷,昆仑出版社,2014年,第631—632页,版本下同。
② 服部土芳:《三册子》,王向远译《日本古代诗学汇译》下卷,第649—650页。
③ 服部土芳:《三册子》,王向远译《日本古代诗学汇译》下卷,第634页。

雅，但不能太主观，不能过分逞纵"私意"，据服部土芳说，其先师曾说过："松的事向松学习，竹的事向竹讨教。"他认为这就是教导俳人"不要固守主观私意，如果不向客观对象学习，按一己主观加以想象理解，则终究无所学。"服部土芳认为："向客观对象学习，就是融入对象之中，探幽发微，感同身受，方有佳句。假如只是粗略地表现客观对象，感情不能从对象中自然产生，则物我两分，情感不真诚，只能流于自我欣赏。"① 而"如果不能融入客观对象，就不会有佳句，而只能写出表现'私意'的句子。若好好修习，庶几可以从'私意'中解脱出来。"② 由此而提出了"去私"的主张。既有风雅之心，又要去除私意，主观与客观融通无碍，自然也就能做到"高悟归俗"。据服部土芳说，"高悟归俗"是其先师芭蕉的教诲，就是俳人首先要有"高悟"，也就是对自然与人事的高度的悟性、高洁的心胸、高尚的情操、高雅的趣味，然后再放低身段"归俗"，也就是要求俳人以雅化俗，具有贵族的趣味、平民的姿态。

  蕉门俳论中的"风雅之诚"，也被表述为"风雅之寂"。"寂"（さび，sabi）与"诚"一样，是芭蕉即蕉门俳谐美学

---

① 服部土芳：《三册子》，王向远译《日本古代诗学汇译》下卷，第650页。

② 服部土芳：《三册子》，王向远译《日本古代诗学汇译》下卷，第664页。

的基本概念，两者内涵上有相通之处，但"诚"是心物合一、主客合一乃至天人合一的最高本体。《中庸》曰："诚者天之道，诚之者人之道也。"《孟子》曰："诚者天之道也，思诚者人之道也。""诚"是人所思、所追慕的主体，而"寂"则是"诚"的表现，有了"诚"，则会表现为"寂"。同时，"寂"不仅适用于俳谐，也适用于其他文学艺术，只是"寂"在俳谐中得到了更为集中的体现。对蕉门俳论中的"寂"论加以分析，可以发现"寂"的内涵构造有三个层面：第一是听觉上的"寂之声"，是"此处有声胜无声"，是在喧嚣中"寂听"，这是审美之耳，是一种听觉的审美修炼；第二是视觉上的"寂之色"，就是在陈旧、破损、灰暗、残破的事物上，发现美之所在，这是审美之眼，是视觉的审美修炼；第三是精神内涵上的"寂之心"，就是在俳谐创作中进行心性的修炼，在"虚与实""雅与俗""老与少"和"不易与流行"（不变与变）的对立调和中，追求自由的境界，营造审美的心境。①

松尾芭蕉在世时及去世后，影响很大，而且越来越大。蕉门弟子（最著名的是所谓"蕉门十哲"）对芭蕉的作品不断加以辑录、品评，对芭蕉的俳论加以理解阐发，也借此宣扬自己的创作及理论主张。虽然互相之间有党同伐异之争，但

---

① 参见王向远：《论"寂"之美——日本古典文艺美学关键词"寂"的内涵与构造》，载《清华大学学报》2012年第2期。

对芭蕉则都奉若神明。普通俳谐作者都以芭蕉为典范和榜样，芭蕉的俳谐创作及其风格被尊为"正风"或"正风俳谐"，牢牢地确立了其典范、正统的地位。

三、正冈子规的芭蕉、芜村论与俳句的近代化

但是，进入了明治维新后的近代日本社会，在西方文学及文学理论的强势影响下，俳谐与其他文学样式一样，在理论与创作上也面临着近代化转型。而领导并实现这个转型的，是明治时代著名文学家正冈子规。

正冈子规（1867—1902）别名獭祭书屋主人、竹里人，著名歌人、俳人、散文作家，出身于松山的藩士家庭。东京大学国文学科肄业，1892年移居东京根岸，加入《日本》报社，创作小说并研究俳谐，提倡俳句革新。1892年开始在杂志《日本》中连载《獭祭屋俳话》，首发俳句革新的主张，同年发表《芭蕉杂谈》，试图打破对松尾芭蕉的偶像崇拜。1895年在《日本》上连载《俳谐大要》，将写实主义引入俳谐论，认为写实方法最适合于俳句，但同时也不排斥理想（想象），主张将写实与想象统一起来。在此基础上系统讲授了俳句的学习方法与创作要领，详细列举了各种类型的俳句作品并进行品评，讨论俳谐创作中应该注意的问题，意在给俳句初学者提供入门书。在日本文学近代文论史上，《俳谐大要》堪

与坪内逍遥的《小说神髓》媲美，可以说是"近代俳论中的《小说神髓》"。1898年主编《杜鹃》杂志并以此为阵地继续推进俳句革新。他后来主张将"俳谐"或"发句"定称为"俳句"（はいく），并为后世接受和沿用。俳句革新后，正冈子规又进行和歌革新运动。1898年连载的《致歌人书》提出革新短歌，推崇《万叶集》，贬低《古今和歌集》，对歌坛造成相当的冲击。1899年成立"根岸短歌会"。子规拥有一大批门人，包括夏目漱石、高浜虚子、河东碧梧桐等，形成了俳句上的"《日本》派"，在日本俳句史上占有核心位置。如果说，松尾芭蕉是古代俳谐的偶像与祖师，那么正冈子规就是近代俳谐的本尊。

在俳句革新过程中，如何看待传统与近代的关系是一个根本问题。而如何看待俳谐的传统，与如何看待松尾芭蕉及其遗产的问题是密不可分的。子规要实现俳句的近代化，就要与传统的俳谐作一定意义、一定程度的切割，就要触及传统俳谐的偶像松尾芭蕉，就要打破长期以来人们对芭蕉的崇拜。总体上，子规对芭蕉及其门人还是甚为赞赏的，他承认芭蕉在俳句史上的开创性及崇高地位，在《芭蕉杂谈·六》中，子规写道："芭蕉之前的十七字诗（连歌、贞门、檀林）皆落入俗套，流于谐谑，缺乏文学价值……芭蕉的出世，是贞享、元禄年间树起来一面旗帜，不但使俳谐面目一新，而且也使得《万叶集》之后的日本韵文学面目一新。何况在雄浑博大方面，在芭蕉之前绝无仅有，芭蕉之后也绝无仅有。"在《俳人芜村》一文中，他又认为："芭蕉的创造在俳句史上值得大书一笔，这自不待论，也无人能凌驾其上。芭蕉的俳句在其多样的变化、雄浑与高雅的风调上，都可谓是俳句界中的第一流，加之其在俳句上的开创之功，自然博得了无上的赏赞。然而在我看来，他所得的赏赞于他俳句的价值而言，实在是过分的赏赞。"子规反对对芭蕉做过分赞赏，更反对对芭蕉的崇拜。在《芭蕉杂谈·二》中，子规写道：

> 看看松尾芭蕉在俳谐界的势力，与宗教家在宗教中的势力非常相似。多数芭蕉的信仰者未必对芭蕉的为人和作品有多少了解，也未必吟咏芭蕉的俳句并与之共鸣，而只是对芭蕉这个名字尊而慕之，即便是在日常的聊天闲谈中，说一声"芭蕉""芭蕉翁"或者"芭蕉樣①"正如宗教信仰者口念"大师""祖师"等一模一样。更有甚者，尊芭蕉为神，为他建了庙堂，称为本尊，这就不再把芭蕉视为文学家，而是将他看成是一种宗教的教祖了。这种情形，在和歌领域除了人丸（柿本人麻吕——引者注）之外，尤有其例。而芭蕉庙堂香火之盛、"芭蕉冢"之多，远远超出任何人。

---

① 樣：日语读作"さま"，接尾词，接在人名后面表示尊敬。

显然，子规所言，是俳坛的实情。但他只是批判这种现象，却缺乏同情的理解。加之子规35岁时就因病去世了，虽然生前付出了常人难有的努力，但因为很年轻，毕竟生活沉潜不够，特别是没有走进日本及东方传统哲学与美学中对芭蕉加以理解，他对有关的"俳书"特别是蕉门的俳论著作，似乎没有仔细研读。因而，对于芭蕉的"风雅之诚""风雅之寂"的概念，对于芭蕉俳句的"枝折"之姿，对于芭蕉的"高悟归俗""夏炉冬扇"等命题，子规甚至根本未曾触及。芭蕉及"蕉风俳谐"独特的文化美学的蕴涵，亦即"俳味"究竟是什么，子规没有看出来，更没有点出来。他用以理解芭蕉的，只有刚刚传到日本不久的西方文学理论与美学理论。因芭蕉的"风雅之诚""风雅之寂"不在西方的美学理论框架中，所以也被子规严重忽视。在《芭蕉杂谈》中，子规对芭蕉的评价，只能根据西方人的社会阶级的观念，说芭蕉的创作是"平民化"的，属于"平民文学"；又根据西方的"写实主义"观，说芭蕉的名作《古池》"是最为本色最为写实的"；还根据西方美学关于"美"的形态（优美、崇高）的定义，说芭蕉俳句"雄浑博大"，是"雄壮之美"。由于他对芭蕉及蕉门俳句理论与创作的理解过于单调与偏狭，子规对芭蕉的美学理解与发现就是很有限的了。所以他断言："我认为芭蕉的俳句有一多半是恶句劣作，属于上乘之作者不过几十分之一，值得称道的寥若晨星"，"芭蕉所作俳句有一千余首，佳句不过二百首。"这些看法虽然过激偏颇，但其动机显然是为了打破芭蕉崇拜从而推动俳句的近代革新，确立近代俳句的新的美学规范。

但是，子规否定了作为偶像的芭蕉，却只能在古典俳人中寻找到另一种典范，那就是与谢芜村（1716—1783）。他在《芭蕉杂谈·补遗》中对芭蕉与芜村作了比较，认为芭蕉并非无人可比，而能够与他匹敌的就是与谢芜村。他说：

> 芭蕉的俳句只吟咏自己的境遇生涯，即他的俳句题材仅限于主观的能够感动自己的情绪以及客观的自己所见闻的风光人事。这固然应当褒扬，但完全从自己的理想出发而将未曾看到的风光、不曾经历的人事都排除在俳句的题材之外，这也稍能见出芭蕉器量的狭小（上世诗人皆然）。然而芭蕉因喜好跋山涉水，也就从实际经历中获取了许多好的素材。后世俳人常安坐桌边，又不吟咏经历以外的事物，却自称是奉芭蕉遗旨，实在是井底之蛙，所见不过三尺之天，令人不忍捧腹。而能够从空想中得出好的题材，作出或崭新或流丽或雄健的俳句并痛斥众人的，二百年来唯有芜村一人。

在这里，子规根据当时刚从西方引进的"写实""理想"及"写实主义""理想主义"的概念，并以此为据评价芭蕉与芜村，认为俳句应该"写实"，吟咏状写所见之物，也应该表达未曾亲见、但通过想象间接体验的事物，亦即"理想"的事物，应该是"写实"与"理想"兼备。在《俳人芜村》中，子规更以"写实"与"理想"来评论与比较芭蕉与芜村。从美的形态上，他又把"写实"与"理想"的美，表述为"客观的美"和"主观的美"。他认为芜村的俳句既有写实即客观的美，也有理想即主观的美，是写实与理想的结合，但芭蕉就没有做到这一点——

> 芭蕉起初也曾作过像这样不无理想之美的俳句，但自从一度将"古池"之句定为自己的立足之本后，便彻头彻尾地只遵从纪实的方法作句了。而其纪实，并非从自己所见闻的一切事物中寻索句作，而是将脱离了自我的纯客观的事物全部舍弃，仅止于以自己为本吟咏与自己相关联的事物。今天看来，其见识的卑浅实在让人哂笑。这大概是芭蕉虽在感情上并非完全不理解理想之美，但出于"理窟"①的考虑却将理想判定为非美的原因。芭蕉不为当世所知，始终立于逆境，却意志坚定、严谨修身，他为人一丝不苟，从不说谎，或许就是因为这样，

---

① 理窟：日本古代文论中的一个概念，意即爱讲大道理、道理的陷阱，认为文学创作应该避免"理窟"。

他在文学上也排斥理想；或者因为他爱读的杜诗多为纪实之作，他便认为俳句也应当如此。

同时，子规还用"积极的美"与"消极的美"这对概念，来比较芭蕉和芜村。在《俳人芜村》中，他写道：

> 美有积极与消极之分。所谓积极的美，指的是其意匠壮大、雄浑、劲健、艳丽、活泼、奇警的事物，而消极的美则是指其意匠古雅、幽玄、悲惨、沉静、平易的事物。概言之，东洋的艺术文学倾向于消极的美，而西洋的艺术文学则倾向于积极的美。若不问国别，只以时代区分而言，上代多为消极的美而后世多为积极的美（但壮大雄浑者却多见于上代）。因此，从唐代文学中获得启发的芭蕉在俳句上多用消极的意匠，而后世的芭蕉派也纷纷效仿。他们将寂、雅、幽玄、细柔作为美的极致，这无疑是消极的（芭蕉虽有壮大雄浑的句作，却并未传于后世）。因此学习俳句的人将消极的美作为美的唯一而加以崇尚，看到艳丽、活泼、奇警的俳句，则视之为邪道，以为是卑俗之作。这恰如醉心于东洋艺术的人以为西洋艺术尽属野卑而加以贬斥一样。

像这样把"美"分为"积极"和"消极"两种形态，提出

"积极的美"与"消极的美"的概念，似乎也不见于西方美学史。这是否为正冈子规自己的心得发明，尚待考察。但可以肯定的是，"积极"与"消极"是西语的译词，其中带有西方思想即西方式的价值判断的意味是毋庸置疑的。他以此来评价芭蕉的俳谐美学乃至整个日本传统美学，认为"寂、雅、幽玄、细柔"都属于"消极之美"，虽然他承认"我们难以对积极的美与消极的美加以比较并进行优劣判断，两者同为美的要素，这自不待论。从其分量而言，消极的美是美的一面，而积极的美则是美的另一面"，但是，他认为在日本传统文学中，在以芭蕉为代表的俳谐中，消极之美一直占了主流，甚至"将消极的美视为美的全部"。从矫枉过正的角度，子规显然是推崇"积极之美"而贬低"消极之美"的。他认为，芜村比芭蕉更多"积极之美"。另外，他认为在描写"人事之美""复杂之美"与"精细之美"方面，在语言的运用方面，芜村也都胜于芭蕉。总之，"芜村的俳句技法横绝俳句界，以致芭蕉、其角均不能及"。

由以上分析可见，正冈子规对俳句的革新，其基本策略就是打破芭蕉这尊俳坛偶像，以"写实之美"与"理想之美"、"积极之美"与"消极之美"之类的来自西方的美学标准，对芭蕉及传统的俳谐美学，作重新评价，提倡俳句创作"写实"与"理想"的结合，推崇"积极之美"，为此而将江户时代的另一位俳人与谢芜村作为俳句的新的美学典范加以推崇。子规的俳论对传统既有继承，更有反逆，在俳谐美学的趣味上显示了与芭蕉及蕉风俳谐的一定程度的断裂，开辟了俳句史上的"近代"。

子规因肺病早逝，但他的俳句革新的精神被其弟子们继承下来，例如高浜虚子（1874—1959）主要继承了子规的写实论及写生论，推行稳健的俳句革新，使《杜鹃》杂志成为日本俳句史上历史最为悠久、影响最大的杂志；而另一个弟子河东碧梧桐（1873—1937）则以激进的姿态提倡"新倾向俳句"，主张摆脱季语、五七调等形式的制约，强调个性与即事感兴的主观表达，促使了自由律俳句的产生。二者都是对子规俳论的特定角度的继承与发展，都对现代俳句产生了深远的影响。

日语中有一个词，叫做"俳味"，与"茶味""诗味"一样，属于东方"味"论美学的一个概念。俳味，通常的解释是："俳谐所具有的情趣，轻妙、洒脱的韵味"（《大辞林》）；"俳谐所特有的文雅而有俏皮的趣味"（《新明解国语词典》）。看来，"俳味"这个词就是俳句审美趣味、美学特征的概括。纵观日本文学史上从古典"俳谐"到近代"俳句"的演变，从早期"俳谐"的谐趣、滑稽，到古代俳谐的"风雅之诚""风雅之寂"的自然观照的态度和"高悟归俗"的人生姿态，再到写实与理想、积极与消极之美相统一的近代俳句，都有一以贯之的"俳味"在。而正冈子规的俳句理论，本质上也就是俳味论,不仅是传统俳味的现代阐释,也是传统俳谐理论的继承、扬弃与发展。

因此,要了解日本俳句,品鉴日本俳味,我们很有必要翻译正冈子规的俳论。首先,从中国翻译史上看,子规作为文学大家,汉译太少,其俳论在日本现代文学理论与美学理论中占有重要的位置,却一直未有译介,这个空白应该填补。其次,随着中国读者对日本文化与文学学习了解的全面与深入,俳句作为日本的特色文学已经引起了很多读者的关注与兴趣。子规的俳论纵古论今,在俳句理论史上承前启后,有助于我们了解俳句的历史沿革、来龙去脉与美学面貌。不读子规的俳论,俳句许多问题就难以搞清。

2017 年 12 月 22 日

向井去来

蕉门①多豪杰。丈草②老劲、富含禅意，岚雪③冲澹、深谙古学，其余则许六④健矫，支考⑤豪放，北枝⑥清丽，野坡⑦奇

---

① 蕉门：指松尾芭蕉的门徒及形成的门派。

② 丈草：内藤丈草（1662—1704），爱知县人，江户前中期俳人，通称林右卫门，号丈草，别号佛幻庵，蕉门十哲之一。

③ 岚雪：服部岚雪（1654—1707），淡路人，江户前期俳人，别号岚亭治助、雪中庵、不白轩、寒蓼斋、寒蓼庵、玄峰堂、黄落庵等，芭蕉弟子。

④ 许六：森川许六（1656—1715），江户前中期俳人，名百仲，字羽官，别号五老井、无无居士、琢琢庵、碌碌庵、如石庵、巴东楼、横斜庵、风狂堂等。蕉门十哲之一。

⑤ 支考：各务支考（1665—1731），美浓人，江户前期俳人，别号东华房、西华房、狮子庵等，蕉门十哲之一。

⑥ 北枝：立花北枝（？—1718），加贺人，别号鸟翠台、寿夭轩，江户中期俳人，蕉门十哲之一。

⑦ 野坡：志太野坡（1662—1740），别号樗木社、樗子、纱方、纱帽、浅生、无名庵、照笛居士等，江户前期俳人，蕉门十哲之一。

创,越人①真挚,荷兮②敏瞻,皆秀起于俳坛而足可称霸一方。然而宝井其角③、向井去来④二人,终无人能出其右。

用奇兵于险地,出没变幻以谋敌军者,虽时奏奇功,亦不免时有奇祸。宝井其角之于俳句,即属此类。其角之句,奔逸跳荡,千变万化。意到之所,笔无有不随;情起之处,言无有不尽:

　　好梦被打断
　　疑是跳蚤在捣乱
　　身上有红斑⑤

去来也曾评其角此句说:其角实是才智卓越的人,跳蚤叮咬之类的事,即便勉力而为,谁又能像这样一语道尽呢?确实如此。但他也有弊病,就是陷于卑俗、过于迂曲而类似于

---

① 越人:越智越人(1656—1739),江户前期俳人,别号槿花翁,蕉门十哲之一。

② 荷兮:山本荷兮(1648—1716),名古屋人,名周知,江户前中期俳人、医师,蕉门弟子。

③ 宝井其角(1661—1707),近江人,本名竹下侃宪,别号狂雷堂、晋子、宝普斋等,江户前期俳人,蕉门十哲之首。

④ 向井去来(1651—1704),长崎人,江户前期俳人,蕉门十哲之一。

⑤ 原文:切られたる夢はまことか蚤の跡。

谜的俳句实在不少。其角的俳句，一诵使人尽感奇异，再三吟诵，许多时候却会让人嫌厌。而去来的俳句，平易寻常，不着曲调，不事雕琢，无色无味，世人于是断言其愚劣拙稚。古人云大巧若拙。这样的平易凡庸，正是去来之为去来之处，却也终究成了他输其角一筹的缘由。常吃膏腴之食就会生厌，但寻常茶饭，最初虽没有咂舌称叹的甘甜，却也不会有厌腻的时候。去来的俳句虽然平凡，但千诵万读，才越觉其味悠长，更不会生出厌嫌之意。这就是良将无奇功的道理。但去来俳句的妙处在于或如天籁，或如神工，或如临实境而触实景，或如赏名家绘画而感无限余韵。他屈伸于十七字之天地，却不感狭仄，也不觉空旷，故而他无需效法其角，间用长句短句，也不必模仿檀林①而偏好奇言新语。

蕉门中博学多才者，当以其角、岚雪为最。因而芭蕉也夸称说，门人有其角、岚雪，竟没有一语提及去来。确实，去来学不如岚雪，才不及其角，只是平平一俳人。但去来和芭蕉之间的师生感情却比父子更亲密，这是因为去来实在是温厚笃实的君子，道德上没有一点惹人非议的地方，所以芭蕉爱重他，所以他能作出苍老洗练、于平淡中蕴含至味的俳

---

① 檀林：一作"谈林"，指的是江户时代末期以西山宗因为首的俳谐流派，以庶民化的诙谐滑稽为特色。

句。去来不求名，不夸才，也没有聚揽门人以继传衣钵之企图，这使得他的声名白白落于其角、岚雪之下，实在可惜！以刚愎不逊闻名的森川许六也曾为去来作悼词说：作为一代秀逸，有一两句值得称颂的俳句已是罕见了，此君却有数句。这也可说是去来的荣耀。

> 这成何体统，赏花人带着长刀。①
> 扬帆出淡路，帆船行远潮水落。②
> 夏夜门难寻，唯见卯花攀墙根，断处应是门。③
> 秋风中啊，白木弓上，欲绷弦。④
> 倍增缅怀情，先人魂灵现灵棚，如见双亲影。⑤
> 山间悬崖上，似有一位风流客，仰首赏月亮。⑥
> 骑马慢悠悠，马儿吃草低着头，赏月人昂首。⑦
> 晚秋寒风中，雨点尚未落地时，横飞无影踪。⑧

---

① 原文：何事ぞ花見る人の長刀。
② 原文：上り帆の淡路はなれぬ汐乾かな。
③ 原文：卯の花の絶間たたかん闇の門。
④ 原文：秋風や白木の弓に弦張らん。
⑤ 原文：魂棚の奥なつかしや親の顔。
⑥ 原文：岩鼻やここにもひとり月の客。
⑦ 原文：乗なからまくさはませて月見かな。
⑧ 原文：凩の地にも落さぬ時雨かな。

拂晓月儿残,晚秋阵雨来忽然,扁舟忙上岸。①
雪中紧叩门,门内只闻应答声。②

(明治二十五年四月)

---

① 原文:有明や片帆にうけて一時雨。
② 原文:応応といへと叩くや雪の門。

獭祭书屋俳话①

獭祭书屋俳话小序

老子曰：言者不知，知者不言；还初道人②曰：谈山林之乐者，未必真得山林之趣。谈政治者而不知政治，谈宗教者而不知宗教，说英法之法、讲德俄之学者，而未必知英法德俄；著文学之书、立哲理之说者，而未必知文学哲理。其不解不知为不知，而言于口、书于笔并公之于天下，知者观之，笑其谬妄，不知者闻之，叹其博识。故而谈者愈多，知者愈寡。我亦是不知俳谐而妄谈俳谐者，以至此前所载《日本》之俳话已达三十篇余。今辑作一卷，以俳谐史、俳谐论、俳人俳句、俳书批评之顺序，对前后错综之篇幅稍作转置，但因原属随笔著

---

① 选译较有理论价值的节段，对其中举例分析俳句的部分略去未译。
② 还初道人：即洪应明，字自诚，明代思想家、学者，编著有《菜根谭》《仙佛奇踪》。

作，依然多有无条理、不贯通之处。况且我本浅学寡闻，且未及乞教于前辈，定多有误解谬见。若有知者读之，愿不吝斧正之劳；若有不知俳谐者，莫为我无知妄说所惑。

明治二十五年十月二十四日　獭祭书屋主人识

"俳谐"的名称

"俳谐"一词，圈内人平常所说的含义，和一般世人在学理上的释义似乎并不相同。"俳谐"这个词初见于日本书，是在《古今和歌集》的"俳谐歌"中。世人多将"俳谐"解释为"滑稽"，由此意而产生了"俳谐连歌""俳谐发句"这样的名称，一般又略称为"俳谐"。然而在芭蕉之后，出现了幽玄高尚的俳谐，其中未必含滑稽之意。在这里，"俳谐"一词似乎变成了与上代不同的通俗语言，并具有了指称文法功用的含义。然而一般说来，圈内人单说"俳谐"的时候，指的就是俳谐连歌的意思。而与此不同的是，尽管将十七字句作为发句已是通例，但在说到"学习俳谐""游戏俳谐"之类的时候，未必会对俳谐与发句加以区分，大多是在包含两者的宽泛含义上进行使用的。这样一来，最终往往会导致圈外人疑窦丛生。（我若不与世间的俳谐同好相交，也无法详知"俳谐"的含义会因所用场合的不同而发生改变。）

顺便一说，芭蕉及其门人等称"俳谐"为"滑稽"，他们所谓的"滑稽"，并非我上文中提到的"滑稽"，即并非通常世人所使用的"滑稽"，而仅仅是指与和歌的单一淡泊相对的、在语言上雅俗混杂、在思想上有着多样且剧烈变化的俳谐。

连歌和俳谐

俳谐出于连歌，而连歌出于和歌，这是人所共知的事情。其最初是由一二人分咏一首歌的上下两半，后来，上半即十七字从歌中脱离而出，具备了完整的含义。但在足利时代，俳谐的趣旨仍然与和歌的上句并无二致，而如果仅止于像这样以上代的语言表述上代的思想，其作为文学对读者的感召力反而会逊色于以前的和歌。而且这一时代的发句就是所谓连歌的第一句，如果不将它独立出来并作为一种文学的话，创作者便无法专心创作，读者读了也多少会产生一些厌倦之感。自从以俳谐代替了松永贞德在德川氏初期所作的连歌，发句的分量也有所增加，但如果发句中不过是双关语、谜语之类的"滑稽"，说其在文学上的价值比足利时代更逊一筹也就算不上是苛刻的评价了。贞德派千篇一律，始终没有新思想的产生，宗因等人尽管一时秀起并创立了檀林一流，一时之间风靡天下，但他们也不外乎是稍长于滑稽顿智，转瞬之间便被芭蕉一派压倒，到了今天，已变得可有可无了。芭蕉所追求的趣向在顿智滑稽之外，语言取于古雅卑俗之间，在《万叶集》以后别开生面，就连日本韵文也为之一变而适应了时势的变化，这使得正风俳谐的势头到了明治时代依然隆盛。而芭蕉不止对发句，对俳谐连歌也同样苦心孤诣。其门人虽然也遵其遗训，然而到了后世，仍然呈现出了独重十七字发句而将俳谐连歌仅视作其附属物的倾向。

延宝天和贞享的俳风

如上所述，从足利时代的连歌到芭蕉派的俳谐，中间经过了贞德派、檀林派等阶段。然而仔细观察就会发现，其间更有无数的发展阶段和渐次发达的过程。宽文十二年所编选的《贝覆》一书是芭蕉尚被称为"宗房"时编辑而成的，集中犹杂赤子之言，终未脱离檀林之风。延宝八年，其角杉风所著《田舍句合》《常盘屋句合》，虽然稍有进步，也没有显著不同，仍会给人以读小学生作文草稿的感觉。到了天和三年，《虚栗集》的刊行，是俳谐史上一道明显的分水岭。此时，俳谐其魂虽已得正风之木，然而其词犹不免幼稚直露之嫌。贞享四年《续虚栗》的刊行可以说使俳谐有了更大的进步，几可窥探正风之门。同年所咏的《四季句合》（据载，元禄元年刊于都筑之原），不流于滑稽，不贪图奇幻，于自然间探景，自淡泊中求味，首树正风之旗（然《四季句合》中也混杂有芭蕉翁一派门外之人所作）。其后，《旷野集》《其袋》《猿蓑》等陆续问世，终究成就了芭蕉千岁不朽的功名。这期间的发展阶段，从贞德派到《虚栗》《续虚栗》，虽然最终达到了正风，其间却或许也不乏退步。是故凡事发展，均不能免于命运的安排。从明治大改革起，文学也发生了急剧变迁，开始提倡翻译文、新体诗、言文一致等诸多文体，文学界为之大为骚动，世人也惶惶不知所归，以至让人有多歧亡羊之感。然而纵观天下大势，这也不过是文学进步的一个段落，今后出现的大文学家们必然会汲取古文学的精粹，吸收今日新文学的优长。而这一变化也与元禄时代俳谐的变化规律相同相通。

俳　　书

连歌俳谐的选集即使是在足利时代《菟玖波集》（纪元二千十六年编选）以后也是很少见的，并且也没有大量地刊行。而到了宽永年间，则已有许多编集成书并刊行于世的选集了，可见随着时世进步，俳谐也渐赴盛运。正保、庆安、承应、明历、万治、宽文年间，著作虽然渐次增多，但显著的增加是在延宝年间。我对此并没有特地加以研究，仅凭推断，延宝年间有记载的编著便达到了五十多部，其中延宝八年最多，现将书目列举如下：

　　俳枕　轩端独活　洛阳集　向冈　伊势宫筍　西鹤矢数（刊年为天和元年）　花洛六百句　猿䰿　阿兰陀丸二番船　江户大阪通马　俳谐江户辨庆　破邪显正返答　田舍句合　常盘屋句合

此外仍有不少著作。我本浅学，这些书籍中有大半都未得一见，但从前后时势推察可知，其中多数应该不过是零碎浅陋的小册子，与后世将数卷合成一部而予以刊行的著作实在难以同日而语。但是即便是小册子，在二百余年以前，数量如此之多，也足以见出当时俳谐的隆盛。经过天和、贞享而到了元禄时代，俳谐更加趋于顶峰。而宝永、正德、享保年间以后，俳书的刊行则大为减少，唯有东华坊支考有数十部著书。当时，俳谐暂时陷入了衰运的黑暗，芭蕉的英魂在其逝世二三十年之后似乎已威灵尽失。

俳句的前途

如今，有学数学的学者说，像日本和歌俳句，一首不过二三十个字音，以错列法计算，便可知其数量的极限。换言之，和歌（主要指短歌）俳句早晚会达到极限，以至到达在此之上再添一首新作都已不能的状态。不解数理的人也许会对此说深感怀疑，认为何以至此，他们觉得不管和歌俳句，无论何时都应当是无穷无尽的，他们觉得从古至今的和歌俳句有数千万首，其间的意趣看上去不都大不相同吗？然而这是原本就疏于推理的我国旧时文人的谬误，不足以取信。其实和歌也好，俳句也好，其死期无疑已渐渐趋近。试看，古往今来所吟咏的几万首和歌俳句，乍看之下，其面目虽然不尽相同，然而仔细观察、广泛比较，便会感叹其中的类似之处何其多！弟子模仿先师、后辈剽窃先哲的情况比比皆是。其中，能够化石为玉者称为巧，于粪土中拾捉蛆虫者谓之拙，如此而已。到底也没有人能够提出一个新的观念。而随着时世推移，只有平凡的宗匠、歌人倍出，虽说罪在其人，也不免有和歌俳句本身区域狭隘的缘故。有人问：那么和歌俳句的运命将于何时终结呢？答曰：虽不知其穷尽之期，但概而言之，俳句已至尽头。纵然一时未尽，到了明治年间，其穷尽之相必现。和歌的字数多于俳句，依数理计算，其极限的数量也应远远高于俳句，然而实际上，和歌只用雅言，其数量甚少，故而其区域也比俳句更为狭小。可想而知，和歌在明治以前大概就会行将末路了。

新 题 目

或有人说：人们的观念是随时势变迁而变迁的。这一点将古来文学的变迁与政治的变迁相比较便可知道。而像明治维新那样巨大的变迁却是史无前例的，相应的，文学观念也与昔日大不相同。单从表面来看，今日的人事器物，与前时也已完全不同。鸟枪换炮，炮声震天，轿子已沦为病患所乘，人力车、马车、汽车载着王侯庶人满街横行。这等奇观到处可见，不遑枚举。

答曰：尽管道理大体如此，但和歌并不允许新题目新语言的窜入，俳句虽未强力抗拒，但也并不欢迎。这本来就是理所当然，而不应该只将此当作是天保老爷的顽固偏见。大凡天下事物，不论天然还是人事，都有雅俗之别（对雅俗的理解在此不述，通常随世人倡导而大有差异）。而出现于文明世界的无数人事，即所谓文明利器的事物，多是俗而又俗，陋而又陋的东西，文学家凭之能有何作为？例如，看着与蒸汽机相关的词语，我们会产生怎样的印象呢？我只记得每当想起精密而又让人眼花缭乱的一大块铁器的时候，大脑就会感到一阵眩晕。再或者，试想一下听到选举、竞争、惩戒、裁判等词之后，会生出怎样的印象？不是腰缠万贯、谗言媚语的游说者，与心有谋算而不自觉面露微笑的被说者两相授受的光景，就是长髯老叟手挽解语花入席后终剩一室落花狼藉的场面。由这样的想象继而所生发的，除了道德颓坏、秩序紊乱之感外，更无一点风雅之趣、高尚之念。或有人说，艺术文学，古盛今衰。良有以也！

和歌与俳句

　　主人小厮站在店的一角为客人剃着半月额的发型，八公熊公在一旁相对而坐，八公喊道：快走快走。熊公垂头不语，甲公乙公纷纷参言，这边说：桂马钓王将，那边嚷：突围王头步兵啊，这里就像喧闹的市场，这是在理发店下将棋的场景；墙挂一幅九霞山樵山水图，下配一瓶池坊流插花，庭院中松石相杂，池水碧绿，中有金鱼曳尾游过，一两架笼鸟，三四个盆栽，皆显雅趣。主客相对，不笑不语，唯独丁丁声不时响起，这是在别墅竹房中下围棋的光景。

　　略拐进小巷，便会看见公用水井上的吊桶绳已经腐朽，野生的昼颜花开在垃圾堆旁，疏落的竹格子中，传出为那些追逐新潮的年轻女孩儿们弹奏的破三弦声，三弦声像是踢踏板桥的震响，歌声像极了乡犬的远吠，巷子深处，此种情形比比皆是；玄关深深，石板铺地，马车盈门，小僮候迎，越过左侧的板屏看去，一片春色烂漫，晚梅早樱交相盛放，玉栏迂回屈曲，玻璃窗中，佳人闲拨瑶筝，筝声如盘中珠玉崩落，又如岩间泉流幽咽，莺语虽有凝涩，终胜百鸟齐鸣。

　　甲店的帮佣从街上仓皇跑过。乙铺的主管捋着袖子说，我昨天在大阪参赛，入花费①就花了五十钱，结果没有一句得赏，真是不爽。甲说，上个月那卷成没成啊？乙说，还不知道呐。有一行商在一旁搭话说，他那卷已经开了，天是某，地是某，我的句子有幸列在前十呐。甲乙都一副失望的样子。摆弄俳句的就是这样的人；一公侯与一伯爵相逢，公侯说，上月歌会，阁下所咏秀歌，满座称颂，已列入三代集中，实在让人钦羡。伯爵说，愧不敢当，今夜延请某某于家中开设万叶讲筵，若幸得阁下驾临，当不虚此筵。吟咏和歌的却是这样的人。

呜呼！将棋、三弦、俳句与围棋、瑶筝、和歌岂能相类相比。前者在下等社会风靡，后者在上流社会盛行。前者新近源起，后者自古有之。新，故易于俗世流行；古，故能为雅客助兴。将棋棋盘小于围棋而步法多于围棋，三弦琴弦少于瑶筝而音律多于瑶筝，俳句字句短于和歌而变化多于和歌。变化多则可言奇警崭新事物，却容易陷入卑猥俗陋之弊；变化少则有优美清新韵味，却不免遭受蹈袭陈套、嚼尝糟粕之讥。因而，将棋、三弦、俳句入门困难，而围棋、瑶筝、和歌入门容易，入门难则提高易，入门易则进步难。此六技实为奇对。

---

① 入花费：俳谐、狂歌的比试中出句人所付的参赛费用。

武士与俳句

诸侯而游于俳谐者，有蝉吟、探丸、凤虎、露沾、肃山、冠里诸公。武士而游于俳谐者，以芭蕉为首，比比皆是。其中，不仅在俳谐上，作为武士也声名显赫的人，有大高子叶、富森春帆、神崎竹平、菅沼曲翠、神野忠知等。蕉门十哲中，以性行清廉、吟咏高雅而超绝古今的二杰向井去来、内藤丈草也是武士，特别是丈草，为了给侍奉继母的弟弟出让家业，以手指受伤、难以握刀为由遁入禅门。说起来，弓马剑枪之上，难见风流；电光石火之间，鲜有雅情。不，毋宁说这些都是风雅之敌，芭蕉在《行脚之掟》中也说："腰不带寸铁，不伤一物性命。"去来也曾吟咏：

> 这成何体统，赏花人带着，长刀。①

这首俳句脍炙人口。虽说如此，但没有诚心的风雅容易流于浮华，没有节操的诗歌不免陷于卑俗。文学艺术是以高尚优美为要的，那么以浮华卑俗所创作的文学艺术不就了无情趣了吗？何止如此，我认为没有比这更有害于世的了，后世和歌俳

---

① 原文：何事ぞ花見る人の長刀。

句的衰落不也主要是缘于此吗？享保年间尚距芭蕉不久，而三笠附①已盛行于世，成为一种赌博，以至于德川氏制定法律，像禁止赌博一样对此发布禁令。近来虽说三笠附已经不很流行了，但宗匠之流依然将发句的得分与金钱挂钩，实在让人不快。

……②

女流与俳句

女流中喜好俳句者不少。其所作俳句，风调柔和，多于纤弱处见趣味。她们擅长着眼于男子未能留意的琐碎细事而抒写心情，以细致入微来感染读者。大凡世人只欲女子吟咏和歌。他们认为和歌风雅，能够感动鬼神，和慰武士暴烈之心，而俳句则不同，心鄙词俗的俳谐对于女子而言完全是男性化的粗鄙之物。这样的说法固然有理，却也不能一概而论。古今言语有变，连那些养在深闺的上腊③也不能轻易修习古学、作出和歌，何况是忙于营生的平民，如果不知和歌的吟

---

① 三笠附：俳句竞赛中的一种，出题者给出俳句首句的五字，参赛者对出接下来的七字和五字，形成一首五七五的完整俳句。以三首俳句为一组，得分高者获胜。盛行于江户时代宝永年间（1704—1711）。

② 以下例句略而未译。

③ 上腊：江户幕府时代，将军府等上房仕女的最高位。

咏之法，她们恐怕连三十一字如何排列也不懂。这样的人就应当随心地信口哼唱俳句，愉悦尽兴就好。而且，古今差异，不止在语言上，连同生活方式、眼前景物也都发生了改变，这样一来，日常事物以及由其引发的联想也与古人大不相同，要吟咏出来就必须使用今天的俗语。特别是女子所见的琐事，就更难以用雅言表达了。而古今不变、东西相通的，只有人情。故而恋歌之类便不必使用鄙言俚语，除此之外，使用鄙俚的语言也是不得已的。在和歌中，有伊势、小町、相模、紫式部、清少纳言那样的居于云端的才女辈出，而对于俳谐来说，因为没有上腊的缘故，以卑俗二字为由对俳谐横加贬斥的人便多了，这是不合理的。言语鄙俗，心地如何能够高尚呢？接受这一说法的人，恐怕认为进入俳谐社会的都是俗气的俗人了。

（明治二十五年六月二十六日～十月二十日）

芭蕉杂谈

一、年　　龄

纵观古今历史，省察世间实况，我们会发现人的名誉往往是与其年龄成比例的。想来像文学家或者技艺师这样特别要求技术纯熟的人，黄口少年、青面书生自然难得大成，他们只有在年寿渐增的过程中才能创造出大量的成果（诗文或艺术品）并渐渐得到世人的赏赞，而青年人则一般会为世人轻蔑或嫉妒，以至于生前不名一文。

在我国古往今来的文学家艺术家中，名扬一世而誉垂万载的，便多为长寿之人。就像被尊称为歌圣的柿本人麿，其年龄虽已不详，但他曾历经数朝，由此可知他必定长寿。此外，对于年龄有详细记载的人，我们可以列出下表。

这里只列出了其中最有名的人。在外国也是一样。像华山、三马、丈草这样的人，世间甚为罕见，而彭斯、拜伦、实朝则更是少有。由此可知，人生不超过五十是很难成名的，而到了六十、七十，成名就比较容易了。然而那些名垂千古的人，往往不在后世，而在上世。这是因为在人文尚未开化之时，比较容易出人头地并受到众人的尊敬，又因为是千年以前的古人，也就很少被人嫉妒了。唯有松尾芭蕉，他出生之时，距今仅有二百余年，门人却多达数百人，遍及六十余州，而他的年龄也不过五十有一而已。

年　龄	人　　　　　物
九十岁以上	土佐光信　俊成　北齐
八十岁以上	信实　鸟羽僧正　季吟　雪舟　肖柏　宗长　宗鉴　元信　梅室　贞德　宗祇　也有　苍虬　马琴　定家　兼良　蓼太　兆殿司
七十岁以上	绍巴　芦庵　杏坪　宗因　野坡　雅望　秋成　常信　文晁　守武　南海　光起　千代　景树　一蝶　真渊　鹏齐　探幽　巢林　宣长　千荫　心敬　其磧
六十岁以上	一九　抱一　通村　支考　芜村　美成　出云　春海　一茶　贞室　贯之　契冲　笛浦　许六　种彦
五十岁以上	半二　竹田　通　昭乘　其角　凌岱　京传　光则　光琳　岚雪　大雅　白雄　山阳　西鹤　芭蕉
四十岁以上	滨臣　华山　三马　李由　芦雪　丈草　甚五郎
三十岁以上	浪化　重恭
二十岁以上	实朝　保吉

　　古来赢得无数尊崇的人，大多莫如宗教的开山之祖。释迦、耶稣、穆罕默德自不必说，像达磨、弘法、日莲这样的人也是威灵灼灼，这实在让人惊讶。老子、孔子的学说虽与宗

教相去甚远，但在他们去世后却获得崇信，继而引发了如同宗教一般的感情。这些都是身处上世的人。像日莲那样在纪元后两千年出生却创立了一个宗派的，其中的困难可想而知。何况是其后三百年且立于宗教之外一闲地，却赢得无数崇拜者的芭蕉。这也无怪乎人们将芭蕉称作"翁"，而他的画像也都是白发白须的模样了。可他的年龄也不过五十有一而已。

二、平民的文学

凡多数人信仰的宗教，必然是平民化的宗教。宗教本来是平民化的，僧侣的布教、说教，其目的都是将宗教普及于下层社会。像佛教就设立了所谓"方便品"，才有了极大兴盛。看看松尾芭蕉在俳谐界的势力，与宗教家在宗教中的势力非常相似。多数芭蕉的信仰者未必对芭蕉的为人和作品有多少了解，也未必吟咏芭蕉的俳句并与之共鸣，而只是对芭蕉这个名字尊而慕之，即便是在日常的聊天闲谈中，说一声"芭蕉""芭蕉翁"或者"芭蕉様"正如宗教信仰者口念"大师""祖师"等一模一样。更有甚者，尊芭蕉为神，为他建了庙堂，称为本尊，这就不再把芭蕉视为文学家，而是将他看成是一种宗教的教祖了。这种情形，在和歌领域除了人丸之外，无有其例。而芭蕉庙堂香火之盛、"芭蕉冢"之多，远远超出任何人。（菅原道真曾被作为天神祭拜，并不是因为他在文学上的贡献，主要是因为他的地位和境遇，这与人丸、芭蕉并非一回事。）

我想，芭蕉博得大名的原因，不在俳谐作品本身，而在于他的俳谐的性质是平民化的。第一，他不嫌弃俗语；第二，他的句子短小。近来有人把芭蕉的作品称为平民文学，也不是偶然的。然而元禄时代（芭蕉时代）绝不像天保年间以后的俳谐那样具有真正的平民性质，这一点，只要翻一翻几本俳书，就会弄明白。元禄时代的其角、岚雪、去来等人的俳句，或者援引古事、或者使用成语、或者在用词上追求委曲婉转、或者在格调上追求古雅，有许多地方是普通的学习者所不能理解的，何况目不识丁的平民百姓呢？到了天保年间的苍虬、梅室、凤朗等热衷俳谐，哪怕没有一句注解，儿童莽夫也能吟咏，车夫马丁也能欣赏。那是俳谐最平民化、在天下百姓中最为流行的时期。而在那个时期，芭蕉非但没有失去威灵，而且其名声更甚于从前，其俳谐几乎被视为完美无缺、神圣不可侵犯的经典，而与此同时，真正懂得芭蕉的人却几乎没有。这种情况恰如宗教信奉者，对经文的意义不理解，却只管顶礼膜拜。

三、智识德行

尽管平民化的事业未必贵重，多数人的信仰也未必能够标示真正的价值,但是遍寻那些受万人崇拜、获百代声名的人,会发现他们总是有一些异于凡俗、超乎寻常的技能。何况多数的信仰者并不是那些匹夫匹妇和愚痴蒙昧的群众,其中不乏许多君子志士。譬如颜子之德、子贡之智、子路之勇,皆非他人所能企及。然而能够将三人齐聚一门,熏陶之、启发之、叱责之而能绰绰有余者,恐怕唯有孔仲尼一人而已。蕉门多才俊,恰如孔门有十哲七十二子。其角、岚雪豪放,杉风、去来老朴,许六、支考刚愎,野坡、丈草敏才,而芭蕉却能兼容这种种风调并执元禄俳谐之牛耳,足可证明他是智德兼备的大伟人。

这些人本就不是无学无识的凡俗之辈,在芭蕉去世之时,他们已各树旗帜并扩充门户,形成不相上下之势。其角创立了江户座,岚雪兴建了雪中庵,支考开拓了美浓派,而且各自的响应者不在少数。其他门派虽然不多,但是也都掌握一方俳谐权威,江户有杉风、桃邻,伊势有凉菟、乙由,上国有去来、丈草,他们都在暗中相互颉颃。到了后世,门户之间的倾轧愈甚,甲派非难乙派,丙流排斥丁流,他们各自称扬自家始祖而贬抑他家始创,整日只知勉力于拔高自己。然而对于芭蕉,他们却众口一声地推其为唯一的至尊之人,这就像净土与法华虽然视彼此为仇敌,却丝毫不会污损本尊释迦牟尼佛的神圣一样。其德行浩博,如同天日无偏无私;其度量宏大,如同海洋能容能涵。

许六刚愎不逊，视同门师兄弟如三尺小儿，然而却时常夸言自己已得蕉风神髓，对芭蕉深表尊敬。支考巧才炫智，著书立说，坚白同异之辩，博览强记，无所不能，然而其所说的一言一句，都不可不归于芭蕉遗教。他甚至因假称芭蕉之教伪作文章而被后世讥笑，此举虽然不免浅陋，但反过来看，这不也是对芭蕉才学与性行的彰显吗？

四、恶　　句

芭蕉作为一大伟人，这可以从上述的事实得到验证，但那是作为"俳谐宗"开山鼻祖的芭蕉，而不是作为文学家的芭蕉。要想理解作为文学家的芭蕉，就必须把他的俳谐著作拿过来吟咏研读。然而"俳谐宗"的信仰者却将芭蕉的俳谐句句视为神圣，虽然他们不能理解，却绝不允许别人对芭蕉有一言半语的批评。为芭蕉建寺庙、立石碑、开宴会、举办连俳会，就成了信众们对芭蕉所承担的分内的义务。然而作为文学者的义务却一点都没有尽到。我本家贫，没有能力赞助这些义举，又才疏，无心与那些顽信者、名利家们为伍。在芭蕉二百年忌到来的时候，我没有特别的喜悦也没有特别的悲伤……

我冷不丁地下一个结论，恐怕会教世人大吃一惊。那就是：我认为芭蕉的俳句有一多半是恶句劣作，属于上乘之作者不过几十分之一,值得称道的寥若晨星。

芭蕉所作俳句有一千余首,佳句不过二百首。比例仅是五十分之一。①

说佳作"寥若晨星",难道不是吗?不过,单从佳句的数量上看,一个人写出二百首佳句来,古往今来也是很少见的了,由此可见芭蕉仍不失为一个大文学家。至于说佳作的比例少,则另有原因。

芭蕉的文学不模仿古人,而是自得发明。与其说是对贞门派、檀林派俳谐的改良,不如说他开创了蕉门俳谐的崭新天地,自成流派。而这些都是在他去世之前的十年间完成的,而直至去世前的三四年,才在艺术上达到了出神入化的境界。要求一个人在区区十年间写出二百首以上佳句,岂不是苛求吗?

一般文学家的著作传至后世,是因为其著作的生命力。而对芭蕉而言,人们更多的是信仰他本人,至于其著作,则无论优劣好坏,一律加以搜罗,以增加其集子的厚度。有许多人在"家集"中也采录芭蕉的若干作品,在玉石混杂的作品中选出五十分之一的佳句,是没有困难的。

---

① 五十分之一:原文如此,应为五分之一,作者在文末订正曰:"前段论及芭蕉的俳句时说他的佳句不超过二百首,不及千首的'五十分之一',应是'五分之一'之误,因感于芭蕉俳谐集中劣句多,不知不觉说出了这句错话。"

五、各句批评

> 古老池塘啊
> 一只蛙蓦然跳入
> 池水的声音

这是芭蕉住在深川草庵时所吟咏，曾被收入以蛙为主题的、描写春天景象的俳谐集的卷首，天下人哪怕对俳谐一无所知，却也没有人不会吟诵这首《古池》。一提起"发句"，人们立刻就会想起这首《古池》，再没有比这首俳句更广为人知的诗歌作品了。但是若问这首俳句的涵义，俳人们则回答：神秘、不可言喻，而一般俗人则完全不得要领。最近有西洋流的学者认为：这首俳句写的是俳人聆听着青蛙跳入平静的古池所发出的水声，不着闲静二字，却使闲静之意溢于言外，四周闲寂，感觉远离了车马纷扰、人声嘈杂的喧嚣，符合"美辞学"上所谓不着一字、尽得风流之法，云云。这首俳句果真神秘吗？我不知；果真不可解吗？我不信。西洋流的学者或许有些道理，然而仍是未尽其意。

芭蕉独居深川的草庵，静静地思考俳谐流行于世的历史：连歌陈腐后兴起了贞门俳谐，贞门俳谐变得陈腐后，檀林派继之而起，然而贞门派也是"一时流行"而非"万世不易"，于是俳谐再度一变，使用长句法，夹杂一些汉语，脱离了贞门的洒落、檀林的滑稽，进而倡导新风，使一门昌盛，但这种俳谐时间一长，新奇一过，渐渐又生厌倦。然而即便如此，也不能再次复归于檀林的俚俗、贞门的幼稚，不能踏袭连歌的老套，必须自创一体，方能心安。而要做到这一点，首先就要减少使用佶屈聱牙的汉语，尽可能多地使用简易的国语。

而国语音节多，含义少，要在十七个字音中表达所思所想，就要省略那些无用的词语和无用的事物。写出这样的句子会怎样呢？芭蕉想来想去，心中若起蒙蒙大雾，惘然四顾，夜不能寐，那时万籁俱寂，忽然窗外的古池塘中传来青蛙入水的声音，于是"一只蛙蓦然跳入，池水的声音"一句，在芭蕉心中油然而生，芭蕉如梦方醒，抬起头来，破颜而笑。

以上只是我的臆测，实际情形也许不是这样。但我想芭蕉的思想脉络无非如此。所谓"蕉风"（世间一般称为"正风"）的形成就是在那个时候。或许有人说，《古池》一首表现了芭蕉在禅学上的大彻大悟，这种说法甚为可疑，但这样说也不无根据。俳谐上的开悟与禅学上的开悟是相似相通的。所谓参禅，就是放弃诸缘，万事休息，不思善恶，不论是非，摆脱自我意识和观念思虑，不图作为。蕉风俳谐也不出此意，只有断绝妄念、排斥名利，不论可否，不管巧拙，虚怀以待，不执着于作出佳句，方可得佳句。《古池》一句就是如此得来的第一句，恰如参禅之日，一朝顿悟，间不容发。而雀唧鸭鸣、柳绿花红这一禅家的真理所寄，也正是蕉风的精髓所在。《古池》一句就是这样自然而然吟咏出来的，可以说是最为本色最为写实的。

或许有人说：芭蕉是先写出"一只蛙蓦然跳入，池水的声音"，而第一句的五字音尚没有想出来，就与其角商量。其角认为第一句可以是"棣棠花呀"，但芭蕉没有采纳，而是使用了"古老池塘啊"。为什么呢？芭蕉的意思实际上在后两句中已经表达尽了，而要再加上"棣棠花呀"，那无异于弄巧成拙，画蛇添足了，会显得不自然。而加上"古老池塘啊"，可以为下两句指明具体的场所。

关于此首俳句的来历，关系到对此句之价值的评判，对此世人常常难以明言。"俳谐宗"的信仰者一般将此首俳句视为神圣之物，不容许任何批评，因而这首俳句的价值也就无人论及了。我可以断言：这首俳句已经超越了善恶优劣，难以优劣善恶的标准来作评价。若有人把它视为至高无上的作品，我不反对；若有人把它视为平平淡淡、无香无味的作品，我也不反对。这两种看法看上去相反，其实没有什么不同，因为它既非优，亦非劣，而是超越于二者之上的。

总之，这首俳句无疑是俳谐史上的重要作品，但在文学史又并非那么重要。看看芭蕉的俳谐集当中，还有像这样的超越了优劣巧拙的作品吗？我相信此外一首也找不到了。大概芭蕉悟入"蕉风"是以此句为标志的，但一般的文学家是不允许写出如此平平淡淡的东西的，他们多少要加一些修饰，因此，后来对于这首俳句产生了虚虚实实的各种说法，都是不无缘由的。

六、佳　句

芭蕉是俳谐历史上的豪杰，绝不是俳谐文学中没有价值的人物。应该承认芭蕉的俳谐集有千年不易的价值，然而其佳作的数量却区区可数。这是什么原因呢？

文学艺术史上有一种崇高的作品类型，而日本文学史中尤其缺乏雄浑豪壮的要素。在和歌中，在《万叶集》之前多少有一些雄浑豪壮的作品，而《古今集》之后（除源实朝一人的作品外），那样风格的作品却消失殆尽。及至贺茂真渊，提倡模拟《万叶集》的歌风，但近世以来，却又倾向于纤巧细腻，雄浑豪壮的作品梦寐难求。和歌是如此，何况缺乏学识的俳谐之流。而唯有松尾芭蕉藏有雄壮之气，挥动雄浑之笔，叙天地之广大，述山水之雄伟，从而惊世骇俗。

芭蕉之前的十七字诗（连歌、贞门、檀林）皆落入俗套，流于谐谑，缺乏文学价值，芭蕉之前的汉诗排斥日本趣味，观念上也很幼稚。芭蕉之前的和歌重视双关语，达到了陈词滥调的程度，贺茂真渊的古调和歌开始清除此弊。而松尾芭蕉的出世，则在贞享、元禄年间树起了一面旗帜，不但使俳谐面目一新，而且也使得《万叶集》之后的日本韵文学面目一新。何况在雄浑博大方面，在芭蕉之前绝无仅有，芭蕉之后也绝无仅有。

七、雄壮之句

要说芭蕉的雄壮豪宕之句，当属下面这首：

夏日草欣荣，士兵奋勇得功名，都是一场梦。①

这是芭蕉在奥州高馆的怀古之作。在他吟咏出的十七字中，说尽了千古的兴亡，昭示着人世的荣枯，让人不甚俯仰感慨。世人或许会认为此句平淡，然而平淡正是这首俳句的非凡之处，这都是因为它摆脱人为而贴近自然之故。

最上川汇五月雨，川中水流急。②

《句解大成》中说："据愚考，这首俳句取义于兼好法师的一首歌"：

---

① 原文：夏草たつはものどもの夢のあと。
② 原文：五月雨をあつめて早し最上川。

最上川水涨，云雾沉沉罩川上，五月雨水降。①

芭蕉的俳句从这首歌中脱胎换骨，言尽了"雨汇河中，河水流急"之状，虽是弄巧，却未落入纤柔，雨后大河滔滔、岩石碎裂、山体崩塌之势如在眼前。兼好的作品也难及此句，何况是凡俗的俳家歌者，怎能容许他们染指于此。

　　　佐渡隔海望，欲渡奈何海波狂，但乞天河横水上。②

这是俳人在越后的出云崎远望佐渡时所见的景色。这首俳句一读之下，就仿佛有波涛澎湃、天水无涯，唯独一座孤岛点缀其间的光景浮现眼前。这样的壮观景象若不以银河相烘托，如何能得以彰显呢？"天门中断楚江开"为此句之经，"飞流直下三千尺"为此句之纬，至此谁又能不惊叹于芭蕉的大手笔呢？

　　有人问："横"字似不合语法，这又该如何解释呢？答曰：不合语法并非我们所愿，但韵文与散文相比本就应该稍有宽假（第一），加之语法不合并未引起意义不明，这也应当予以宽宥（第二）。除此之外，还有：

---

① 原文：最上川はやくぞまさる雨雲ののぼれば下る五月雨の頃。
② 原文：あら海や佐渡に横たふ天の川。

一声声杜鹃啼鸣，悠悠江上横。①

芭蕉的这首俳句或许也并不符合当时的语法，但后世仍有人模仿，芭蕉的独树一帜也是应当褒扬的（第三）。总之，若要因为一个字舍弃这首俳句，实在是我不能容许的，那与二卵弃干城又有何异呢？

　　大井川上云垂垂，风起梅雨坠。②

这首俳句再现了连日雨水使得大井川水位升高，浸没两岸，滔滔水流声激荡耳际的情状。

　　月夜竹林静，斑驳竹叶碎月影，杜鹃一两声。③

这一处，修竹千竿，微风从远处吹来，一痕新月静静相照，月光从竹叶间渗漏下来，落下点点月影。俳人踏着满地月影独自信步闲吟，忽然听见一两声杜鹃啼鸣从某个山上传来，倏尔又似隐入云外，不留半点踪影。让人顿觉初夏的清凉气

---

① 原文：一声の江に横たふや時鳥。
② 原文：五月雨の雲吹き落とせ大井川。
③ 原文：郭公大竹原を漏る月夜。

息沁肌彻骨。此句不描山，不绘水，仅借一丛竹篁便尽现天地之寥廓，堪称妙手。

　　栈桥垂垂危欲落，命悬几条薜萝。①

岐岨峰上，栈桥沿绝壁、临深谷，委蛇屈曲，等屏息凝神走过几步，立定后向后回望，惊觉身后危岩突兀，桥柱垂垂欲坠。只见几条薜萝到处攀延，片片红叶犹如点点血痕。这首俳句雄壮中蕴含凄楚，凄楚中暗藏幽婉，实是妙笔。时有俗人称扬其中七字句的句法却不见全句的姿致，实属拜金箔而不见神佛。事实上，其中的七字句不免有弄巧之嫌，反而是此句的缺点。

　　悼一笑
　　哭声堪比秋日风，号啕动孤冢。②

此句从《如动古人墓》这首古句中脱胎而出，"哭声堪比秋日风"一句可谓一气呵成，令人惊叹。这首俳句与人丸的"阿

---

① 原文：かけ橋や命をからむ葛かつら。
② 原文：塚も動け我泣声は秋の風。

妹倚门看，眼波夷平座座山"①一歌属于同一笔法。

秋风寒，昔日不破关，今已是杂木荒田。②

《新古今集》中摄政太政大臣的和歌：

不破关颓芜，屋檐荒败无人住，只闻秋风哭。③

对于以上歌俳，且读且思，我们可以看出芭蕉面对着杂木丛生、遍地荒田的不破关所生发的怀古叙今之幽情，他的笔力也足以游刃有余于这十七字的小天地之间。芭蕉的"高馆"之句以豪壮取胜，此句则是以悲楚取胜，实乃一对佳句。

雨横风又狂，野猪无处可躲藏。④

这首俳句将暴风袭来，地动山摇，野猪也被吹卷而去的悲壮与荒寒尽付纸笔。

---

① 原文：妹が門見む靡け此山。
② 原文：秋風や薮も畠も不破の関。
③ 原文：人住まぬ不破の関屋の板廂荒れにしのちはただ秋の風。
④ 原文：猪も共に吹かるる野分かな。

> 浅间狂风起,凛凛然飞石走砾。①

此句状写浅间山中狂风骤起、乱石翻空的景象,意匠极妙,但"浅间""飞石"的接续之处稍见技穷,可谓白璧微瑕。

在以滑稽与谐谑为生命的俳谐世界,芭蕉不受周围众人掣肘,独具慧眼,别出机杼,以这样老健雄迈的俳句崭然显露头角,这在文学史上是前所未有的。然而这样的现象却仅仅止步在了这一开创者,即使到了后世,也没有出现能够模仿他的人,这实在让人觉得不可思议。这大约就是二百年间只有芭蕉一人不负盛名的缘故吧。就蕉门弟子而言,他们在力量上不仅不劣于芭蕉,甚至压倒其师者也有很多。数百人材中,在学识和才艺上被赞作唯一的晋子其角又是如何呢?他可以将古事古语玩味于股掌之中,从不以难题为难,不将俗境写俗,纵横奔放,自由驰骋,旁若无人。即便是这样的人,对于蕴藏在神秘造化之中的宏大景观,终究也难有只言片语。十大弟子中最为诚实的向井去来,在神韵与声调上甚至远超芭蕉,他又如何呢?的确,去来也不是没有一两首豪壮之句,却不能与芭蕉匹敌。那么除此之外的岚雪、丈草、许六、支考、凡兆、尚白、正秀、乙州、李由又是如何呢?这些人或许也写过一两首豪壮的句子,可到底未能写出更多。何况是

---

① 原文:吹き飛ばす石は浅間の野分かな。

其他的小弟子呢？

　　元禄以后，俳家辈出、俳运隆盛的时代当属明和、天明之间。白雄虽著《寂栞》以盛倡蕉风，但其神髓应归于"幽玄"二字，终究不能说是豪壮雄健。观其作，句句故弄纤巧，主调婉曲，实难登上芭蕉之堂。蓼太虽以敏才狷智一时耸动天下，可其眼界小如针尖，终难大成。芜村、晓台、阑更三杰从来是在蕉风之外自成一派的。这三人的独到之处是芭蕉及其门人在当时做梦也无法想到的，是以值得在俳谐史上大写特写。他们的俳句中不乏以雄健之笔写豪壮之景的佳作，然而他们的壮阔不如芭蕉的壮阔，他们的盛大也未及芭蕉的盛大。文政以后的苍虬、梅室、凤朗之流，如同坐于三尺井中的群蛙，只知自命不凡，却难阔谈大海。这使得芭蕉意气扬扬，昂首独步俳坛。噫吁！芭蕉以前无芭蕉，芭蕉以后更无芭蕉。

　　……①

九、答　　问

　　或有人云：你说芭蕉俳谐集中的佳句占五分之一，难道还不够多吗？

---

　　① 第八节"各种佳句"多为对芭蕉俳句的罗列，在此略去不译。

我回答：我所说的佳句，只是就劣句而言的，并不是一种金科玉律式的标准。以这个标准而论，元禄时代的俳人各自应当有二分之一或三分之一以上的佳句。像芭蕉这样的五分之一的比例，就没有另外的例子。

或有人云：你写《芭蕉杂谈》，批评芭蕉的俳句，抹杀其名篇佳构，损坏其名声，岂不是对蕉翁大不敬的俳谐的罪人吗？

我回答：假如把芭蕉视为神明来信奉，把他的俳句视为神圣之作，将芭蕉及其俳谐二位一体，那可以说我是亵渎神圣。然而假如把芭蕉作为一个文学家，把他的俳句作为文学作品，以文学的眼光看待之，那就不会把他的佳作与劣作混同起来。怎能把这个叫做亵渎神圣呢？何况埋没佳句、称颂劣句者天下比比皆是，芭蕉在天有知，岂能以获得这样的尊敬而高兴呢？

或有人云："俳谐"是"俳谐连歌"的意思，发句只是其中的一部分，所以评价芭蕉不应只看发句，而必须看其连俳。芭蕉自己也不以发句自夸，而是以连俳自许。

我的回答是：发句是文学，而连俳不是文学，故不足论。连俳固然有文学的成分，但更有文学以外的成分。而以文学的成分而论，发句就足够了。

或有人追问：你所谓的"文学以外的成分"是指什么？

我的回答是：连俳所重视者，是变化。变化就是文学以外的东西。而这种变化不是那种在始终一贯的秩序和统一性之间的变化，而是完全缺乏有机联系的飘忽不定的急剧的变化。例如，"歌仙"这种连俳形式，只是将三十六首并列起来，唯有两首之间有着同一个上半句和下半句而已。

又会有人说：即便是将意义并不连贯的三十六首俳谐歌并列在一起，岂不也表现了与造化之变化相同的那种茫然漠然的趣味吗？

对此我的回答是：说得不错。但是，这种变化与普通的和歌或者俳句将三十六首并列在一起，其做法是相同的，并不限于连俳。上半句或下半句共有，这种情形不是出于感情，而是更多地出于智性。芭蕉的连俳长于其俳谐，这是事实，但这只能证明芭蕉的知识多。芭蕉弟子们的发句胜于芭蕉，而连俳远不及芭蕉，也证明了他们在文学感情方面较芭蕉发达，而在知识的变化方面不如芭蕉。

十、鸡声马蹄

以旅途为家，在鸡声马蹄间消磨尽一生的文学家有三人，分别是西行（和歌）、宗祇（连歌）、芭蕉（俳谐）。西行是文治六年（距离现在的明治二十七年已有七百零四年）二月十六日殁于旅途，享年七十三岁；宗祇是在文龟二年（距今三百九十二年前）七月三十旅至骏相境内去世的，享年八十二岁；芭蕉是元禄七年（距今二百年前）十月十二日殁于旅途中的大阪花屋，享年五十一岁。西行之后约三百年，宗祇出，宗祇以后大约二百年，芭蕉出，身前身后，似乎自有默契，实在令人称奇。

西行作为歌人，因漂泊天下，其歌吟咏名所旧迹者为多；芭蕉作为俳人，因流浪西东，其句叙写胜景旅情者为多；唯有宗祇以连歌为主，故而在旅途中少有发句。这是因为连歌注重前后的相连相续，故而很难取用眼前的风光为写作素材。我为宗祇深感惋惜。

西行原是北面武士，却转披僧衣成了漂泊的歌人；芭蕉原为藤堂藩士，却转而剃发做了漂泊的俳人。他们的境遇和气概都极为相似，这使芭蕉十分崇拜西行（或者说，芭蕉的笔法也是学自西行）。芭蕉集中根据西行或西行的歌所作的俳句如下：

洗芋女，若能解得西行趣，何不歌一曲。①
庭院花木深，西行庵亦有此景。②
滴滴白露净，涓涓欲濯浮世尘。③

---

① 原文：芋洗ふ女西行ならば歌よまん。
② 原文：西行の庵もあらん花の庭。
③ 原文：露とくとく試みに浮世すすがばや。

>　老人力已衰，牡蛎太沉不好带，莫如卖海苔。①
>　青松枝头，挂着点点露水，也挂着西行的破草鞋。②
>　　　　西行上人像赞
>　弃世弃此身，雪中亦觉寒森森，花开重见君。③

芭蕉的半肩行李中，总是装着一部《山家集》，可见芭蕉视之为珍宝。就连悼念芭蕉的俳句中也提到了此事：

>　时雨淅沥沥，忆昔君读山家集，今日为君泣。④

此外，在芭蕉的遗言中有"于心，则思杜子美之老辣；于寂，则慕西上人之道心"之语，足见他对西行的尊信。

西行之后，芭蕉继而又仰慕宗祇。

>　时雨潇潇，一夜避雨心寂寥，恰如世间走一遭。⑤

---

①　原文：蠣より海苔をば老の売りもせで。
②　原文：西行の草鞋もかかれ松の露。
③　原文：すてはてゝ身はなきものと思へども雪のふる日は寒くこそあれ花のふる日はうかれこそすれ。
④　原文：あはれさやしぐるる頃の山家集。
⑤　原文：世にふるはさらに時雨のやどりかな。

这是宗衹在信州旅途中的述怀之作。芭蕉也亲手制作雨笠并吟咏道：

宗衹匆匆来又去，世人皆如此。①

芭蕉思及自己与宗衹的相似之处，不禁百感交集，继而吟出此句。芭蕉去世之后，世上再无安于漂泊生涯的俳人。芜村虽稍近其趣，但到底不是像芭蕉那样跋涉于山河之间，享受天然之乐的人。芜村有句曰：

戴斗笠，着草鞋
芭蕉去后，时未到年末。②

十一、著　　书

芭蕉未著一书，然而他的门人借芭蕉之名著书者却不胜枚举。这就恰如释迦、孔子、耶稣等自己并无著书而有许多弟子编辑其经典一样。可见，时不论古今，地不分东西，但凡成大名者，皆自成一揆。

---

① 原文：世にふるはさらに宗衹のやどりかな。
② 原文：芭蕉去て其後未だ年暮れず。

《俳谐七部集》一书最是盛行坊间，出版了五六种以上，该书由《冬日》《春日》《瓠》《荒野》《猿蓑》《炭俵》《续猿蓑》七部合卷而成，大约发行于安永年间。其后，宽政、享和年间相继出版了《续七部集》和《七部集拾遗》，文政十一年又出版了《新七部集》。此外，天明以后陆续出版了《其角七部集》《芜村七部集》《樗良七部集》《晓台七部集》《枇杷园七部集》《道彦七部集》《乙二七部集》《今七部集》等，与此相应地，《俳谐七部集》或许应该称为《芭蕉七部集》。

专门记载有关芭蕉事迹的书籍也有不少。《泊船集》（元禄十一年）、《芭蕉句选》（元文三年）辑录了芭蕉的俳句，《芭蕉翁文选》《芭蕉翁俳谐集》（安永五年）则收录了芭蕉的文章和连俳，《翁反古》（天明三年大蚁编）则是记载了芭蕉手书的短册中未传于世的俳句，《芭蕉袖草纸》（文化八年奇渊校）主要收集了芭蕉的连俳，《俳谐一叶集》九册（文政十年）是芭蕉的全集，俳句、连俳、文章自不用说，甚至连同芭蕉的一言一行乃至事关芭蕉的所有纪录全部网罗于此。虽说是全集，但像这样录尽一个人所有的作品在他国也鲜有其例。然而考证的疏漏却偏偏是因为贪多，这使得集子中混入了一些并不是芭蕉所作的俳句，可说是一大遗憾。《芭蕉翁句解大成》（文政九年）是对俳句的注释，《奥之细道菅菰抄》（安永七年）是对《奥之细道》的注释。然而注释往往失于牵强附会而难以精确。

关于芭蕉传记的书目虽然偶有所见，但到底不多。《芭蕉翁绘词传》（宽政五年蝶梦编）、《芭蕉翁正传》（宽政十年竹二编）等虽然稍嫌普通，却最为疏杂。近者宗周所编的《芭蕉传》抄本，是用编年体写成，内容极为详细，但有无印刻本已不得而知了。此外，虽有《芭蕉翁行状记》（路通著）等书，但一直未曾得见。另外也有刊行一些芭蕉笔迹的书籍。

另有一部奇书，名为《芭蕉翁反古文》（与大蚁所编《翁反古》不同），也称《芭蕉谈花屋实记》或《花屋日记》，是芭蕉临终时的日记（其角的《终焉记》就是依据这本日记所作），记录了从元禄七年九月二十一日开始到芭蕉去世的葬仪以及遗物的所有始末。这是惟然、次郎兵卫、支考、去来等为芭蕉侍病床前时代他所记，该书从芭蕉的容体言行到其门人的吟咏以及知交的来访等，尽书其中，毫无遗漏。一读之下，一代伟人临终的行状便如在眼前，实乃世界一大奇书。大约到了文化七年，此书始得付梓。芭蕉去世之后百数十年间，此书一直被妥善保存，实在是我等之幸，这也是因为芭蕉的声名。

十二、元禄时代

近年来出现了"元禄文学"这样一个新的熟语，有人说这一熟语不应该单指西鹤的小说，而应该包含元禄时代的一般文学,这样最为便利。元禄时代开始讴歌德川天下的渐趋稳固和四海泰平,事实上这正是德川文学蓓蕾将发的时期。这一时期,文学上有三大伟人应天命降临人间,他们年龄相当,却朝着不同的方向各伸骥足。这三大伟人是谁呢?他们分别是井原西鹤、近松巢林和松尾芭蕉。有年表记,此三伟人皆生于宽永十九年,这实属误记。西鹤和巢林生于宽永十九年,而芭蕉则生于正保元年,其间仅隔两年,亦不为奇(另有一说,巢林生于承应二年)。

西鹤开创了一种小说。他不效仿御伽草子的简朴和小理想,也未学习赤本金平本的荒唐和乳臭,而是将所见所闻以奇警的文辞和简洁的语法原样写出,其所记的卑猥之处虽使人感到甚为可惜,但《源氏物语》以来首次致力于模写人情的,非西鹤莫属,而开"八文字舍"①之法门者,也非西鹤莫属,可以说小说界因为有了西鹤而受益颇多。

巢林子也开创了一种演剧。因为能乐的古雅无法迎合普通人的好尚,金平本脚色的稚气又不足以悦世人之耳目,于是巢林子在将两者折中之后,以敏赡流畅的文字模写世间百状,抒发人生热情,并托之于傀儡。以错综复杂的宇宙为底

---

① 八文字舍:江户时代京都的书店,起初出版净琉璃方面的书,至第三代八左卫门(自笑)开始,出版歌舞伎狂言本、演员评论记,后又与江岛其碛合作出版浮世草子,盛极一时。

本，并在舞台上加以表现，这是近松之功。

芭蕉也开创了一种独特的韵文和散文并以此来引导后生。其散文虽不及韵文盛行，但像《风俗文选》《鹑衣》这样的文章，则在称为俳文的雅文、军书文、净琉璃文之外自成一派。而平贺源内以及天明以后的狂文不也间接地受到俳文的影响吗？

这三人几乎生于同时却各自驰驱一方。若对其著作精细吟味，虽不免多少有些瑕疵，但不能否认三人都是他们各派的开创者。特别需要注意的是，三人都摆脱了一直以来荒唐无稽的空想和质素冗长的古文，而使用平民化的俗语模写实际的人情。三人虽声异而色同，末分而本合。正因如此，方有元禄文学。

十三、俳　文

三伟人中，近松成名稍晚，西鹤与芭蕉几乎是同时扬名同时辞世，文章也多有相似之处。其相似之处在于他们都破除古文法、崇尚简短，并尽可能删减文章中无用的词句。其不同之处在于西鹤多用俗语，而芭蕉则多用汉语。

芭蕉之文源自长明文、谣曲文而又独出机杼。自古以来，汉文是汉文，日文是日文，它们完全属于不同的文章，当然也有同一个人能作两种文章的情况。而长明则将两者稍加调和,《太平记》更是如此,谣曲又更进一步使两者相谐调,但是如果一味多用汉语的话,其句法便与古代的日文没有多少差别了。然而芭蕉的文章并不仅仅是单纯地使用汉语,而是在一章一句中都杂糅了汉文调(更确切地说是带有元禄调)。他所写的内容也并不是天然风光,而是自己的理想,特别是佛教出世的思想为多。以《野曝纪行》(贞享元年)的开头为例:

> 千里旅行,未聚路粮。或曰:"三更月下入无何。"①假昔人之杖,于贞享甲子秋八月,走出江上破屋,听得风声呼号,顿觉寒意沁骨。

可以看出其与古代日文句法完全不同。而《鹿岛纪行》(贞享二年)的开头则写道:

> ……同行者有二,一人是浪客之士,一人乃水云之僧。僧着鸦色墨衣,脖挂头陀袋,背负神橱,橱中供着出山佛像,曳杖前行,出得无门之关,无障无碍,独步于天地之间。现有一人,非僧非俗,欲渡无鸟之岛,岛

---

① 出自《江湖风月集》广闻和尚偈:"路不赍粮笑复歌,三更月下入无何。"

上有物，托名鸟鼠之间。于是自庵门乘船，抵达行德。

如果是普通的文章，至少会写成：

> 同行的人有两个，一人是浪客之士，而一人是水云之僧。

然而元禄以后，文章一般崇尚简单，芭蕉也不得不使用这样的句法。以真诚的语言来寄寓谐谑的含义，这就是所谓俳文的胚胎。《笈之小文》的开头：

> 百骸九窍之中有物，姑且命名为风罗坊。此物犹如轻罗，风吹即破。彼好狂句已久，终作了生涯之谋。有时倦怠，意欲放弃，有时奋进，企图自夸于人。心中难辨是非，为此心神不宁。虽欲成名立身，却为此所阻，又想以学愈愚，亦为此所破，终究无能无艺，只能专此一途。

其所说皆不出老庄的主张，其所述尽是汉文的结构。在叙述哲学思想的时候，不乏混合使用汉文句调的情况，但像这样多的却鲜见其例，这属于芭蕉的独创。一年之后，芭蕉又写了《奥之细道》的纪行文，其中有：

月日乃百代之过客，流年亦如旅人。江海浮舟之中，任凭年光流转；牵马羁绊之间，不觉老之将至。我就这样日日行于旅途，栖于旅途。古人也不乏死于旅途者。不知从何年起，我也会因风吹片云而浮起漂泊之思了。去年秋天，我浪迹海滨而归，拂去江上破屋的蛛网，转眼就住到了年末，冬去春来，看着云霞暧霼的天空，我又开始盘算着要渡过白川关一路行去。我就像被漫游神附身一样心中蠢蠢欲动，就像有道祖神牵引一般心神不宁，我缝好了裤子，换上斗笠的系带，针灸过足三里，心中早已开始惦记松岛的明月了，于是匆匆将住居转于他人，便去往杉风的别墅了。（"冬去春来"以下数句，颇似西鹤的文章。）

虽是老生常谈，但松岛确实占得了扶桑的第一风光，丝毫不逊于洞庭、西湖。水自东南流入松岛湾，湾过三里，潮水涌涨，如在浙江。湾中岛屿无数，高耸者直指云天，低伏者如卧碧波，重重叠叠，左勾右连。小岛倚靠大岛，大岛环抱小岛，如享天伦之乐。

与以前相比，这篇文章稍少了些棱角。不仅文章如此，在俳谐上也发生了同样的变化。

所谓俳文，其行文不仅庄重老健，而且常以滑稽谐谑取胜，这样的文章虽不足以称为俳文始祖，但就像和歌之外俳句兴起一样，和文之外，则无疑有另一种文体的勃兴，其门人诸子所写的俳文不就是由此脱胎的吗？然而他们只以谐谑为主而不能像芭蕉一样写出真诚的文章，这正如芭蕉能作壮大雄浑的俳句而他们不能一样，由此足以得知其各自才识的高下。

十四、补　　遗

芭蕉需要记载的事情很多，而我所指出的与那些专事评论芭蕉的宗匠之辈不同，只是在此无暇详论，只得暂且搁笔，下面我将其他未能说完的事项列举二三，作为本文的结尾。

一、松尾桃青，名宗房，正保元年生于伊贺国上野，是松尾与左卫门的次子。十七岁从仕于藤堂蝉吟公，宽文三年（二十岁）蝉吟公早逝，遂离家赴京，从学于北村季吟。二十九岁来到江户，寄居在杉风处。四十一岁秋，自东都出发途经东海道返回故乡伊贺，翌年二月又从伊贺出发，自木曾过甲州再到江户，是年，在鹿岛赏月。四十四岁从东海道回伊贺。次年在伊势参宫顺便拜见芳野南都，而后离开须磨明石，途经木曾，在姥舍赏月，并二至东都。四十八岁自东都出发，从日光、白河、仙台旅至松岛，通过象泻，取道北越，途经越前、美浓、伊势、大和，回到伊贺，直发近江。翌年入石山西幻住庵。四十八岁回伊贺，后寓居京师，并于冬初四至东都。五十一岁夏离开深川草庵进京，往来于京师近江之间。七月回伊贺，九月至大阪，同月患病，十月十二日殁。遗骸葬于江州义仲寺义仲墓侧。

二、芭蕉曳杖行吟，所至之处，东国为多，西国较少。他曾到过山城、大和、摄津、伊贺、伊势、尾张、三河、远江、骏河、甲斐、伊豆、相模、武藏、下总、常陆、近江、美浓、信浓、上野、下野、奥州、出羽、越前、加贺、越中、越后、播磨、纪伊，总共二十八国。

三、芭蕉掀起了所谓的正风，然而正风的勃兴并非芭蕉一人之力所能为，更是时运使然。贞室便时有近乎正风的俳句，宗因、其角、才丸、常矩等的俳句也早已暗含正风的萌芽，《冬日》《春日》等集虽编于正风兴起之时，但此时作正风俳句的人已不止芭蕉一人，其门人弟子也都作正风，不止其门人弟子，其他流派的人也作正风。而在正风发起之后，芭蕉的俳句却往往还留存着《虚栗集》的格调。综合这些事实详细推察，可以得知正风的勃兴是应时运变化自然而生的，芭蕉也不过是以其机敏使得正风得以发扬。

四、芭蕉的俳句只吟咏自己的境遇生涯，即他的俳句题材仅限于主观的能够感动自己的情绪以及客观的自己所见闻的风光人事。这固然应当褒扬，但完全从自己的理想出发而将未曾看到的风光、不曾经历的人事都排除在俳句的题材之外，这也稍能见出芭蕉器量的狭小（上世诗人皆然）。然而芭蕉因喜好跋山涉水，也就从实际经历中获取了许多好的素材。后世俳人常安坐桌边，又不吟咏经历以外的事物，却自称是奉芭蕉遗旨，实在是井底之蛙，所见不过三尺之天，令人不忍捧腹。而能够从空想中得出好的题材，作出或崭新或流丽或雄健的俳句并痛斥众人的，二百年来唯有芜村一人。

五、鸣雪翁说，芭蕉食量极大，因此罹患胃病去世，可得证于芭蕉手简：

> 糯米一升，黑豆一升，以及其他。
> 以上是今天晚餐时请传吉拿来的吃食。

> 刚才有两三个从乡下来的僧人来访，大约很快就会离开，恰逢家中无甚储备，因天冷倦怠，虽有不少素面，仍遣人买酒二升用以待客。

而且导致芭蕉去世的疾病就是由吞入细菌引起的，可见他的肠胃十分脆弱。虽然单将这段手记作为他食量大的理由稍嫌薄弱，但手记至少让我觉得鸣雪翁所说确有其事。多情的人在肉体的欲望无处延展的时候，往往会托之于食欲，芭蕉或许便是其中的一个。

六、芭蕉不曾娶妻，也没有与其他女子的相关传闻，这也许是他不怠戒行的缘故吧。史传中对此有无记载，尚且存疑。

七、后世俳人学习芭蕉手迹者甚多，这足见他们对芭蕉的尊崇。

八、芭蕉的论述，多是支考等诸门人的伪作，或者是出于误传。偶尔有确证为芭蕉论说的，不少也幼稚而缺少理论。虽说如此，我们也不该站在今天的角度横加指责。

九、芭蕉教导弟子和孔子一样，并非向每个人灌输绝对的理论，而是因材施教。

十、芭蕉曾戏作许六打鼾图，可见他也有顿智，近乎万能。

十一、天保年间有书记录了诸国所立芭蕉冢的情况。芭蕉足迹所到之处自不须说，其中甚至不无四国九州的边远地方。我曾在经过信州时考察路边的芭蕉冢，发现大多是在天保以后所设。到了今天，芭蕉冢已遍及六十余州，数目也是数不胜数。

十二、他在宽文年间称宗房，延宝、天和年间称桃青、芭蕉。那么他是在何时写下这首俳句的呢？

发句似年初，草庵春来，松尾桃青春亦来。①

---

① 原文：発句あり芭蕉桃青宿の春。

芭蕉是在深川草庵时因昔日的门人所称的芭蕉翁而得来的雅号，一般写作假名"はせを"（haseo），足见芭蕉对连写的自信。桃青一名的由来不详，据我推测，也许是芭蕉最初仰慕李白的磊落，因此取了与"李白"二字对举的"桃青"为名。到了后来，芭蕉虽不提李白而转学杜甫，但在他壮年驰驱檀林之时，与杜甫相比，他是更尊崇李白的。

十三、平安朝以后，日本的文学（特别是韵文）陷入了缘语、滑稽、理窟的桎梏，以致七八百年间都未曾产生摆脱这一桎梏而弘扬真诚的文学观念的人。到了足利末德川初，文学的衰颓达到极点，无论是和歌、连歌、俳谐、和文，还是汉诗、汉文，都是越写越拙劣。这样乌云深锁的文运，到了元禄以后终于开始渐渐发出光辉。俳谐中有了松尾芭蕉，汉诗汉文中出现了物部徂徕，和歌中有了贺茂真渊，和文中有了本居宣长，各派文学开始中兴，我国也有了真诚的文学观念（连歌自此绝迹）。而在这些人中，初辟鸿蒙、首成功业的当属芭蕉。他首次为日本文学注入了高尚脱俗的文学观念。我们又怎能将芭蕉单单视作一个俳人？

西鹤、近松的著作固然足可称为中兴之作，然而今天看来也不免幼稚和不尽如人意。而芭蕉、徂徕、真渊等的著作即便是今天看来也值得尊崇，实在不可同日而语。

（明治二十六年十一月～二十七年一月）

文学的本分①

伴随社会开化出现了连名字都不清楚的流行病,与此同时在远离俗世的宗教学术方面也有很多闻所未闻的事情。诸如僧侣争夺财产、教育者教唆别人做坏事、学者以追求学位为目的、从事文学的人在文章中进行人身攻击等。僧侣行为世俗化虽说是由于失去社会保护所致,但最根本只能是因为没有领会佛教的真谛;教育者行为世俗化虽说是社会腐败所致,但最终只能归因于自己不知道教育究竟是何物;学者行为世俗化虽说是由于社会没有开化所致,但最终只能归咎于自己没有精通学问;从事文学的人行为世俗化虽说是社会的浅薄所致,但最终只能是因为自己没有掌握文学的真谛,做了文学家却不了解文学,被人嘲骂,原因即在此处。不了解文学的人成了文学家,不嘲骂别人如何能成名呢?嘲骂甲嘲骂乙。嘲骂再嘲骂,唯恐嘲骂得太少。以暴制暴、以骂还骂,

---

① 《文学的本分》为《文学漫言》中的第三节,原载《日本》明治二十七年(1894)七月二十日。

谁又能知道鸟之雌雄，谁又能辨别言说之对错呢？我创作的诗歌欲得到万人的赞赏，我创作的小说欲得到千金的酬谢，原因不就在这里吗？有人对于名利是势在必争的。假如以文学家自居的人反省一下，想想文学是多么高尚优美、多么超然脱俗，就会知道恶语嘲讽绝不能增减文学的价值，反倒会亵渎文学的神圣。

人都无法消除嫉妒之心，都不愿意看到别人成名。因此自古以来长篇巨著初次面世时，很多都遭到了世人的冷嘲热讽。弥尔顿的《失乐园》就是如此。稍具慧眼的人，一旦被嫉妒之云所笼罩蒙蔽，那天边的明月也不能放射它的光辉，更何况那些凡夫俗子之辈，焉能发现真正的美好与巧妙！依我之见，被大多数人欢迎的文艺作品，不是平淡无味就是俚俗粗陋。看吧，被妇女儿童所喜爱的浮世绘①真的是绘画中的上乘之作吗？政府官吏所喜爱的报纸上的小说真的是小说之中的优秀之作吗？被习武和读书之人所推崇的公卿贵族创作的诗歌，真是诗中的精品吗？被没有学问、缺乏智慧的人所模仿和喜爱的景树派②的粗俗和歌，真是和歌中的佳作吗？被那些没有多少学识的宗师赞之为秀逸并感而叹之的俳句，果

---

① 浮世绘：日本江户时代出现的一种民众风俗画，也是日本传统的画种。主要描绘花街柳巷及庶民的日常生活情景，人物多是美女、官吏、武士等，也有风景和花鸟题材。

② 景树：即江户时代歌人、学者香川景树（1768—1843）。

真是俳句中的珍品吗？被那些没听过大雅之音的俗客赞为轻快巧妙的川柳之类，果真是音曲中的妙音吗？这些都是被大多数人所欢迎的，但这些作品之鄙俗、不值得吟诵是任何一个稍有文学素养的人都知道的。这样的话，世上从事文学的人何苦想要博得大众的喜爱，而得到很多的报酬呢？为了私利想要博取大众的喜爱，这种人心灵卑贱，其著作也应该是卑贱的，还称得上是文学家吗？自己想要得到更多的报酬，这种人的心灵本来就很低俗，其著作也肯定低俗，这还能叫什么文学家呢？

文学是神圣的、绝对的、高尚的、超脱的。为政治所左右，跟随时代潮流摇荡的文学不是文学。由金钱来决定价值、由社会来左右褒贬的，不是文学。被不懂雅致的匹夫匹妇所称赞的、被不明白诗趣的年少初学者所推崇的文学，不是文学。报纸杂志上啧啧称赞、天下公众喧嚣传播，这也不足以被称为是真正的文学。昨日大家尚且喧嚣称赞，以至一时洛阳纸贵，今天就突然搁置店头任凭油灯烟熏火燎，无一人提及，真正的文学岂能如此！阅读时争先恐后，等待即将出版的续作，唯恐中断，读完之后不会回头重新品味，真正的文学岂能如此！文学是神圣的、绝对的、高尚的、超脱的。

（明治二十七年七月二十日）

地图的观念与绘画的观念

是夜，我偷闲来到炭团坂上拜访鸣雪翁。两人谈话直入俳句，翁诘我对，我问翁辩，论辩批评，不觉便过数时，两人犹无倦意。最后谈及这首俳句：

春水流过，这无山之国。①（芜村）

我与鸣雪翁论俳句，常常入隐微而涉纤毫。批评之间，论断时有相异，但二人心中明了此为标准不同之故，并不会互相怪责。然而对于芜村的这首俳句，从去年以来两人的意见便常有冲突，却丝毫不知引发冲突的原因（标准）。

我们意见的不同，在于鸣雪翁认定此句为芜村集中的秀逸之句、俳谐发句中的上乘之作，而我对此句品位的判定，则比鸣雪翁低下一两个等次。究其原因，这首俳句并不是单单吟咏眼前的有形物，而是包含了无形的"理窟"，因

---

① 原文：春の水山なき国を流れけり。

此其中少有能够引发人的感情的事物。更加详细地说，"无山之国"并不是文学的客观景象，而更像是地理学的主观抽象。作者的本意固然是咏出眼前之景，也并非要故意使用抽象的语言，但是这样的表达方式却有抽象之嫌。"国"字并不是一个普通的有形名词，不是一眼能够望尽的数十里的广袤之地，但我们自幼就在各自的心中描画着"国"的概念，所以看到"国"的一部分就立即联想到"国"的全部也就不是难事了。然而以"无山"来体现"国"的性质，却并不是一眼之间就能获知的光景，而是在转头环顾四周却没有看到一座山岭时，方才将这一事实与"国"的观念结合起来，写下"无山之国"这样的抽象的观念；又或者是想起了曾经读过的地理书上那些没有山岭的国名，而后在心中再现（或者在心中创造）该国的风景。想来也就无外乎这两种情形了。但无论是其中的哪种情形，都是在联想上耗费了不少时间，而没有直接向读者诉说感情，使得风景跃至眼前。（确切地说，这首俳句并不是完全没有激起心象，只是其明晰程度尚有欠缺。）

　　这样的话，没有山岭的国就没有必要加以文学的描述了吗？答曰，不然。如果眼前所见就是国，就是无山，那就应当去吟咏"国"，去吟咏"无山"。但是像这样由形容词与名词接续而成的"无山之国"，是将许多观念综合之后所产生的抽象的无形语，是很难激发文学的感情的。例如：

> 武藏不见山，一江春水流潺潺。①
> 春水流过武藏国，处处无山郭。②

这样的俳句（姑且不论其巧拙）中就不含抽象的无形语，确切地说是除了"武藏国"之外再没有抽象之语。即不再作像"无山"这样抽象的性质化的表述，而是表现出了"眼中没有看到山"这一观看时的情形。

　　更精确地说，"无山"的消极表述到底没能脱出抽象之外。想要写出实地感，就须用"原野渺渺，青草碧连天"这样的语言。因此，这里所说的抽象不抽象，其实都只是程度高低的问题。抽象的要义，在于简单地说明事物，自不用说，这在文学上也是必要的。只是过于抽象的话，就会落入"理窟"而大煞风景，也不免让人产生淹没文学趣味之忧。

如上所述，过度的抽象观念会削减文学的趣味，在这一点上我和鸣雪翁的想法本就没有差异。然而单单在芜村的这首俳句上我们却产生了冲突，在完全不知道这是因为什么的

---

① 原文：山もなし武蔵流るる春の水。
② 原文：春の水武蔵の国に山もなし。

前提下，我们经过一个小时的论辩诘难，终于明白了其中的原因。那么原因到底是什么呢？原来，鸣雪翁是以地图的观念来看这首俳句，而我则是用绘画的观念加以玩赏的。这两种观念不单单止于在文学上引发异样的感情，我认为在心理学上也是需要大加研究的。

地图的观念、绘画的观念与主观的人事没有任何关系，只有对万物进行客观观察的差异。一言以蔽之，地图的观念是俯看万物，而绘画的观念则是平视万物。我们在现实中普通所见的景色就符合绘画的观念，山山相叠，树树相重，一山远过一山，一树深于一树，有空间的远近，也有色彩的浓淡，在前则大，在后则小，在近则现，在远则隐。而地图的观念却与此相反，就像乘着氢气球高飏虚空、俯瞰世界，一切事物都一览无余，其中没有绘画的远近浓淡，茫茫千万里之间的一山一水都无法逃出视线。例如由"箱根八里"所引发的绘画的心象，是这样一幅场景：两山之间，一条石子铺成的小路迂回曲折，一直蜿蜒到了森森的老树深处。而地图的心象，则不单单是看到以上的部分景色，还会将巍峨的高山、芦之湖中富峰的倒影、老树尽头杂生的芒花、路上石子掩埋的地方，以及山势稍低处直通三嶋站的一条道路全部在心中显现，地图的心象会穷尽"箱根八里"的文字所包含的无数光景。"百二山河"也与之相同，绘画的心象无法一一看到百二的山河，眼力所及，只有其中的一部分，整体会在模糊之间隐去，但是地图的心象则可以详细地看尽百二山河的全貌。

> 地图的心象虽有其名,但它原本不过是心中的幻象,而并不是真的像地图那样精细无味。通过地图的心象,可以在一眼之间看遍日本的六十余州,同时也能明白查知细微的一草一木。而且,像富岳耸立于芦之湖边这样的事情,在地理上理应是不存在的,这虽是事实,但在心象上却允许像这样并不共存的事物的并存。即使是鸣雪翁,经常显现在眼前的也不是地图的心象,而是以绘画的心象为多。

对于芜村的俳句,我和鸣雪翁相互冲突的意见就这样冰消雪融了。鸣雪翁以地图的观念来读这首"春水"之句,这使得日本的六十余州一一现于眸中,有山之处和无山之处判然有别。因此,不管是说"无山之国""武藏"还是"下总",都不是某一个地方的指称,而是日本全国范围内所有无山之地的总称。而"春水"也不是单指某一条河,而是对流经所有地方的河流的总括。所以我之前认为一眼之下无法看尽的风景在鸣雪翁看来却是可以的,这正是我们之间冲突的来源。

由此心象引发的感情的多少本就不是对其进行评定与优劣判断的标准。它除了对哪个发达哪个不发达进行研究之外别无他用。我们将实际所见的绘画的光景集中起来所显现出的地图的心象，在想象上无疑是极为发达的，但在心象的明晰度上却实在不够发达。诗歌和文章在文字上所能体现的光景不过占到实物的千百分之一，但读者的联想会激发起更多的绘画的心象，这会让模糊者变得明了，让粗杂者变得精细。这里所说的绘画的心象就是我们的日常所见。而地图的心象则原本止于主观界的想象，因此我们所看到的也都是模糊而笼统的事物，就像看德川时代地图的道中图一样。

我也并非完全没有地图的观念，不管是对"百二山河"还是"箱根八里"，我也能够看到比实际稍多的事物，但是并没有达到乘着氢气球俯瞰的高度，而仅仅止于在附近的山上向下观望的程度。世上虽不乏比我更具有地图观念的人，但我相信能够像鸣雪翁那样解读芜村的"春水"之句的一定鲜有其人。鸣雪翁地图观念的养成，大约源自自幼的教育、习惯，这使得他疏于实地而富于想象。鸣雪翁七八岁时便能读《草双子》，到了十三四岁已读尽大家的稗史小说，这也许是他完全向想象一方倾斜的原因之一。（需要注意的是，他所读的小说并不是明治的写实小说，而是德川氏的虚构想象小说。）

我在这里述其概略，只想烦请诸君一读，并想征问诸君，是否当真存在像鸣雪翁那样善于描绘地图心象的人。但请不吝告知之劳。

（明治二十七年八月）

俳谐大要①

第一,俳句的标准

俳句是文学的一部分,文学是艺术的一部分,因此审美的标准就是文学的标准,文学的标准就是俳句的标准。绘画、雕刻、音乐、戏剧、诗歌、小说等都应该以同一标准进行评论。

美是相对的不是绝对的,因此不能单独拿出一首诗、一幅画来评价其美还是不美,如果要评价的话,那只不过是拿出自己脑海里记忆的几件诗画暗自比较之后得出结论而已。

审美标准由各自感情而定,每个人感情各自不同,所以审美标准也各自不同。另外同一个人随时间和自己所处阶段的不同,感情也会发生变化,因此同一个人随时间和自己所处阶段不同,审美标准也不同。

---

① 原载于《日本》明治二十八年(1895)十月二十二日至十二月三十一日,共分八节。

既然审美标准是由每个人的感情所决定的,那么是否存在先天固有的先验的审美标准呢?假使存在先验的审美标准(换言之,最核心的审美标准),那么其标准是什么样的也无法知道,也无法知道其与每个人标准的异同。也就是说先验的标准与我们的艺术没有任何关系。

比较每个人的审美标准会发现,大同之中存在小异,大异之中存在小同。虽说如此,把各种事实归纳起来会发现,从整体上和长远目光来看,大致都会向同一方向前进。打个比方说,这就和船从南半球驶向北半球是一样的,有的船向东北方向行驶,有的船向西北方向行驶,有时向正东正西方向,有时向南,但总体来说结果都是从南向北行驶。如果这一方向能够叫做先验的审美标准的话,现在姑且称之为总括性的审美标准。

同一个人因时间、时代不同其审美标准也不同,但一般来说时间上靠后阶段的审美标准更接近总括性的审美标准。同一时代的人审美标准各不相同,但一般来说有学问有见识的人的审美标准更接近总括性的审美标准。但在特殊的情况下未必如此。

第二,俳句与其他文学

俳句与其他文学的区别在于其音调上的差异。其他文学中有的有固定音调，有的没有。但是俳句中有固定的音调，一般是由五音节、七音节、五音节共三句组成一首俳句，但也有六音节七音节五音节、或者五音节八音节五音节、或者六音节八音节五音节组成的俳句，其他还有很多小的差异，因此俳句与其他文学并不能严格区分开。

俳句的音调与其他文学形式相比较，并没有优劣之分，只有是否适合于所吟咏对象的区别。比如说复杂的事物适合于小说或者长篇的韵文，简单的事物适合俳句、和歌或短篇的韵文。简洁是汉诗之所长，精致是欧美诗歌之所长，柔美是和歌之所长，轻妙是俳句之所长，但俳句并非完全没有简洁、精致和柔美，其他文学亦然。

审美标准存在于审美情感之中，因此审美情感以外的事物对审美标准没有影响。多数人称赞的事物未必是美的，上等社会做的事情未必是美的，上个时代做的事情未必是美的。因此俳句并不因为普通大众都在创作就是美的，也不因为下层社会也在创作它就不美了，不因为是自己的作品就美，也不因为是别人的作品就不美了。

一般人总把俳句与其他文学作比较评价孰优孰劣，创作汉诗的人认为汉诗是最好的，创作和歌的人认为和歌是最好的，喜爱戏曲小说的人认为戏曲小说是最好的，可是这些都是一家之言，认为俳句是最好的，同样是一家之言。对照总括性的标准，我认为，俳句在文学中占有一席之地，丝毫不比别的文学样式逊色。

第三，俳句的种类

俳句的种类和文学的种类大致相同。

俳句的种类应该从各种不同角度划分。

划分俳句可以从构思和语言（古人所谓的"心"和"姿"）来进行，构思有巧妙与拙劣，语言也有巧妙与拙劣。有的俳句一方面巧妙而另一方面拙劣，有的俳句两方面都很巧妙，有的俳句两方面都很拙劣。

构思与语言相比，没有孰优孰劣、孰先孰后之分，有以构思之美取胜者，有以语言之美取胜者。

构思上可以划分为遒劲刚健、优柔、壮大、琐碎、雅致朴素、婉丽、幽远、平易、庄重、轻快、奇警、淡泊、复杂、单纯、认真、诙谐、流俗等，区分起来应该有千种万种。

语言上的划分与构思方面的划分非常相像，遒劲刚健的构思必须使用遒劲刚健的语言表达，优柔的构思必须使用优柔的语言，雅致朴素的语言适合表达雅致朴素的构思，平易的语言适合表现平易的构思，其他皆然。

构思上又分为主观的和客观的，主观的是指吟咏自己的内心，客观的是指把客观事物在意识中所投射的影像原原本本地描述下来。

构思又有自然和人的活动之分。人的活动是指描述人类社会中的万般事物，自然是指描述天文地理生物矿物等所有人类活动以外的事物。

以上各种区别皆无优劣之分。

以上各种划分都是相对划分，没有严格划分界限。

一个人的创作会有各种变化，每个人都各有所长。

第四，俳句和四季

俳句多吟咏四季主题，没有四季主题的不是俳句的主流，属于杂题俳句。

俳句中四季的题材是从和歌发展而来，但其界域更加广阔。和歌中题材数目仅仅不到一百种，俳句中达到数百种之多。

俳句中四季题材从和歌发展而来，但其意义更加深刻。比如，"凉的"这个词在和歌中既用在夏季，很多时候又用来表示秋凉，但在俳句中这个词完全限定在夏季，表达秋凉的意义时使用"初凉""新凉"等词语，现在这些词语也终于被废除了，"凉"字变成了夏季的专用词语，也就是说这一题材范围被缩小的同时，其意味也变得更为深长。

只说月亮，在和歌中应该属于杂题和歌，而在俳句中则表示秋季。"时雨"在和歌中晚秋初冬都可以使用，特别使用时雨表达树叶被染红之意,在俳句中"时雨"则仅限于初冬使用,因此几乎没有看到树叶被染红的用例。"霜"这个词在和歌中从晚秋季节就开始使用,而且是被当作树叶变红的原因之一,在俳句中"霜"只用于冬天的三个月,晚秋时节不用,因此不再是树叶变红的原因之一。《俳句季寄》①这本书中虽然设立了"秋霜"这一题材,但几乎没有看到相关的用例。

吟咏"梧桐一叶落"时,在和歌中应该作为秋季,而在俳句中"梧桐一片叶"不仅仅用在秋季,只说"梧桐"有时也表示秋季。"鹰狩"②这个词在和歌中表示冬季,而在俳句中这个词不仅仅用在冬季,"鹰"这一个词也可以用在冬季。

在四季题材中,花树花草和结果实的草中,都应该以其花和果实最多的时候来划分季节,紫藤、牡丹在晚春夏初时节开花,所以晚春夏初应该是它们代表的季节,并不是一定要区分紫藤代表春天、牡丹代表夏天。梨和西瓜也未必属于秋季。

自古在《季寄》书中没有的季节用语,只要它出现的季

---

① 《俳句季寄》:原名《四季词寄》,收集了俳谐中的季节用语,并举了例句。

② 鹰狩:指放飞人类驯养的鹰等猛禽来捕猎野禽、小动物这种狩猎方式,古代从朝鲜传入日本,在朝廷和幕府一起举行,当作冬天的一项传统活动,明治维新后为宫内省式部职管辖,二战后衰退。

节时令是固定的，就可以用作季节用语。例如在纪元节①、神武天皇祭②等时令固定出现的事物，毋庸置疑"冷饮店"可以代表夏季，"烤红薯"可以代表冬天。另外像"彩虹"和"雷电"代表夏季，这应该也没有什么不妥吧。

四季题材中也有一些虚的（抽象的）事物需要人为地划定其界限，从大的方面来说，四季的区分就是这种情况。把春天限定为立春和立夏之间，把夏天限定在立夏和立秋之间，把秋天限定在立秋和立冬之间，把冬天限定在立冬和立春之间，也就是说，立冬后过了一天也绝对不能吟咏秋风了，立夏后过了一天也绝对不能再吟咏春月了。

长闲、暖、丽日、日长、朦胧这些词，肯定表示春季；夜短、凉、热，肯定是夏季，冷、凄、朝寒、夜寒、坐寒、渐寒、肌寒、刺骨、夜长，肯定是秋季；寒、冷肯定是冬季。白昼最长的是夏至前后，可是在俳句中日长指的是春天；夜最长的是冬至前后，但俳句中长夜指的是秋季，完全没有道理，全凭人的感情决定。这样既然固定了，就一定要用在春

---

① 纪元节：日本四大节日之一、1872 年，把神武天皇即位日（二月十一日）设立为节日。二战后废除，1966 年以"建国纪念日"这一新名称得以恢复，从第二年开始实施。神武天皇是日本《古事记》和《日本书纪》记载的传说中的日本天皇之祖。

② 神武天皇祭：日本传统节日，每年四月三日举行，据说是神武天皇驾崩日。

秋季节，不能混淆用到其他季节。

此外，还有春天的霞、阳炎①、东风，夏天的送来绿叶香气的风、云峰，秋天的露、雾、银河、月亮，秋天吹透草木的强风、星月夜，冬天的雪、冰雹、冰，像这些都是在某个时令固定出现的，所以可以固定代表某个时节。但是与夏季相组合，吟咏夏季的霞光，与秋季相搭配，吟咏秋季的云峰，这原本也是无妨的。

看到四季的题材即可以引发那个时节的联想。比如一说到蝴蝶，眼前不仅会出现翩翩飞舞的带翅膀的小昆虫飞来飞去的画面，还能让我们联想到春日渐暖催生草木赶快萌芽、在黄色菜花、绿色麦地中间三五成群的少女嬉戏欢笑的场景。只有产生联想才会在俳句的十七字的小天地间生出无限意趣，因此如果一个人无法理解这种对于四季的联想，那他最终也无法理解俳句，没有此种联想的人，说俳句浅薄无趣也是自然而然的。（可以说俳句中使用的四季题材其含义是仅限于俳句的范围。）

非主流的杂题俳句，由于不能引起关于四季的联想，很多意义浅薄，不值得吟诵。只是提及风格雄壮崇高的俳句的话，它们是不以四季变化为主题的，所以可以偶尔看到此类杂题俳句。在古代创作的数量极少的杂题俳句中，超过半数

---

① 阳炎：指春天风和日朗的日子里，田野上缕缕升起的地气。

是吟咏富士山的，但这些诗中值得吟咏的也就是那些描写富士山的俳句。

有人会问，时间上加以人为划定，然后再分别命名并以此为题，这一点已经明白了，但为何在空间上不同样划分界限呢？答曰：时间上每一年相同变化都以同一顺序反复出现，所以可以划定界限并命名，可是空间变化毫无顺序可言，是不规则的。比如，山峦河海郊原田野这些没有一个是有顺序的，如果想要对其命名的话，必须把人类所能看到的地方都一一命名，地名就是这样的。与时间上的界定划分相比，地名间的区别更加明确，俳句中使用地名，确实是一种良方，使用最简单的词语表达最错综复杂的意义，但一个人如何能够把地球上的所有地名和其对应的风景都了解到呢？而且正因为相互间明确区分，所以感到每个地名能够使用的区域非常狭窄。换句话来说，把四季名称与地名相对照的话，会发现地名间相互区分过于明确，使用范围过于狭窄，且让不了解此地的人产生相同的感情也是极其困难的事。也就是说，四季的变化是很多人都熟知的，但东京的名胜京都有很多人不知道，京都的名胜也有很多东京人不知道，这就是季节和地名的不同所在。

第五，学习的第一阶段

如果要创作俳句的话，就应该原原本本写下自己的所思所想，莫要求巧，莫要避拙，莫要怕被他人笑话。

想要创作俳句时，在想法产生的瞬间写出半句也可以，有一句也可以先记录下来。初学者总认为，反正不能把自己产生的灵感创作成一首十七字的俳句，很多时候就放弃了，这样自己实际吃了大亏。写不成十七字，十五字、十六字、十八字、十九字，乃至于二十二三字都没有关系，另外觉得想不出文雅、诙谐的词，就抛弃了自己的灵感，这是不对的。雅语、俗语、汉语、佛教用语都没有关系，无论如何先创作出一首有韵律的俳句即可。

初学者一开始就问切字[①]、四季题材、假名使用等问题，所有事情都知道了当然是件好事，但知道了也不意味着就能创造出俳句。不知道语法的人写出优秀的俳句，使世人大吃一惊的事例也很多。你不妨可以认为俳句中语法、切字、假名的使用等一切规则都不存在。想掌握这些知识的人，应该会逐渐掌握的。

创作出一首俳句后，可以拿给同道前辈看看求教一下，羞于向别人展示反倒不好。相反，很多情况都是初学时写的诗句脱离俗气、非常优秀，掌握一些技巧之后反倒陷入俗流。

初学时不自信，本应该记下的句子没有写下来，这虽然

[①] 切字：连歌或俳句中用于断句、表示感叹之意的虚词，主要是助词或助动词，常用的有"や""ぞ""かな"等。

不好，但是感到羞耻没有自信的话，那就会想方设法要创作出好的诗句，有这种愿望是件极好的事情，希望把这种渴求的心情一直保持下去。

有的人虽然创作了很多俳句，但不向别人展示，如果觉得没有可以求教的人，不展示也可以。在创作很多作品的过程中，自然会明白很多道理，搞清楚很多事情。向前人请教，几句话就能够明白的事情，自己却要花费数月数年的辛苦才逐渐搞懂，这种做法好像绕远了，浪费了精力，但实际上恰恰相反。这有三个好处：一、如此而得到的知识会深深地浸入脑海中再也不会忘记；二、抒写诗句时会更加应用自如；三、而且这可能诱发你明白新的道理。

可以把自己创作的俳句先写到纸片上，经常反复地吟诵推敲，在这过程中或许能表达出自己原来没能表达出来的东西，并且以此为参照，可以看到自己取得的进步。一方面自娱自乐，另一方面还可能促使自己取得更大的进步。

关于四季的题材，在创作的时候可以记住一首中只能写一个季节，但没有季节也不是不可以的。

应该吟咏当时当地的景物，这样联想产生得快，感情深厚，更容易创作。但身居春天联想秋天，身处夏天联想冬天，这也是不可或缺的，只要任由自己的兴致所至，随兴即可。

自己创作俳句时最需要做的是阅读古今的俳句作品，边创作，边阅读，这一过程中会取得显著进步。把别人的俳句与自己的作品摆在一起阅读，会发现别人构思中的苦心孤诣之处，读完别人的名句之后自己再创作的时候，会灵感迸发、句调自在，感觉犹如得到名家相助一般。

觉得自己正在取得显著进步，或者虽然思想尚未理清，只是觉得灵感猛烈迸发的时候，一定不要放过这种时机，即使是一星半点，也要尽量试着创作出来。这种时候确实是取得进步的一个阶段，就像佛教中的大彻大悟，或者基督教中的神灵附体，心中会生出一种愉悦之情。这种经历在学习俳句过程中会经历好多次，如果只经历过一次就认为自己已经大彻大悟的话，那就无法修得正果，犹如禅宗修炼中的半途而废，会一直轮回徘徊于迷茫之中，无法参透俳句创作的真髓，所以应该怀有更大的志向。

如果阅读古人俳句的话，大致可以选择元禄、明和、安永、天明时期的俳书，其中我推荐《俳谐七部集》《续七部集》《芜村七部集》《三杰集》等。作家个人作品集中可以阅读《芭蕉句集》（哪本都可以，但要注意作品中良莠混杂）、《去来发句集》、《丈草发句集》、《芜村句集》等，但所有著作中都不可避免地多少有些低劣的俳句，其中低劣作品最少的可能要属《猿蓑》（在《俳谐七部集》中）、《芜村七部集》、《芜村句集》等。（普通百姓一般阅读《故人五百题》，适合于初学者。）

可以阅读古代俳书，可以抄写临摹，可以摘抄其中的精华，也可以在一个题目下面分类整理。

一半借用古句,一半重新创作,这样不感到困难的话,可以取用古句中的好材料供自己使用,或者模仿古句中的音调,来体味音调的变化。

按照常见的方式学习俳句的人,大多会从一开始追求巧妙,以委婉为主,俳句师父也向这个方向引导,最终陷入细节之处的打磨上,永远不能具备高超的见识和能力。俳句师父们觉得初学者创作的俳句是大而无用的东西,认为土当归再珍贵,也长不成庭院盆景中的大树,他们好像喜欢盆景中那些被人强行扭曲的松树。想在盆景假山中创作俳句也未尝不可,那些师父所创作的俳句也如盆景松树般受到限制。俳句界是不能接受如此的束缚限制的。

初学的人在古代俳句中看到了自己想要吟咏的题材,就会怀疑古人是不是已经穷尽了这种题材呢?这只是看到共同之处而没有看到差异,应该试着再前进一步,去怀疑古人为何留下了这个好题目赋予我辈呢?

初学者得到"银河"这个题目,想要创作俳句时,应该首先想起以下俳句:

波涛汹涌大海上,横贯海峡的,银河。① (芭蕉)②

---

① 原文:あら海や佐渡に横たふ天の川。
② 括号内为作者名,下同。

深夜中，回首远望，银河。①（岚雪）
夜色渐深，水田上空的，银河。②（惟然）

这时千思万想地寻找佳句，最终感觉银河的意趣已经被上面三首俳句说穷尽，没有剩下丝毫的空间。于是就把笔扔到一边叹息："罢了，罢了！"中途放弃。翻开古代俳句书籍，感觉不断地遇到吟咏银河的俳句。即使不是上乘佳作，也具备某种句调风格和构思意趣，未必都是常见之作。例如：

天上的银河啊，莫下雨，淋到我身上。③（浪花）
天上的银河水，要拍打到，马驹的头了。④（去来）
引下来吧，天空中的，那条银河。⑤（乙州）
银河啊，你要顶住，西南风的吹拂。⑥（史邦）
夜夜熟识的，银河啊，今晚却是这样。⑦（白雄）
银河，看起来好像，悬在星星上面。⑧（同上）

---

① 原文：真夜中やふりかはりたる天の川。
② 原文：更け行くや水田の上の天の川。
③ 原文：一僕を雨に流すな天の川。
④ 原文：打ち叩く駒のかしらや天の川。
⑤ 原文：引はるや空に一つの天の川。
⑥ 原文：西風の南に勝つや天の川。
⑦ 原文：よひよひに馴れしか今夜天の川。
⑧ 原文：天の川星より上に見ゆるかな。

沿江，流动的灯光，像银河一般。①（晓台）
　　　银河，显得很窄，好像能跳跃过去。②（士朗）
　　　银河，不过是，聚合在一起的凉意。③（同上）
　　　银河在，和守田人说话处的，正上方。④（乙二）
　　　晾晒内衣的竹竿的前端，连接到了，银河。⑤（岚外）
　　　（吟巨鼇山）山风吹过，橡树与柏树，都汇入了银河。⑥（同上）

或滑稽、或壮大、或真率、或奇拔、或与人相关联，确实是十人十种风格。看到这些就会明白自己刚开始的思路非常拙劣，一味地把银河看成是在天空中延展的一种事物，所以脑海里没有浮想出创作灵感。原来如此，把七夕星辰想象为人，为了爱情卷起衣角趟水渡过银河，想到此处就会发现兴致所在。或者当黑夜骑在马上仰望银河时，或者当山上树木郁郁葱葱银河发着白光高悬天空之时，或者当途中与人聊天无意中仰望天空、发现银河将要滑落到自己的头顶之时，或者在你看来银河并不

---

① 原文：江に沿ふて流るる影や天の川。
② 原文：天の川飛びこす程に見ゆるかな。
③ 原文：天の川乱の涼み過ぎにけり。
④ 原文：天の川田守とはなす真上かな。
⑤ 原文：ててれ干す竿のはづれや天の川。
⑥ 原文：山風や樫も檜も天の川。

宽阔，就像条二三尺宽的河沟之时，或者当银河像一条向着七夕星辰扬起的腰带在风中上下翻舞之时，你能够明白仅仅是一条银河，观察的方式就是如此的不同，其结果也变幻无穷。

不深入思考，只知晓两三句别人创作的俳句，往往就认为没有创作思路了，反倒是知晓了十句、二十句甚至百句之后才能够获得无数的创作灵感。担心古人可能已经使用了自己的思路而不愿意去阅读古人创作的作品，这种伎俩比掩耳盗铃更加可笑。

一题只吟咏一句，也可以就很多题目加以尝试，用一个题目吟咏十句或百句，尽量尝试多种变化。

欲就一个题目创作百首俳句时，开始的四五首肯定会感觉创作艰难，之后的创作会稍感容易些，完成二三十首俳句之后，会立刻体味出各首之间的差别，应该感觉到自己能够创作一百首左右。

可以采取大家坐在一起吟咏俳句相互评点，或者请俳句师父分别打分的方式来相互比赛竞争。为了领取好的奖品而吟咏俳句，是非常没有品位的行为，不是君子之所为。可以把俳句下卷或整卷书作为奖品，有条件的话，也可以把俳书作为奖品。

严禁涉及三笠附征集、俳句首句征集、赌博之类的为了获取个人利益为目的活动。

一个小时创作数十、上百首俳句也行，花费数日来推敲一首俳句也是可以的。快速创作可以培养果断大胆的行为能力,痛苦思索吟咏俳句可以练就谨慎行事的性格。

对俳句中的词语及涉及的相关背景知识,如果有不明白的地方,应该翻阅索引书籍或向学者咨询查证,如果词语和涉及的背景知识都掌握得明白无误,仍然无法理解这首俳句的意思的话,应该自己仔细琢磨,仍不明白的话再向学者请教。

初学俳句的人理解俳句时,很多人总是想探寻作者的"理想",可是俳句中包含理想的非常稀少,原样描述客观事物的俳句很多,而俳句的趣味性恰恰存在于后者。例如:

　　古老池塘啊,一只蛙蓦然跳入,池水的声音。①(芭蕉)

看一下这首俳句,有人穿凿附会地推测作者的理想是表达闲寂之情呢,还是禅学中的悟道之句呢,还是存在于其他的什么地方呢。但可以理解这首俳句没有任何理想之类的东西,就是纯粹的客观描写。青蛙跳进了古老的池塘中,芭蕉听到了嗵的一声,就这样描述了下来。

　　闪电啊,昨天在东,今天在西。②(其角)

---

① 原文:古池や蛙飛びこむ水の音。
② 原文:稲妻やきのふは東けふは西。

一些俗人认为这首俳句包含了诸行无常的理想，作为一首佳作非常喜爱，但是作为文学却没有任何价值。

对初学者来说，往往想要创作譬喻、难题、冠附①、前后句顺序颠倒、回文②、盲附、时事杂咏等俳句作品，但这些因素都是文学以外的因素。换言之，在非文学的事物上披上了文学的外衣。因此一般来说这些都不是俳句，如果想吟咏这些主题，而且还要多多少少使之带有文学风韵的话，那必须是俳句创作高手使用轻松诙谐手法才能完成的，不是初学者所能企及的。

没有学识的人难以分辨俳句在趣味上的高雅与粗俗，有学识的人偏执于理想的追求，常常彷徨于文学的范围之外。但最终大多数情况都是有学识的人要比没有学识的人优秀。

写文章的人、写诗的人、写小说的人想要创作俳句，感觉俳句的语句过于简单，说俳句最终不能表达任何思想。但这都是因为联想习惯上的差异而得出的结论，想把复杂的思想全部收纳在这十七字之中，所以无法完成。如果选取适宜俳句表达的简单思想的话，应该就能轻松自如地放在这十七字之中来表达。即使是复杂的内容，把其中最具有文学特色、最具有俳句

---

① 冠附：前文"三笠附"是冠附的一种形式。即杂俳中，评分者给出俳句上句的五个字（包括假名），其他人续中句、下句，完成一首完整的俳句。

② 回文：指和歌、连歌、俳谐中的回文手法，即一首俳句从前读和从后读读音相同。

特征的一个要素抽取出来，放在这十七个文字当中，也能成为俳句。对初学者来说，比起先发表议论，创作才是最重要的。

如果有人模仿古歌调创作俳句的话，俳句师父辈的人也许会斥之为"古老""旧作的翻改"，其实是俳句师父自己无知，岂不知他所奉为新奇之作的那些作品，只不过全都是天保年间以后的仿制品而已。虽说同样都是仿制品，但金子和铅之间有很大差别，切莫误导初学者。

古代俳书中谈论俳谐理论的书籍，初学者不可阅读。即使是芭蕉门人的著作，其中十之八九也都是谬误，尽管其欲阐释的精神未必是错的，但文章的字句无法传达这种精神，会给后人带来困惑，这种地方比比皆是。如果不打算学习古代假名用法和语法的话，不用学习俳书，参看普通的和文书籍即可，如《古言梯》[①]《词八衢》[②]《词之玉绪》[③]等应该有很多。

有人说俳谐是滑稽诙谐的，不滑稽诙谐就不是俳句，此类

[①] 《古言梯》：语言学书籍，一卷，楫取鱼彦著，1764年成书，从古书中萃取出契冲制定的假名用法的证据之处，按照五十音图顺序排列，分别标示出其典籍出处。

[②] 《词八衢》：语言学书籍，二卷，本居春庭著，1806年成书，1808年出版。该书把动词活用按照四段动词、一段动词、中二段动词和下二段动词分类，并总结了词尾变形规律。

[③] 《词之玉绪》：语言学书籍，七卷，本居宣长著，详细解释日语中て、に、を、は的用法。广泛使用《八代集》等资料，就上述系词连接法则及意义、用法等进行实证说明。

人格局太小，不值一笑。只能说俳谐中偶然引入了诙谐而已，这就好比喜好浊酒的马夫喝了清酒之后，觉得清酒不是酒。

有的初学者说没有建立自己的标准，感觉很苦恼。这是理所当然的，不必苦恼。大量创作、大量阅读，在这过程中自然而然地就会确立起自己的标准。

创作俳句时只要自己感到有趣味性即可。自己尚未觉得有趣，就想让别人感觉到其趣味性，这是俳句师父及其门生们而非真正俳人的心理状态。为了一匹绉绸和一块金表而创作的俳句，应该除掉绉绸和金表之后再来评价，恐怕连作者自己都会为作品的拙劣卑俗感到吃惊。

有空的时候强迫自己创作俳句，繁忙时也勉强坚持创作俳句，以至于自己为此烦恼，这些做法都不太合适。有灵感时应该任由灵感迸发创作俳句，没有灵感时也不必强求。有时在空闲时一句也写不出来，繁忙时反倒会短时间内创作数首俳句，这非常有意思。

为了创作俳句最好摈弃杂念，但绝对不可以忘记本职工作。不投入热情的话，无法在此道中取得进步，过于投入热情的话又会导致忘记本职工作，其尺度的把握还在于自己。

俳句的题材一般使用四季景物，但是题材不应该仅限定于季节景物，也可以吸纳季节以外的杂题，与季节相结合来创作俳句。两者不同时尝试的话，最终难免会使创作陷入狭窄的境地。

关于俳句的主题,并没有要求一定要以其主题为中心来创作,只要把主题词吟咏在俳句中就足矣。比如以围巾为题材创作时,如果围绕围巾为中心的话很容易落入俗套,倾向于平凡,因此时刻不要忘记在俳句中略微提及此词之后就要向其他方面偏移话题。

摘掉围巾,整好衣领,在富士山的晴空下。① (湖春《初下东武时》)

像上面这首以富士山为主要对象来创作俳句也是没有关系的。如不如此处理,作品就会流于俗套,而且能够变化的余地就缩小了,因此俳句不必像和歌那样非常严格地切题。

在得到一个俳句题材时,不仅可以不把此题材作为主要对象,而且此题材还可以是完全空想之物,将其虚写也可以。例如以"爬山虎"这个秋季题材词创作的俳句:

野之宫②的,鸟居上连爬山虎,都未曾有过。③ (凉菟)

---

① 原文:頭巾取り襟つくろふや富士の晴れ。
② 野之宫:指天皇女儿或者女王要斎宫时,深居一年的宫殿。设有黑木的鸟居,围有柴篱笆。
③ 原文:野の宮の鳥居に蔦もなかりけり。其中的"鸟居"即日本神社的牌坊。

上面这首俳句中，爬山虎这个实物在俳句中并没有实际存在，但也没有关系，这仍然属于秋季之题。

在常见的俳句题材中，还有一种固定搭配的词。比如在"雪"的题材中，如果固定搭配的文字规定为"后"的话，那么在以雪为题材的俳句中一定要把"后"字吟咏进去。如果单是以"雪"为题材的话，低俗的俳人会剽窃古人之句，或者很多人会把自己原来的俳句反复拿出来使用，这是为了防止上述现象的产生而发明的一种预防对策。这种对策确实不该对明道义、知廉耻的人使用，更何况通过固定文字搭配，根本不可能创造出佳句。

在别人看来不够好的俳句，如果自己认为好的话，可以不必在乎别人的看法而坚持创作，如果这种俳句果真不好，在长时间、大量的创作过程中，自然会产生厌恶感。

如果初学者看到古人的俳句，有许多根本不能理解，这毕竟还是因为很少阅读古代作品的缘故，不必因此而以为古代俳句无法理解，俳句很难学。可以从容易理解的俳句入手，而走向俳句创作。

或者以创作难以理解的俳句来显示自己学问的高深，这种思维方式也只是俗人之偏见，晦涩拗口的俳句不是优秀作品，平常通俗的俳句才最值得珍视。

虽说俳句的绝妙意味最终无法用话语解释，只能凭借各人去体悟，但是字句的解释原本还是容易做到的，因此向初学者解说古代俳句的时候，可以一并加入一些评价。

  牵牛花，抓住了水井的吊桶，去他处讨水。①（千代）

牵牛花的藤蔓缠在吊桶上，不切断藤蔓就不能取下吊桶。本句表达的是牵牛花攀附在吊桶上，意思是说吊桶因为被抓住了，所以才去别人家讨水。这句"讨水"构思极其低俗，是画蛇添足之笔。只说吊桶被牵牛花抓住反倒更好，且"抓住"这句也最低俗，我认为只要把牵牛花缠在水桶上这一场景忠实描述下来就可以了。虽然这首俳句脍炙人口，但粗俗之气太重，不能够称为俳句。

  (《学习的第一阶段》中所列举的各条都是随想随记录下来的，因此难免前后顺序混乱、重复，还请读者谅解。)

  水井边的樱花，危险，酒醉人。②（秋色）

这是一名叫做秋色的女孩十三岁时的作品，因为与上野的樱花联系在一起，所以那棵樱花被叫做"秋色樱"，现在还在清水堂后面，是一棵被围起来的老树，水井还遗存在树边（但是据

---

① 原文：朝顔に釣瓶取られてもらひ水。
② 原文：井戸端の桜あぶなし酒の酔。

考证者说，真正的秋色樱不在此处，在靠近摺钵山附近）。此首俳句意思是酒醉之人想看一看水井边开放的樱花，无意识地要走到那棵树下面，作者担心他万一过去会掉到井里吧。"危险"的主语是醉酒人，不是樱花，而且没有醉酒人这个词，只是"酒醉"这个空洞的表达，因此按照普通文章的思路非常难以理解，这样看来这首也和千代作的那首牵牛花一样粗俗，不值一读。只是与千代那首相比，俗气要略微少些吧。

它被蚊子困扰，蚊子也被它困扰，它是蒲扇吧。① （佚名）

在俗众之间流传的这首俳句，不知道作者何人，意思不必解释，像这种俗之又俗的俳句，与前面两首相比，要算是等而下之的作品了。在俗众之间有很多人说这首俳句是发句②，这不过是为其粗鄙狡辩而已。

这成何体统，赏花人带着，长刀。③（去来）

此首俳句批评那些身带长刀去赏花的人。赏花的时候就不应该

---

① 原文：蚊にこまる蚊もまたこまる団扇かな。
② 发句：连歌中的首句。
③ 原文：何事ぞ花見るひとの長刀。

身带威严的长刀出现在人群之中了吧，嘲讽那些人缺乏风雅，不成体统。这种俳句中多多少少含有一些理想，因此在俗众间传播，并且受到称赞，但是所谓的优秀俳句不一定都是这样的作品。不，毋宁说要知道此种俳句是最低俗、最容易创作的。此首俳句在包含理想的俳句当中应该算是上乘之作，但是初学者学习此种俳句是最不靠谱的。

样子好像披着被子，在睡觉吧，东山。①（岚雪）

没有实际看见过东山的人很难理解此诗的意味，应该试着去一次京都，认真地欣赏一下东山。在低矮群山的附近，山顶上一点一点地高低起伏，跟人盖着被子睡在那儿非常相像。正因为如此，所以说这首俳句用的是譬喻手法。此俳句虽然不是格调高雅的作品，却以其诙谐、轻快绝妙的风格取胜，不是那么容易模仿的作品。关于此首俳句，其作为俳句的特色是很难被理解的，不用说一般的俗众，就是普通文学者也难以做到。就是指冬季这个季节主题。被子代表的是冬季，此俳句用被子来譬喻，如果没有其他证明季节的词语的话，那这首俳句

---

① 原文：蒲団着て寝たる姿や東山。其中，东山指京都市鸭川东部连绵的丘陵地带。意思是位于京都市东面的山。一般指北从比叡山开始南到稻荷山为止，古代有东山三十六峰的称呼，风光旖旎，多名胜古迹。

表达的还是冬季。如果按照一般俗人理解，这首俳句只有东山这一层譬喻的话，那就稍微有点可笑了，此句也就没有任何意趣了，正因为还有冬季这层譬喻意义在，才能产生该句的意趣。尽管是都城，冬季万物枯萎，观赏时感觉寂寥万分，在寒风之中作者观赏的东山已经褪掉了春日里娇嫩水灵的外表，只是寂寥、萧瑟地横卧在城东，确实好像盖着被子躺在那里，寂寞之中多少带点趣味，使人觉得有趣味性。如果有人对此种理解持有异议，那可以在夏季观赏东山时体味此首俳句，观赏冬季的东山再加体味，在比较之下或许可以相互显映。

　　以为是我的雪，轻轻地，在斗笠上。①（其角）

一般此首俳句是以"以为是我的东西　轻轻地　斗笠上的雪"这样的版本流传的，但"我的东西"极其低俗，因此以"我的雪"为准。意义不必解释，这属于短歌类型，所以产生了近于艳体的感觉，俗人认为这首作品难得，但这正是这首俳句的低俗所在。作为其角的作品，其新鲜感值得赞赏，但是如果有人要模仿的话，必定会马上陷入歧途。

---

① 原文：我雪とおもへば軽し笠の上。

稍作停留，花上的，月夜。①（芭蕉）

这是芭蕉在吉野吟咏的一首俳句，这首俳句表达了吉野花多，到处都是一大片花朵，连月亮也久久停留不肯从花丛上离去之意。这里的"稍"表达的是稍微长久的意思，这是一首俳句外行人喜欢的作品，没有深刻意义。大概是因为其不描写实景，趋于写理想的缘故吧。

　　　泥鳅逃跑了，以为我要捉它呢，我是要摘野芹菜呢。②（丈草）

野芹菜代表的是初春，此首俳句意思是伸手去采摘野芹菜时，野芹周围的泥鳅大概是担心自己被捉吧，逃到远处躲起来。泥鳅用了拟人法，稍微带点嬉戏诙谐的味道，这是丈草独特擅长之处。虽然品位不高，但仍不失为一首名句。

　　　寺院门前的，穷人家也在游乐，是冬至吧。③（凡兆）

---

① 原文：しばらくは花の上なる月夜かな。
② 原文：わが事と泥鰌の逃げし根芹かな。
③ 原文：門前の小家もあそぶ冬至かな。

冬至是白昼极端短暂的一天，从这天起太阳又重新返回。但上面俳句中使用的并不是这一意思。大概因为冬至是禅宗中规定的祭祀祖先的日子，居住在寺院门前的贫苦人家也因为寺院的缘故，在冬至这一天要祭祀游乐。读完整首俳句会明白，"门前"不是指普通人家的门前，而是指寺院的门前。另外门前的贫穷人家究竟是靠什么过活，尚不清楚。从俳句前后的意趣来推测，可以知道不管是直接还是间接，肯定是靠这家寺院过活。这首俳句是元禄时期创作的，在当时像"门前"这样的汉语词汇还很少使用。这反倒与后世芜村的歌调风格很相像，表示"寺院门前"的意思时在汉音[①]中都读作"门前"，不仅是寺院，佛教中汉音用语非常多。'那么论到此首俳句的价值，原本不是一首有余韵的作品，但从风格紧凑、没有弛缓之处来看肯定是名人之作，而且在吟咏冬至的俳句中应该属于上乘之作，淡泊、不经意地说出冬至这个主题，反倒别有情趣，回味悠长。

　　乡下人，过桥去了吗，桥上的落霜。[②]　（宗因）

　　[①]　汉音：日本汉字读音的一种，是模仿唐代长安（今西安）地区使用的标准汉字读音。由遣唐使、留学僧和语音方面专家在奈良、平安朝初期传入。官府、学者多使用汉音，佛教中多使用吴音。其他还有唐音和宋音。
　　[②]　原文：里人の渡り候か橋の霜。

这句俳句意思是，作者看到桥上落霜上的脚印，甚至大致联想到乡野百姓早起过桥了。但此句是檀林①的开山西山宗因创作的，此作的目的不在内容趣旨，而是通过词语的同音双关②来达到诙谐的效果，这是檀林创作的特色。此句中使用的"候文体"③都是引用谣曲中的词句，但仅仅这样还不是同音双关诙谐语，大概谣曲中应该有"乡下人过去了吗"这样一句话（现在不记得是哪里的话了），在那部谣曲中的意思是乡下人问我"您过吗"，在这首俳句中把"过"这个字义转用到过桥的"过"，而不是用来表达"您过吗（或您走吗）"这个含义，以此来达到同音双关的诙谐效果。檀林风格的俳句大多都是此类。此类俳句在俳谐历史上虽然功绩卓著，但以今天的标准评论的话应该是一文不值，只因为在这类俳句中丝毫没有包含所谓的趣味余韵。

人世间，三天不见，樱花盛放转瞬间。④（蓼太）

---

① 檀林：佛教的研究机构，开始于平安时代的檀林寺，在室町末期开始把学问研究机构称为檀林，近世各宗各派都设有檀林，如关东十八檀林之类。

② 同音双关：把俚语、俗语及谚语换成发音相同或相似的词语，表达不同的含义，以达到诙谐幽默的效果。

③ 候文体：古代日文中的一种文体，词尾都以"候"结尾，以表达郑重、尊敬等含义。

④ 原文：世の中は三日見ぬ間に桜かな。

这首俳句名声远扬，世人大概都知道吧？意思是说人世间的迁移变化和樱花在短时间内完全绽放是完全一样的。此首俳句谁都能很好地理解，而且包含着理想，感觉是能够被世人赏玩的。但是正如我前面已经说过，含有理想的俳句不一定是优秀俳句，更何况像此首格调低劣的作品，低劣到甚至都难以称其为俳句。但作为作者的第一篇作品也是可以保存的，但绝对不能模仿。俗间流传的版本是"三日不见的"①，但感觉这里还是用"に"更为合适，如果用"の"的话，就完全变成了譬喻表达，回味很少，如果是"に"的话，"樱花"就变成叙述中心了，这样全句就变成实景描写，应该会多多少少产生些趣味。

  牵牛花，即使染成蓝靛色，也不会变结实。②（也有）

通常我们一般说若把丝线染成蓝靛色之后，线的功能会变强韧，更结实。但牵牛花的花朵即使是蓝靛色的，其生命力也仅限于早上，不可能变强韧，以此来诙谐助兴。"也有"这位俳人的作品大致都是此类。这些作品虽然稍带幽默趣味，但不应该是初学者模仿的对象。

---

  ① 日文原文是"三日見ぬ間の"，词尾假名用来连接名词，可以翻译成"的"。

  ② 原文：朝顔や紺に染めても強からず。

曾经罪不可赦的夫妇，四月更换薄衣。① （芜村）

这首俳句吟咏的是过去小说中常见的情节。某男与自己主人的女儿或者主人身边的侍女相恋，不知何时此事传入主人的耳中。不伦是幕府社会中严厉禁止的行为，因此应该由主人亲手杀死，正当此时大概是主人身边的人为二人说情，请求宽大处理，性命得以保全。这里好像描写的就是之后二人结为夫妇，安居乐业的生活情景。换装也写作"更衣"，指每年初夏时节脱去棉衣，换上薄衣。特别是此首俳句中使用"更换薄衣"这个词，是为了表达二人现在已经拖儿带女，生活平稳，以此种词语与俳句中的头句意义相互搭配，这绝对是极其老练的俳人才能创作出来的。从人世生活的复杂事实中取材，像这样成功地吟咏在俳句中，这正是芜村作为俳人，能在芭蕉以外独树一帜的原因所在。这种内容虽然在小说中非常常见，但芜村生活的时代应该还没有这种小说，因此他确实拥有小说式的思维方式。

　　落魄之后，吟唱关寺谣曲的人，戴着头巾。② （几董）

---

① 原文：御手討の夫婦なりしを衣がへ。
② 原文：おちぶれて関寺うたふ頭巾かな。其中，"关寺"指能乐《关寺小町》，是以老年妇女为主角的剧，被称为能最佳秘曲的三大老年妇女主角剧之一，讲述年老的小野小町在七夕之夜，从关寺的僧人处领悟和歌创作之道，追忆往昔，翩翩起舞。

"头巾"代表冬季,"关寺"指的是《关寺小町》这首谣曲的名称。该谣曲讲述了小町落魄之后的故事。该俳句吟咏了过去应该也同样是荣华富贵之人如今生活落魄之后,吟唱《关寺小町》谣曲的场景。正因为是穷困潦倒,所以才与《关寺小町》这首谣曲的风格一致。头巾是指代穷困潦倒的人,后续"戴着头巾",整句就可以理解为是戴着头巾的人在吟唱,这是俳句中通常的手法,而且又与头巾这一表示季节的用语结合在一起来表示冬天,这与人潦倒的内容非常搭配,呈现在我们面前的是头戴头巾者的落寞情景。

> 背对宅屋,劈木的人,是桃树的主人吧。① (白雄)

"桃"指的是桃花,代表春季。"桃树的主人"从前后文推测应该是樵夫或者农民之类。劈木指的是劈柴。背对宅屋指的是背对桃花劈柴之意,即景描写,带有几分野趣。

> 杜鹃鸣叫,沼绳菜,稍淡。② (晓台)

沼绳菜俗称莼菜,在这里读"ぬなわ","稍淡"大概指的是莼

---

① 原文:うちそむき木を割る桃の主かな。
② 原文:時鳥鳴くや蓴菜の薄加減。

菜炒的菜肴盐味不够。那么如何描述杜鹃和莼菜的关联呢？他们之间实际没有什么特别的关系，只把他们理解为代表的季节一致即可，不一定非要认为是指吃莼菜时杜鹃鸟鸣叫了。只是莼菜做出来后味道稍淡和杜鹃鸣叫大致是相同的时令，因此用这两种事物表示节令。而且这两样事物都表示夏季，杜鹃鸟声音的清爽、莼菜味道的淡泊，足以勾起我们的想象，联想到夏初季节的清凉。这种俳句依据其中出现的事物与季节搭配是否巧妙，大致决定了其作品的品位。

初雪啊，量少不够均分，只有比叡山上有。① （蝶梦）

初雪下是下了，但因为量太少所以不可能每个地方都有，只是在比叡山上下了一点点。"不够均分"是使用拟人手法才这样说的，应该说是一首巧妙的俳句。

砂石溪流啊，傍晚清凉，想有个枕头卧眠于河旁。② （阑更）

来到砂石溪边纳凉，天气也凉爽了，加之河流清澈，非常想有个枕头在河流边上的沙石上躺卧休憩。这是一首轻妙的俳句。

---

① 原文：初雪やくばり足らいで比枝許り。
② 原文：砂川や枕のほしき夕涼み。

争先恐后，春雪，融化成了塔上的水滴。①（二柳）

春天的雪很快就融化掉了，但五重塔的房檐下有很多向阳和背阴的地方，因此从一处开始融化之后，随即其他各处也都逐渐地融化，最终到处都开始滴落水滴，这是此俳句的大致意思，是一首技艺精巧优秀的俳句作品。

菊花香啊，奈良城里的古老，佛像。②（芭蕉）

在此首俳句中场所没有关联，未必是佛像前面供奉着菊花，也未必是在佛堂的旁边盛开着菊花，如果勉强说出其场所上的关联的话，顶多是菊花和古老佛像都在奈良。作者游玩奈良时可能正值菊花盛开，因此创作此俳句来表现奈良。但是菊花和古佛像这一搭配都是极其充满"寂"的氛围的，看起来没有丝毫的移动变换视角，从这可以看出作者开阔的视野。

秋风中啊，白木弓上，欲绷弦。③（去来）

---

① 原文：追々に塔の雫や春の雪。
② 原文：菊の香や奈良には古き佛たち。
③ 原文：秋風や白木の弓に弦張らん。

夏季里，白木弓绷上弦的话，胶就会撕裂，因此要等到秋天变冷的时候再绷弦。因此第一句先放上"秋风中啊"，但如果只有这个的话，俳句内容上虽合乎情理，却没有任何情趣和味道。弓在古代是一种神圣武器，用在战场上这自不必说，而且把它叫做蛤蟆眼（降魔眼）①，用在攘除妖魔等仪式上。大概因为这个原因，与秋色肃杀的氛围相组合搭配使用，会自然产生无限的趣味，更何况白木之弓，白色具有神圣之感、肃杀之感，因此把秋色当作白色。这首俳句没有使用任何技巧吟咏而成，不失男子汉大丈夫气，是一首难得的好作品。

　　杜鹃鸣叫，云雀翻飞，交飞成十字。②（去来）

杜鹃代表夏天，云雀代表春天，但是杜鹃在春天不鸣叫，且云雀在夏天时也在，所以此首俳句吟咏的是夏季。杜鹃飞翔时呈横向一字形，云雀是从下径直向上飞翔，在云雀上升之处正好杜鹃经过，形成的图形宛如十字。是一首构思最为巧妙的俳句。

---

　　① 在日文中蛤蟆和降魔是同音，这里可能是利用其同音双关，暗喻降魔的眼睛之意。
　　② 原文：時鳥や鳴くや雲雀の十文字。

夏夜门难寻，唯见卯花攀墙根，断处应是门。[1]（去来）

黑夜中想要敲别人家的院门，眼前一片漆黑看不到远处，很难判断哪里是门，只是那边的篱笆墙处盛开的一大片水晶花在黑暗中也泛出白光，推测水晶花墙上的稍微一点点空隙处，那里应该是院门吧。夜景美丽，得到俳句外行们高度赞扬。虽然这首俳句没有什么缺点，但并不是一首值得门外汉们喜欢的作品（不过与千代吟咏牵牛花和秋色吟咏樱花等俳句相比，不知要高出多少等），如果把"间隙"这个词改掉的话，应该会成为一首更优秀的作品。

野山鸡的鸣叫声，好像小姑娘被谁扯住了衣袖时，的叫声。[2]（也有）

野山鸡外表温柔但发出的声音非常恐怖，因此和小姑娘被下流男人拉住衣袖，为了让其清醒冷静而发出的高声尖叫声完全一样。这首俳句既可以理解为把小姑娘的尖叫声比喻成野鸡的声音，也可以认为是把野鸡的声音比喻成小姑娘的喊叫声，都无妨。

---

[1] 原文：卯の花の絶間敲かん闇の門。
[2] 原文：生娘の袖誰が引いて雉の声。

心情烦闷，回到家中，还是应该像柳枝那样吧。①
（蓼太）

有首短歌也这样吟诵，"心情烦闷　回到家中　大门里的绿柳"，所以这应该是广为世人所知的一首俳句吧。意思是说在别处遇到生气的事，心情郁闷返回家中，看到院子里的柳树非常驯服地垂落在那里，领悟到像柳树枝那样不与风反抗、态度柔顺才可能度过这一生吧。因为包含这种理想，所以短歌中也出现该作品，充满俗气，充分显现庸俗歌调的实质，比千代吟咏牵牛花的俳句还让人心生厌恶。

　　　成为我的妻子吧，对几个人都这么想，赏花的时候。②
（破笠）

夹杂在赏花的人群中有很多衣着光鲜的美女，既想娶那位美女为妻，也想得到这位美女。同时衣着光鲜、人迹混杂也从侧面表现了城市中赏花时的盛况。

　　　坐骑，寒碜衰马，偏遇云峰。③（斗入）

---

① 原文：むつとして戻れば庭に柳かな。
② 原文：妻にもと幾人思ふ花見かな。
③ 原文：見ぐるしき馬にのりけり雲の峰。

云峰代表夏季，取自夏季云彩多奇峰之意。天空出现这种云峰的话天气会变热，因此云峰可以说是代表夏季天空晴朗、感觉天气炎热这种心情的典型例子。此首俳句表达的是旅行的人骑着没有驮任何行李的马匹赶路的场景，但不用说肯定不是一匹漂亮的骏马。既然特别指出其形体寒碜，大概此马比普通的马更加丑陋难看吧。估计是天气炎热还要载人赶路，马匹也是相当疲惫，路程前进缓慢，马的毛发被汗水弄脏，确实可以说是寒碜之极。只吟咏这一首俳句，炎热天气里人疲马乏的场景就展现在了我们眼前。

  初学者从哪个方向入手都是可以的，但我觉得普通学生创作俳句时，使用汉语、应用汉诗的人实际上很多。比如选取杜牧"水村山郭酒旗风"这句已有诗句，添加上秋季的景色，就可以吟咏成：

    钓虾虎鱼啊，水村山郭，酒旗风。① （岚雪）

这也是俳句，从这方面领悟并进入俳句的创作也可以。另外不使用已有诗句，只是把眼前景物排列在一起，也不是不能成其为俳句的，创作实例有：

---

  ① 原文：沙魚釣や水村山廓酒旗風。

奈良七重，七堂伽蓝，八重樱。① （芭蕉）
杂草丛生的寺院，竹笋月夜，杜鹃。② （成美）
海边的山啊，黎明前的朝霞，迟开的樱花。③ （羽人）

在这三首俳句中，成美的作品最佳。

　　学习和歌的人要比诗人更难以进入俳句领域。这并不是和歌的性质使然，而是因为今天一般称为和歌的作品不具有文学性质。虽然《万叶集》中的和歌不是作为文学作品创作的，然而很多作品虽带有稚气但没有俗气，反倒具有文学作品性质。《新古今集》中也不时有优秀作品，《金槐和歌集》中应该有十首左右堪称千古绝唱的佳作。到德川幕府末期，只有纤巧风格的作品还稍稍算作文学作品。从学习这些和歌入手的人原本应该是能进入到俳句领域的，而且自不用说肯定比诗人进入俳句领域更加容易些，但是如果从学习《古今和歌集》中那种有语言没有巧妙构思的和歌入手，那就应该很难进入到俳句领域。这大概是因为在俳句领域不能有悠长的歌调，而倾向于紧迫急促的歌调的缘故吧。下面试举一首俳句风格的和歌为例：

---

① 原文：奈良七重七堂伽蓝八重樱。
② 原文：薮寺や筍月夜時鸟。
③ 原文：浦山や有明霞遅桜。

武士的,箭排列整齐。

放在护肘上,犹如冰雹般。

在那须的竹林中疾飞。①(源实朝)

此外《新古今集》中的《冲洗落日远海中的白浪》《叶宽冰雹降落》以及贺茂真渊的《鹫岚中粟津傍晚时节的阵雨》等作品,都是和歌当中的优秀之作,其构思也可以写成俳句。

以上为初学者尝试着稍微解释了一些古代俳句,所举的例子并不是可供学习的标准的典范之作,因此以下再列举十几首典范作品来结束我们第一阶段的学习。进入俳句领域可以分别选择从纤巧作品入手,或者从拗口难懂的作品入手,或者从疏旷的作品入手,或者从诙谐的作品入手等不同的途径,这都是理所当然的事,但是一般情况下大家都会选择从简单易懂的作品入手,我觉得这也是正确的路径,因此以下精选的是一些平易朴实的俳句。大家不管选择哪条攀登之路,最终都会殊途同归地在云层之上看到一轮圆月。

五六枝,摇荡低垂的,是柳树吧。②(去来)

---

① 此首为短歌,原文:もののふの矢なみつくろふこての上に霰たばしる那須の篠原。

② 原文:五六本よりてしだるる柳かな。

漫长的一天啊，大佛殿里，信众聚集修葺殿堂的声音。① （李由）

秋冬季的寒风啊，稻田收割完后的，黑色的水。② （惟然）
清澈水面上，升起的，春月。③ （许六）
招呼一声，解开鸬鹚系绳的人，是湍流险滩吧。④ （凉菟）
远涉来到，镰仓街道的，是燕子吧。⑤ （尚白）
春日里，念佛声舒缓，山野中的寺院。⑥ （同上）
寂静中，栗子树叶沉于，清水之中。⑦ （同上）
衰草枯野中，剩下了，在风中颤巍摇摆的瞿麦。⑧ （同上）
稻草堆积，广阔静寂的，草木枯萎的野地。⑨ （同上）
路旁边，与多贺的鸟居，一样寒冷吧。⑩ （同上）
夏日傍晚的骤雨中啊，沿河疾驰的，没套马鞍的马匹。⑪ （正秀）

---

① 原文：永き日や大仏殿の普請声。
② 原文：こがらしや刈田のあとの鉄気水。
③ 原文：清水の上から出たり春の月。
④ 原文：声かけて鵜縄をさばく早瀬かな。
⑤ 原文：鎌倉の街道をのす燕かな。
⑥ 原文：春の日の念仏ゆるき野寺かな。
⑦ 原文：静かさは栗の葉沈む清水かな。
⑧ 原文：よろよろと撫し子残る枯野かな。
⑨ 原文：藁積んで広く淋しき枯野かな。
⑩ 原文：道ばたに多賀の鳥居の寒さかな。
⑪ 原文：夕立や川追いあぐる裸馬。

山上松丛中，淡淡的，樱花云海。① （苑）

市镇中弥漫的，各种气味，夏天的月夜。② （凡兆）

伯劳鸟叫，夕阳照射进，女松树林。③ （同上）

悠长的，一条河流啊，在雪原上。④ （同上）

出门旅行的人，回望渐行远离的院门处的，柳树。⑤ （樗良）

春雨，鹤在松枝鸣叫，和歌海湾。⑥ （同上）

我的陋室，覆满了，朴树的落叶。⑦ （同上）

以上俳句都没有追求风格上的精巧，只是把现实的东西如实地连缀在一起而已，确实是平实易懂，应该谁都能够理解。但如问到这些俳句的价值的话，可以说大多是第一流的作品，是俳句界中不可多得的佳作。

---

① 原文：山松のあはひあはひや花の雲。
② 原文：市中はものの匂ひや夏の月。
③ 原文：百舌鳥鳴くや入日さしこむ女松原。
④ 原文：ながながと川一筋や雪の原。
⑤ 原文：旅人の見て行く門の柳かな。
⑥ 原文：春雨や松に鶴鳴く和歌の浦。和歌浦指和歌山市南部的海湾一带。
⑦ 原文：我庵は榎許りの落葉かな。

第六，学习的第二阶段

聪明的学生创作俳句达到五千首的话，应该可以马上进入到第二阶段的学习中。即使是普通的学生，只要稍具学问基础，俳句创作达到一万首的话，也必定可以进入到第二阶段吧。

俳句创作数量即使没有达到五千或一万首，很多有才华的人经过数年时光的磨砺，创作水平也会自然得到提高，不知不觉中也达到了第二阶段的水平。

第一阶段和第二阶段的界限并不是很清晰，但创作俳句的人刚开始时会感觉如堕五里雾中，创作时对别人亦步亦趋，没有自己的特色。随着创作数量的增多和时间的积累，无论是读古人的俳句，还是读自己创作的俳句，大致能作出一定的判断评价，感觉心中有数了，由此再往上提高，大致就可以断定是进入第二阶段了。

即使进入到第二阶段，因个人秉性不同，以及在取得进步的方法和顺序上的差异，不可避免地在其获得提高的过程中，进步程度存在着差异。例如甲在构思方面取得了进步，但语言表达方面并没有取得相应的进步；乙在语言表达方面取得了进步，但构思方面没有相应的提高；丙理解了雅趣，但没有理解纤巧；丁理解了纤巧但没有理解宏大，诸如此类。

长于古雅而其他方面薄弱的人、长于琐碎而其他方面薄弱的人、长于粗狂而其他方面薄弱的人，采取何种学习策略才能取得进步呢？答曰：不可能有某种一成不变的方法策略。一方面在自己擅长的领域要使之更进一步，另一方面对于自己尚待完善的方面要继续钻研，两方面如果能同时进行的话，就会同时得到提高。

　　采取策略来专心研究自己擅长的一方面，这也需要多少了解一些变化因素。了解变化因素，可以尽量在自己的创作中尝试变化，可以尽量多地阅读古今的俳句作品，也可以模仿古人或者某个时代的创作风格。

　　有人看到某位古代俳人的创作风格不同于别人，认为这不应该摈除掉，并且自己曾经一度去模仿那位古代俳人的风格进行创作，稍得其真髓后，便喜欢上了这种风格中的新奇之处。可见需要博学并多多创作。

　　在具有诸种变化的俳句中，我认为宏大雄浑风格的作品最好。宏大雄浑的趣旨虽然难以说清，但从形体上来说，空间的广阔属于宏大风格，湖海的渺茫、山峦的巍峨、宇宙的无限，或者千军万马列队于旷野之上，或者银河星辰垂接于地平之上，像这些不可能不是宏大。气势磅礴是雄浑，大风飒飒、怒涛澎湃、飞瀑喧嚣，或者洪水滔天淹没乡土，或者两军相接弹如雨注，战舰相接风起云涌，这些不是雄浑又是什么呢？

　　一件小事、一件小的物品也有相比较而言的宏大雄浑。

例如，摘取几朵牡丹花与只摘取一朵牡丹花相比较的话，应该会感觉单独的一朵花更大。这并不是因为这朵花特别大，而是因为只有一朵的话就没有可资比较的。或者把吟咏庭院中的一簇牡丹花与吟咏不定场所的单朵牡丹花，两者比较会感觉后者的花更大些，这也不是因为花大的缘故，而是因为没有可以比较的花朵（也有近处看花大，远处看花小的因素在里面）。例如：

> 托起，花一朵，是牡丹吧。① （春来）
> 四五朵，在向阳和背阴处，是牡丹吧。② （梅室）

比较这两首的话会感觉前者花大，后者花小。

> 烛光中，静寂的，牡丹。③ （许六）
> 吵吵嚷嚷大群人，为牡丹所吸引，来到院墙内。④ （士朗）

比较这两首会感觉前者牡丹花大，后者牡丹花小。如果把这称为是宏大的话，在文字上不太稳妥，但如果说大小是相对的，

---

① 原文：押し出して花一輪の牡丹かな。
② 原文：四五輪に陰日南ある牡丹かな。
③ 原文：蝋燭に静まりかへる牡丹かな。
④ 原文：どやどやと牡丹つりこむ塀の内。

应该合适吧。

宏大雄浑的作品和琐碎精致的作品，一般而言在艺术价值上没有差异，但正如我前面所说，现在这里特别举出宏大雄浑的俳句，是因为这种风格的作品数量最少，无法满足世人对此的渴求。若问为何此种俳句数量少，一是因为世上理解此种俳句旨趣的人很少，二是因为此种自然形成和人工创作的伟大景观很少，三是因为俳句字数少，难以表达此种壮丽景观。

艺术标准在我们的主观观念中是固定不发生变化的，但在客观现实中观察同一件美术品，其价值会随着时间和场合不同而发生变化。比如说在我们主观观念中有一个信条是以构思新颖为美，以构思寻常为不美，但在客观现实中，对于一件作品的评价不可避免地会发生变化，比如说过去评价一件作品的构思，认为其描写生动有趣，今天如果再去模仿这种构思的话，大家就会觉得庸俗而排斥。或者现在被评价为构思新颖的诗文小说，尽管当下受到欢迎，但以后如果有很多作品构思与之相同的话，最终也会让人感觉寻常而遭到嫌弃（元禄时代有句话叫"不易流行"[①]，与此意稍微接近，但那个时代思维方式缺乏逻辑推理，所以难免意义表达模糊）。

---

① 不易流行：松尾芭蕉提出的理论观点，不易，即不变；流行，即随着时间场合的不同而有所变化。

因宏大雄浑风格的俳句很少，所以创作此类作品的人，应该比那些期待此类作品诞生的人更受到欢迎和赞美，但是宏大雄浑的事物种类极少，有机会亲历目睹的机会更是少之又少，所以该类作品的创作容易陷入寻常。而且让十七八个字包含宏大雄伟的事物是极其困难的，尝试取材某种宏大景观创作出的俳句，究竟吟咏的是什么样的景色、什么样的人事活动，往往模糊难辨，多数是读者难以解读的。对俳句略通一二的人徒劳地解读宏大景观的旨趣，创作宏大雄浑俳句的人又往往流于寻常，鉴赏中就可能出现模糊不清，以至于无法解读的情况。

自古以来创作宏大雄浑风格俳句的作者极其稀少，试着把我心头记忆的作品胪列如下：

> 波涛汹涌大海上，横贯海峡的，银河。[①]（芭蕉）
> 野猪，也会被吹走，秋季的飓风。[②]（同上）
> 气势胜过，湖水，五月的大雨。[③]（去来）
> 惊雷，瞬间照亮，海面。[④]（史邦）

---

① 原文：あら海や佐渡に横ふ天の河。
② 原文：猪も共に吹かるる野分かな。
③ 原文：湖の水まさりけり五月雨。
④ 原文：稲妻や海のおもてをひらめかす。

八月十五的大潮啊，行驶在浪涛交汇处的，信使船。①（凡兆）

暴风来袭，草丛之中，显露今天的月亮。②（樗良）

五月大雨啊，面向大河的，两户人家。③（芜村）

把湖水，倾倒出，插秧吧。④（几董）

蚂蚁的行路，比峰峦叠嶂，还要绵长。⑤（一茶）

蝉在鸣叫，绵延到天上的，筑摩川。⑥（同上）

瀑布，滔滔倾泻而下，草木繁茂的时节。⑦（士朗）

如此之类。（芭蕉的作品中另外还有数首宏大雄浑风格的作品，在《芭蕉杂谈》中讨论过了，这里不再重复。）其他相对具有同类风格的作品无暇一一列举了。

纤细精致风格的俳句也不能不学习，缺乏艺术审美眼光以及失掉汉学修养、不拘泥于细微处的天生磅礴大气的人，往往不能理解此类俳句的旨趣。但是世上所谓的艺术家、文

---

① 原文：初汐や鳴門の波の飛脚船。
② 原文：嵐吹く草の中より今日の月。
③ 原文：五月雨や大河を前に家二軒。
④ 原文：湖の水傾けて田植えかな。
⑤ 原文：蟻の道雲の峰より続きけり。
⑥ 原文：蝉なくや天にひつつく筑摩川。
⑦ 原文：とうとうと瀧のおちこむ茂りかな。

学家中，八九成都是擅长其中某一方面，在这八九成的人中达到纤细精巧境界之极致的人，大概不止于一成。研究大自然的人能了解一草一木的细微之处，但对于人的行为活动，却绝对没有人能洞察到一切行为举止的细微处的真实，能捕捉到人内心瞬间产生的动机。在俳句当中，虽然不需要像研究人类行为活动的小说家似的做那么精细的洞察，但还是需要诸如研究大自然的那种观察的细致。在这十七个文字中要把人类行为的精细洞察包含进去，大概是不可能的，但多数还是可以把对大自然的精细观察包含进去的吧。

纤细精致风格的俳句作品不必一一列举，只从见到的作品中胪列几例如下：

蒲公英啊，在叶子背阴处，开放。① （秋瓜）
割完草，孩童是把紫丁花，摘出来吧。② （鸥步）
是捞起，银鱼的，四边形鱼网吧。③ （其角）
黄莺鸟，倒挂身体，是新年的第一次鸣叫。④ （同上）
从底部开始绽放，燕子花，将要凋落。⑤ （自友）

---

① 原文：蒲公英や葉を下草に咲て居る。
② 原文：草刈りて菫選りだす童かな。
③ 原文：白魚をふるひよせたる四つ手かな。
④ 原文：鶯の身をさかさまに初音かな。
⑤ 原文：杜若しぼむ下から開きけり。

可爱的，红瞿麦花，含苞待放。① （平十）
胡枝子花，相继倒落，已经是深秋了。② （孤舟）
草叶儿啊，折了腿的，蝈蝈儿。③ （荷兮）
支起磨盘，冬季暖日，草色枯黄。④ （吟江）
炭灰里的余烬，老年人的膝盖，何其嶙峋。⑤ （咫尺）
繁缕草，紧紧贴附在，枯黄田野的泥土上。⑥ （莲之）

宏大事物少，纤细事物多。把几个琐碎事物合并到一起应该变成一个宏大的事物，一个宏大事物也可以细分成几个琐碎的小事物。

很多情况都是能够看到宏大事物的人看不到纤细小事，能够看到纤细小事的人，看不到宏大大事，一定要多加留心。

宏大之中有雅俗之分，纤细之中也有雅俗之分。喜好宏大风格的人，只是看到宏大而不知道区分判断是雅还是俗，喜好纤细之人也是只看到纤细而不知道区分判断雅俗。现在的俳句师父们偏于琐碎且不解雅致，以低级、鄙俗趣味为中

---

① 原文：愛らしう撫子の花つぼみけり。
② 原文：萩の花追々こけてさかりかな。
③ 原文：草の葉や足の折れたるきりぎりす。
④ 原文：臼起す小春の草のほのかなり。
⑤ 原文：埋火に年よる膝の小ささよ。
⑥ 原文：はこべ草枯野の土にしがみつく。

心，所以创作的俳句俗陋不堪。现在学习俳句的人偏于宏大，且缺乏熟练，即使不落入俗套，其作品也必然是空乏无物不解情趣，评价别人的作品时也以此为标准。偏于纤细的人应该把胸怀放大，偏于宏大的人应该收缩自己的视野。

题材本身也有宏大和纤细之分，下面以四季题材为例，这些题材包括：

> 夏季的山、夏季原野、夏季葱郁的树林、青岚①、五月的雨、云峰、秋风、秋冬季节的强风、雾、雷、银河、星夜、收割的稻田、冬天的冷风、冬枯②、冬季的树林、草木枯黄的田野、雪、秋末冬初的绵绵细雨、鲸鱼

等等，是宏大的题材。另外还有：

> 东风、紫丁花、蝴蝶、牛虻、蜜蜂、孑孓、蜗牛、豉母虫、蜘蛛、跳蚤、蚊子、红瞿麦、扇子、灯笼、草中盛开的花、火盆、火炉、布袜、冬天的苍蝇、炭灰中的余火

---

① 青岚：夏季绿色茂盛时吹拂的稍微强劲的风。
② 冬枯：冬季万物凋零，寂寥的景色。

等等，都是纤细的题材。一般来说，以宏大题材创作的俳句是宏大风格，纤细题材创作的是纤细风格。但选取宏大题材创作出相对纤细风格的作品，这种技巧也不是没有的。例如在吟咏五月的雨时——

> 云朵润湿，河流喷吐温泉，五月的雨。[①]（春来）
> 山背阴处，湖色暗淡，五月阴雨。[②]（吟江）

这就不再是雄大深浑的作品了。又如：

> 五月连雨，青蛙在门口，游来游去呢。[③]（杉风）
> 三弦声中，五月阴雨，包裹睡衣。[④]（其角）

这样的作品风格稍微纤弱。

同理，纤细的题材也不是不能创作出相对宏大风格的作品。例如以蝴蝶为题材的：

---

① 原文：雲濡れて温泉を吐く川や皐月雨。
② 原文：山陰に湖暗し五月雨。
③ 原文：五月雨に蛙のおよぐ戸口かな。
④ 原文：三味線や麻衣にくるむ五月雨。

> 想给睡眠的蝴蝶，翅膀上涂上墨水，在橡子头。①（坡仄）
> 翩翩飞舞，初来的蝴蝶，嘈杂纷乱。②（啸山）

像这样赋予温柔、美丽的意趣原本也是可以的，这也是常见的事。换个角度来写——

> 看到，一定程度数量的蝴蝶，以为是旋风呢。③（一排）
> 径直地，像箭一样飞过，是蝴蝶吧。④（木导）

这样的俳句，要么风格强劲，要么描写数量庞大。这种作品很少见，也很有趣味。

　　喜好雅致朴素风格的人惯常排斥婉约华丽风格，而喜欢婉约华丽风格的人，又习惯于排斥雅致朴素风格。这种情况在今天的现实中表现为保留传统古风的老人偏好雅致朴素，认为婉约华丽的作品猥俗之极并加以排斥；另一方面，时髦的艺术家、文学家们又偏好于婉约华丽，认为雅致朴素风格的作品粗野无文、不是艺术作品，并加以排斥，这两种观念都是偏颇的。

---

① 原文：寐る胡蝶羽に墨つけん椽の先。
② 原文：飛びかふて初手の蝶々紛れけり。
③ 原文：ある程の蝶の数見るつむじかな。
④ 原文：真直に矢走を渡る胡蝶かな。

雅致朴素之中也含有雅俗，婉约华丽之中也含有雅俗。偏好雅致朴素风格的人，一说起布衣百姓、铁锹之类，就不假思索地接受之，不再顾及其他，而将其他的东西视之为卑俗。偏好于婉约华丽风格的人一说到少女、金箔屏风，就立刻认可，不再顾及其他，而将其他作品视为俗猥。

被太阳晒得黝黑的老翁肩扛铁锹，折枝桃花从田埂归来；浣衣老妇伫立于柴门边，在灰暗的天色中迎接老翁的归来，饥肠辘辘的麻雀趁其不备，啄食水井边风干的饭粒，这就是雅致朴素的风格，这就是一种艺术上的旨趣吧。数十张铺席①大小的宽敞大房间中，一侧摆着金箔做的屏风，一位十四五岁的少女采来一枝牡丹花正待插入花瓶的时候，听到有人不断地叫她的名字，少女一惊，竖起耳朵觉得好奇怪，原来是房檐下的鹦鹉整日不倦地在玩这个游戏，这是婉约华丽风格，这也是一种艺术上的旨趣吧。如果想把雅致朴素和婉约华丽都纳入艺术之中的话，不仅要选择雅致朴素的事物和婉约华丽的事物，而且有必要对这些事物进行艺术上的搭配，但搭配得是否符合审美标准，这在理论上很难说清楚，只能根据实际情况来评论了。

喜欢深邃幽静，讨厌繁华热闹，这一般都是诗人的感情。前者文雅、后者庸俗这自不必说，然而繁华热闹中未必就不

---

① 铺席：即榻榻米，也用以表示房间面积。

含有文学因素，更何况不管是哪种庸俗的事物，当你冷眼观看的时候，在这冷眼观看之中大概就多多少少产生了一些雅致的趣味，正如"白眼看他世上人"，"世上人"就是极其庸俗的事物，但添上"白眼看"之后就产生了无穷的雅致趣味（前项可以参看上述的讨论雅致朴素、婉约华丽的段落）。

讲道理就是讲道理，不是文学，但在说理之上披上文学的外衣，创作十七个字的说理诗的话，这也是文学的一种应用形式，可以偶尔尝试一下，但一定不要为了说理而埋没文学。如要合乎道理，那就会远离文学；如要合于文学标准，就会远离道理，这是由于两者的性质原本完全不同所造成的，不是孰是孰非的问题。创作中要把两者合二为一、不自相矛盾的话，需要付出相当的辛苦，而且还会出乎意料地不能得到喝彩，因此必须做好心理准备。确实是一般的读者并不能体察其中的辛苦，仅仅因为作品中有说理倾向就会摈弃它。而粗俗之人更是有过之而无不及，如作品不是描写那种鄙俗的暴露的东西，他们就可能不接受。

即使不是说理，送别、留别、题书、庆祝、悼念、翻译等题材，亦与说理类似，如：

> 活在世上，别人的周年忌日，还是初次参加。①（几董）

---

① 原文：生きて世に人の年忌や初茄子。

像上面这首俳句看似常见实际不常见，鄙俗又不俗，不求奇、不弄巧之间包含了无限的妙味，但常人可能没有感觉到任何妙处。不，不仅没有任何感觉，可能还不接受这种作品。在死者的周年忌日法会中，想起了那个人，或者模糊看到死者，或者感觉时光飞逝，或者感叹那个人死了以后自己再没有朋友了，或者泪眼中祭奠亡灵，等等，这些想法虽陈腐，但实际上是很难得、很应该感谢的。普通常人又当别论，从事文学的人应该稍微具备这样的心情。在几董的这首俳句中，与"活在世上"这句婉转表达感情的词语功效相比，在"别人的忌日"这句感情生疏的表达之后，不露声色的"初次参加"这样的表达，更能够看出作者内心中实际隐含的无限情感及在语言上的苦心孤诣的构思。总之这类俳句创作中需要熟练，观察也需要熟练。

初学者也许不知道，而稍微学习了一些俳句知识的人，应该会体悟出说理俳句以及上面附录的那首俳句在创作中的困难。但随着技艺稍微熟练，自己也能勉强创作出这种作品时，心中就会为此感到欣喜，为自己能够写出这种作品而欣喜，反倒不能判断辨别其作品的雅俗优劣了，所以自己需要经常反省。

天保年间以后的俳句大都鄙俗没有新意，不堪阅读，一般被称为"俗调"①，但这种俳句多少也要阅读一些，例如已经

---

① 俗调：原文为"月并调"，指称江户末期，天保年间以后创作的包含一定知识但风格鄙俗、没有新意的俳谐。

登堂入室的人往往称赞俗调，或者自己创作此类俳句。这些人正是因为俗调的俳句阅读不多，所以就取其中的稍微接近"正调"的作品来做评论，焉知此类俳句是俗调作品中最没有新意的，不想在这方面遭人耻笑者，应该稍微阅读一些此类作品。

学生时代或许接触过一些俗调作品，很多作品对于自己来说也可能很新奇，但在文学领域中，这类作品风格早已变得陈腐。不知道这一点岂不可笑！

在俳句世界中有贞德①派、檀林派、芭蕉派、其角派、美浓派、伊丹派、芜村派、晓台派、一茶派、乙二派、苍虬派，这些都是历史上发展的结果，信仰甲派的人没有理由必须排斥乙派，学习丙派风格的人没有理由必须诽谤丁派。不管何种风格、何种流派，只要是美的事物就应该吸收，只要是不美的就应该抛弃。

世上很多人信奉芭蕉派，我更喜好新奇而尊奉檀林派，这就是所谓不服权威的傲气。可是与这傲气相比，根据流派的划定而创作的俳句不能称为文学。如果说继承了其角流派的传统所以就要创作出其角风格的俳句，那么像这样由流派

---

① 贞德：指松永贞德（1571—1653），江户初期的俳人、和歌诗人，京都人。师从细川幽斋学习和歌，里村绍巴学习连歌。他向庶民教授和歌及和歌相关的学问，在狂歌创作方面也是近世第一人，著《俳谐御伞》规定俳谐式目，成为贞门俳谐之祖，其他著作有《新增犬筑波集》《红梅千句》等。

的划分而创作的俳句就不是文学。

写梅必写莺，写柳必写风，写时鸟必写月，写明月必写云，写名胜必写富士、岚山、吉野山等，这一类的俳谐构思的陈腐谁都能看出来。但写春雨时必写伞，写暮春时必写女人，写卯花时必写僧尼，写五月雨时必写马，写红叶时必写瀑布，写暮秋时必写牛，写雪时必写灯火，写风筝时必写乌鸦，写名胜时必写京都、嵯峨、御室、大原、比叡、三井寺、濑田、须磨、奈良、宇津等之类，不是对俳句深有研究者，则看不出其构思的陈腐来。

构思需要清新，但有时候也需要有推陈出新、化腐朽为神奇、死中求活的艺术本领。

只看日本画的人，猛然间看到一两幅西洋画，就会对两者之间的差异大为惊异，而一时难以判断其巧拙。只看西洋画的人，看到日本画时感觉也一样。同理，看到一首构思全新的俳句，对其巧拙一时也难以判断，或者认为极美，或者认为极拙。然而，经过若干岁月之后，此句得以反复吟咏，模仿者也多起来，尔后才能冷静地品味初句，原先认为极美的人会为自己赞誉过度而后悔，先前认为极拙的人会因自己考虑不周而汗颜。所以，对待崭新的俳句，一定要反复吟咏、认真考虑后再下褒贬，在这一点上，就连名人大家也免不了出错。

构思上有"动"与"不动"之说，说的是各种事物的调和搭配是否得当。例如,前面的十二个字音或者后面的十二个字音已经确定,另外还有五个字音未确定的时候,就可以有种种的置换搭配,这种置换搭配就是"动"。

○○○○○飘下的白雪之上又落下夜雨 (凡兆)

在这首俳句中,后面的十二个字音已经确定了,前面的五个字音可以有种种的选择置换,例如,可以是"大街小巷啊""寒风刺骨啊""清冷之月啊""寂寞难耐啊""万籁俱寂啊""茅草的屋顶""寂静无声啊""乌篷船上啊""归途之路啊""枯干的芦苇"等,在这种种选择中,松尾芭蕉却使用了"京城的下京"①这五个字音,说就这样,不能改动了,而不许一字一音地推敲。

在俳句写作时,一般要反复推敲使用什么语句最好。然而,自己不知不觉写成了十七字,而此后学生们多数情况下对此并不一字一句地推敲检验。自己想出一佳句,得意洋洋地向别人展示,当有人追问这个词为什么要这样用的时候,才发现并不稳妥,才知道哪种用法是更好的。倘若有生之年能够发现这些问题,虽有一时之耻,但死后可以免于别人的责难。

---

① 京城指日本的古都京都,京都分为上京、下京、左京、右京。

关于四季的题目，常用的有：春风与秋风，暮春与晚秋，五月雨与时雨，樱花与红叶，阵雨与时雨，夏树丛和冬树丛等，举不胜举，只是看一下这些题目的话，就会看出其间的差异很大，以为不会混淆。但实际上作俳句的时候，无论是高手还是下手，弄错的事情是常有的，熟练者常常有所忽略，而初学者则凭一种血气冲动，对此不甚措意。

要在俳句学习上达到登堂入奥的程度，谁都希望在创意与用语两方面都达到高水平。有人两者俱佳、齐头并进，但这也只是在一部分场合下能够做到，不可能在所有场合都如此。例如，有人在写素雅的俳句时，长于句调的搭配，但在写作婉丽的俳句时则做不到句调的和谐，这一现象需要加以研究。

语言有松弛与不松弛的问题。所谓不松弛，就是语言之间联系紧密，没有任何松动的余地；所谓松弛，就是听了一句，就有松松垮垮的感觉。正如琴弦，弦上得松还是紧，外行人一听就听得出来。当有一句感到有些松弛的时候，将整首俳句的各句一一吟咏体味，就可以体会出这句是不需要的，这句若写得再精炼些会更好，这句与那句的位置若颠倒一下，助词"て""に""お""は"的接续使用就会更自然。构思熟练者也有露拙的时候，生手中却也有高手。只是句调不松弛者，必定是老练者所能为，对此，各位注意一下古人的名句就明白了。

句调松弛的问题难以一言以蔽之，若举一些简单切近的例子，那么可以说虚字多的时候容易显得松弛，名词多的时候则容易显得紧凑。所谓"虚字"，首先就是"て""に""は"这样的接续词，第二是"副词"，第三是"助词"，因此，要想减少松弛的现象，就要尽可能少用"て""に""は"，请看一下天保①以后的俳句吧，在不必要的地方使用"て""に""は"。不能因为一句就造成整首俳句句调的松弛。其次是副词的使用造成的松弛，助词也容易造成这种情况。但副词、助词等要根据情况适当使用。现在举一个句调松弛的例子：

　　　　不圆满的，月儿啊，仅能照亮枯野。②（苍虬）

在这首俳句中，有用而且必要的词只要"月儿"和"枯野"两个，假如说成"月儿只照亮枯野"，而"不圆满"的意思自含其中；如果说成"不圆满的月下的枯野"，而"只照亮"的意思自在其中。这样看来，实际上两者同时出现就都成了无用的词语。此首俳句的意思，仅仅是写"月下的枯野"或者"枯野之月"，把这个意思反复交义表现，从初学者或者局外者的浅

---

① 天保：公元1830—1844年。
② 原文：ものたらぬ月や枯野を照る許り。

见看来，反而会使人感到意思表达不清。除此句外，再举出几首吟咏枯野之月的俳句：

> 如今的月亮，从土地中出来，枯野啊。① （雨什）
> 松明出现在，出月亮的地方，枯野啊。② （大甲）
> 大风吹出个，白天的月亮，枯野啊。③ （金坞）

以上三首虽各有巧拙，但都比上述的苍虬的那首要好得多。这是因为三首中都没有"不圆满的""仅能照"之类的词语，不仅其意在言外，而且比较起来也更有蕴涵，使整句变得情趣盎然。只写"枯野之月"的话，就过于单调了，很难写成俳句。但是，单纯吟咏枯野之月的俳句则是有的，例如：

> 月牙儿，见其本情，枯野啊。④ （甘棠）

像这首俳句，看起来固然有些幼稚，但却拈出了"月牙儿"来写，且一气呵成，这方面原在苍虬之上。请注意，雨什以下的

---

① 原文：月も今土より出づる枯野かな。
② 原文：松明は月の所に枯野かな。
③ 原文：昼中に月吹き出して枯野かな。
④ 原文：三日月の本情見する枯野かな。

三人，都是天明①年代之前的人，而甘棠则是元禄②年间的人，苍虬作为天保流派的鼻祖，是当时的名家，想到此谁不想对他吐唾沫呢？而且苍虬的俳句中，这种恶句并非绝无仅有，在他的全集中，到处可见这种草芥之作，而有人却称此派继承了芭蕉的正统风格，芭蕉真真是罪人。

松弛，也有一个程度问题。假如将上述的论点极端地理解，那么仅仅是以名词相连缀的俳句就应该是最好的俳句了。然而，某种程度的松弛是好的，只是要根据具体情况，恰如其分，此外无他。而且，松弛又分整体松弛和局部松弛。整体松弛要么最美，要么最不美，而大部分紧凑、局部松弛，则肯定不美。

句调紧凑者，是安永③、天明年间所作，所以那个时代的俳句基本上都好，元禄年间的俳句与之比较的话，则稍稍显得松弛。但是松弛是整体松弛，而且还算恰如其分。元禄年间的佳句中，也没有不及天明年间之处，也就是说，在元禄年间的佳句中，多有含蓄，而在天明年间，特别是稍后的天宝以后，整体松弛的俳句则一无可取。

在和歌中，《万叶集》有松弛的句子但不妨碍其美，而

---

① 天明：1781—1789 年。
② 元禄：1688—1704 年。
③ 安永：1772—1781 年。

到了《古今集》松弛者则不美，又到了《新古今集》则稍有紧凑感，足利时代①是整体松弛，这与俳句中的天保时代情况相似。

在汉诗中，汉魏六朝与《万叶集》时代相仿，虽松弛但不妨碍其美，到了唐代松弛者少，即便有松弛者也不坏，这有点像是俳句中的元禄时代。说宋代汉诗是整体松弛，不知可乎？到了明清时代，则有十分紧凑的倾向，这有似于俳句上的安永、天明时代。（但也有一些人有松弛的作品。）

为了尝试着对俳句的松弛现象进行比较，现在举出元禄、天明、天保三个时代的俳句如下：

> 并排的树，苍老古朴，梅花。②（舍罗）
> 两棵梅花树，喜欢比试，谁长得快慢。③（芜村）
> 草庵前，一般很少有，梅花。④（苍虬）

各句的巧拙且不论，只就句调而言，元禄年间（舍罗）的这首俳句将自然景色不加修饰地、如实地而又不松弛拖沓地描写出

---

① 足利时代：即足利氏统治幕府的时代，又称室町时代，1392—1573年。
② 原文：立ち並ぶ木も古びたり梅の花。
③ 原文：二もと梅に遅速を愛すかな。
④ 原文：すくなきは庵の常なり梅の花。

来，天明年间（芜村）的俳句将容易出现松弛的地方加以紧凑，句句紧扣、联系得纹丝不动，而天保年间（苍虬）的俳句则是松弛的地方放任其松弛。总之，元禄俳句以自然本色见长，天明俳句以煞费苦心见长，而到了天保年间的俳句，则想模仿元禄而又不及元禄，看起来似乎没有煞费苦心，实则绞尽脑汁，但仍然是一无可取。对这三种体式的句法变化若不精细研究，则无法在俳句上登堂入奥。世人评论天保流派的俳句，往往认为那属于"芜村调"，这实在可笑。

元禄与天明的俳句各有所长，无论学习何者，都是好的。也有许多人学元禄而似天明，学天明而似元禄，在天工、人工达到极致之处，两者是相通的。

记得好像是佐藤一斋[①]说过：圣人就如同"红斗篷"[②]，只要胸中有一个紧凑收束感，虽整体上飘飘荡荡，却始终不离身体。"元禄调"俳句的紧凑就是如此。而"天明调"的俳句则像是裁制得紧身合体、严丝合缝的衣服，而"天保调"的俳句则像一个笨手笨脚、穿着宽大裤裙在祭礼上来回收钱的人。又以建筑作比方，"元禄调"的俳句是圆木的柱子，屋顶上的用材无论是松木还是杉木都不加雕琢，原样使用；"天明调"的俳句则把竹子刨成四角形，撑起天棚，从各间到天花

---

① 佐藤一斋：1772—1859，江户时代后期儒学家。
② 红斗篷：原文"赤合羽"，是用桐油纸做的红色的防雨斗篷。

板，都极力美化装饰，力求不俗，房屋都打入楔子，以求坚固，而"天保调"的俳句则只是在地板的旁侧的柱子使用圆木，硬是开出一个小圆窗，洗手舀水的木构也用自然木，门楣的匾额使用腐木，家中的工艺摆设如桌、砚、瓶子、茶碗、杯子之类却使用土俗的东西。又以谈话作比方，"元禄调"无论是说有趣的话还是无趣的话，都是照实说来，"天明调"不论真假只要说出的话有趣就行，而"天保调"则把假话说得像真话，实际上听上去还是假的。

四季之感，凡是对大自然有所感受的人大体都是有的，但深谙俳句与诗歌的人对于四季风情的感受会更加敏感和精细，这是不言而喻的。对山川草木没有美的感受，纵然写出了千万首俳句，也不能得俳句的真谛。感受到山川草木之美，尔后方可吟咏山川草木。美的感触越深，俳句也随之越美；对山川草木认识越多，对时间引起的山川草木的变化即四季之感也就越深。初学者只是将山川草木置于眼前，所以作出的俳句不是平凡便是粗疏。只有深入研究天然者，才能作出深思熟虑之句，而初学者不能感受这样的俳句美在何处，是他们不懂得天然之美的缘故。

世人都说：俳人去京都可知春，去奈良可知秋，尔后可得佳句。此言极是。然而，秋天去京都，春天去奈良，也都不乏其趣。不，毋宁说京都是十分富有秋趣的地方，奈良也有十分富有春趣的地方，还有其他地方也不乏夏趣、冬趣，而许多人完全不知道在京都和奈良感受夏季与冬季。例如，就奈良的一个地方来说，春日神社、回廊的灯笼、若草山、南大门、兴福寺、衣挂柳、二月堂等，最有春趣；从三笠山的连绵处，或者从春日神社到手向山附近的树林之间，看见神社附近的幽深茂密，最富有夏趣的古都之感、古佛之感、七大处的零落、街巷的寂寥、鹿的鸣叫，则最富有秋趣，那些地方也有冬趣，而且冬季比秋季更有润泽。可举出古人吟咏奈良的和歌。① 读这些和歌，概而言之，给人的感觉是，奈良的春天是美丽而有趣的，夏天是开阔而清朗的，秋天是古色古香而又寂寥的，冬天是干涩而枯萎的。

俳句四季的题目中，属于人事而又普遍不为众人所知者，季节感常常最为淡漠。例如，"筑摩祭"的"锅祭"属于夏季的活动，而吟咏这一题材或者阅读这种俳句的人，却没有夏季之感，何况四月、五月的差别，人们几乎没有感知。所以吟咏此题材的俳人虽然用心苦吟，但其作品却一直难免枯淡寡味，这都是因为读俳句而没有相关联想的缘故。

　　君之代啊，筑摩祭上，有一口锅。② （越人）

---

① 以下举出四首和歌，略而不译。
② 原文：君の代や筑摩祭も鍋一つ。

此句作为写"筑摩祭"的唯一的一首俳句流传下来，具有吟诵的价值，但其表达的内容与季节感丝毫无关，毋宁说读起来就像"杂句"①，然而这是因为我们不知"筑摩祭"为何物，假如我们见过"筑摩祭"的场景，怎能会没有季节感呢？若有了季节感，何愁作不出佳句呢？其他如"大师讲"②也是如此，我们读相关俳句的时候，冬季的季节感很淡漠，但如果身在天台寺，目睹过"大师讲"，必然会吟咏有关冬季的许多联想。总之，由于自身的见闻少，对于吟咏人事的俳句，就如同读杂句一样，难免感到索然寡味。

以"蛙"为题材的作品，在和歌中就将它归为春季，但我们往往没有春季之感，反而感到像是夏季，把它定为春季恐怕与人们普遍的感觉背道而驰，特别是芭蕉的那一首：

古老池塘啊，一只蛙蓦然跳入，池水的声音。

难以引起春季的感觉，也难以引起夏季的感觉，此句只能让人感到与一首"杂句"无异。

俳句的第一期，任何人都应该修习，第二期稍稍有点专门。有天分的人几乎可以越过第一期而从一开始就进入第二

---

① 杂句：四季的季语不明晰的俳句。
② 大师讲：日本佛教的真言宗、天台宗定期举行的一种法会。

期，然而第二期是需要具备一些知识学问的，不管有天分的还是没有天分的人，都必须循序渐进。在这一点上，有天分的人却常常不如没天分的人。有一些天才往往因为自夸自负而无所作为。

读古代俳书的时候，需要对历史、对个案有所研究。甲派亡，而乙派兴，丙派衰，而丁派隆，各派的兴衰起伏与变迁的原因，是俳句历史研究的主要内容。各俳人的特色、所开创的流派以及对古人的继承程度，还有师承关系等，都是个案性研究的主要内容。对同时代各派的流行情况不了解，而硬是将各派归为一类，是历史研究者常犯的错误；而对同一时代流行的相同的东西，亦即时代的一般特色不了解，而将其特色归为某一个人，这是个案研究者常犯的错误。或者研究俳谐的人对和歌、汉诗、西洋诗不了解，偶然读了某歌人或诗人的"家集"①，就断言此人有似某俳人，免不了将和歌、汉诗与西洋诗共同的东西作为某人的特色。可见，文学家没有学问是不行的。

俳句创作有两种情况，一是倚重"空想"，一是倚重"写实"。初学者往往倚重空想，空想尽了的时候不得不依靠写实。写实又分"人事"和"天然"两种，也有"偶然"与

---

① 家集：日本古代的私人的歌集，常称作"某某家集"，例如《紫式部家集》。

"故意为之"的不同。人事的写实难,天然的写实易;偶然的写实材料少,故意为之的写实材料多。因此以写实为目的而撷取天然风景,尤其适合于俳句创作。有几十天的行脚,可写俳句;有公务者周末去乡村转转,可写俳句;偷半日之闲暇,到郊外散步,可写俳句;晚餐后到上野的墨堤上遛遛弯儿,写出两三首佳句,有何难哉!朝花、夕月、午烟、夜雨,何时不能得俳句?山寺、渔村、旷野、溪流,何处不能得俳句?

以写实为目的去旅行的话,坐火车是不行的,还是心定气闲地步行为好。比起穿木屐,还是穿草鞋为佳;比起穿西装、打洋伞,还是戴草笠、打绑腿为佳;不带旅伴一人独自出行固然很好,但若匆匆赶路,体力透支,反而作不出俳句来了。至于偶尔不小心走入迷途,步履艰难,翻山越岭,投宿山下旅馆之类,则又另当别论了。

一般外出旅行的时候,都以名胜古迹为目的地,名胜古迹未必都是适合艺术表现的地方,但那里容易引起思古之幽情,对于俳句创作尤其适宜。但也不要忘记,名胜古迹之外,普通寻常的景色也会含有无限的美,名胜古迹数量有限,人多识之,所以以此作出的俳句容易流于陈词滥调。而普通寻常的地方数量无限,富有变化,写出的俳句容易清新不俗。所以,以名胜古迹为目的地,应该注意其天然之美,要有花鸟虫鱼皆亲我、云影月色皆迎我的那种心境。

据松尾芭蕉的自述，他去富士山、吉野都没有作出俳句来。这是实话。他去松岛观光旅行，也没有作出一首俳句。世间文人墨客都到过这些名胜之地，却感叹写不出东西来的，比比皆是。写不出来是因为旅行者不解文学艺术的缘故，或者是因为富士山在一般情况下不具有艺术意味，只因它是日本第一高山，有种种的诗歌与故事传说把它神圣化了，其神圣之处都被说尽了，如今再说就是陈词滥调。像吉野、松岛，其空间面积广阔，看完要费很多时间，它具有的天然之美也难以加以艺术表现（即艺术无法加以表现）。即便能够加以艺术表现，也不适合于写成俳句。只有将风景破碎化，才能够写成若干的俳句。但那仅仅是写出了一部分光景，而不是该风景地的整体光景，因而世人不会通过俳句而了解整体。而像芭蕉那样的俳人却欲取这种不可能描写的光景写成俳句，岂不是过于勉力为之吗？像松岛那样的地方本来缺乏天然之美，只因世人以奇为美，所以才将松岛的奇景作为日本第一之美，实在大错特错。古往今来，一直没有描写松岛的著名诗歌，也没有画松岛的名画，不是无缘由的。倘若描写松岛的诗歌俳句显示出俊秀的风格，那肯定不是真实的松岛了（吉野我不太熟悉，在此不论）。

……①

---

① 关于风景的描述性文字，约三百字略而未译。

由空想写成的俳句最不美，也最拙，最美者极为罕见。作的时候自以为美，过半年一年后再看，许多情况下丑得令人作呕。风景写实者，写得最美虽也很难得，但二流的句子容易写出来，而且写实的作品无论过多长时间，多数是不变其美。

假如一开始不是出于空想，就很难创作。接着要描写实景的时候，感觉没有着眼点，什么都不成句子。当一次次体验增多，写实也多少有些可行了，但要写得很有意趣却感到很不容易。也就在这个时候，会悟得空想的陈腐、写实的清新。油画画家牛伴曾经说过：画画若以空想见高低，则老到者必胜，年少者必败，然而若以写生论高低输赢，年轻人画的画就足以让老到者吃惊！

若以空想写俳句，则冥思苦想、写出天堂胜景即可，坐在桌前烤着手炉，回忆过去的经验即可，翻阅旧时的俳书[1]，从别人的句子中寄托新思想即可，数人相会，围坐一处，互相探题竞赛即可。

在围绕一个题目，靠空想作俳句的时候，其题目若是难题，作者苦吟之余，作出的俳句还是不堪其丑，这一点即便老手也是在所难免。许六在《俳谐问答书》中有《自得发明辨》一文，其中写道：

---

[1] 俳书：与俳谐有关的书籍。

先师①有云:"从诸门生已有的题目中构思出俳句者,殆无所见,倒是从别处找来的题目,有很多写成了佳句。"我说:"是啊,在《野猿蓑》中也可以看出这种情况。我在构思俳句的时候,就把题目放进箱子中,我坐在箱子上,踩在箱子上,站在箱子上,寻找乾坤。"

这大概就是题咏的秘诀了。

作者若偏于空想就容易流于陈腐,难得自然;若偏于写实则容易流于平凡,难得奇崛。偏于空想者,忘记了眼前的山河原野到处都是好题目,却突然冥思苦想;偏于写实者,忘记了古代的事物、异地的景色也有独一无二的新的意匠,而只在眼前的小天地中徘徊。

既非空想、亦非写实,一半空想、一半写实,也是一种俳句作法。也就是从小说戏剧谣曲②中寻求俳句的好题目,或者取绘画的意匠,或者从外国文学翻译作品中得到启发,都属于这种方法。此方法甚为取巧,往往不费力气,即可得佳句,但若非老练者,多是弄巧成拙,招致失败。一般说来绘画与小说的长处,就是俳句的短处,而中国文学、欧美文学的长处,未必是俳句的长处。

---

① 先师:指松尾芭蕉。
② 谣曲:此指日本民族传统戏剧"能"(能乐)的剧本。

喜欢壮大的人，对一切事物都喜欢冠之以"大"字，硬是把一个东西变为壮大，往往徒劳无益。本来是小东西，冠之以"大"字使之大，什么大牡丹、大旗、大船、大家等之类；其物本身就是大的，加之以"大"也不会使其更大，反而更给人以一种有所局限的感觉，例如"大空""大海""大川旷野"等。

滑稽也是文学的一种风格，然而，俳句的滑稽与川柳①的滑稽程度有所不同。川柳的滑稽让人捧腹大笑，俳句的滑稽中要含有雅味。若使俳句近于川柳，俳句便拙；若将俳句当川柳看，那就更拙。使川柳近于俳句，川柳便拙；将川柳当俳句看，则更拙。

有人喜欢"狂体"②，"狂体"也是一种文学风格，要求将意匠之狂与言辞之狂结合起来，也有意匠狂而言辞不狂者，就好比作为一个狂人却显得一本正经；也有人意匠不狂而言语狂，就好比作为一个正常人而模仿狂人，这些都不具有文学的价值。

……③

学生写俳句以能够多用汉语而自得，但多因过于生僻而妨碍俳句的趣味。使用汉语限于以下场合：

---

① 川柳：江户时代中期盛行的一种文学形式，格律形式上与俳句相通，但在季语、切字上没有限制，风格滑稽，内容俚俗，又称"狂句"。
② 狂体：指具有滑稽谐虐狂放风格的体式。
③ 以下论述俳句的"切字"使用、句意周到等问题，略而不译。

不用汉语就不能明确表达的场合；

使用汉语成语；

使用汉语可使句调得到调整的场合。

第七，修学第三阶段

修学的第三阶段是最后一个阶段。

进入第二阶段者已经进入俳人之列了。要想一举成名也不难。第三阶段是想成为俳谐大家的人所应进行的学习阶段。那些满足于一时荣誉的人，不必进入这一阶段。

第三阶段永远不会毕业，入之浅者，可为百年大家；深入者，可为万年大家。

第二阶段有天赋文才者以业余爱好姿态即可进入，第三阶段非以文学为专业者不能入。

第二阶段学浅而怠惰者均能学，第三阶段非业精而笃学者不能入。

第二阶段可在不知不觉间进入，第三阶段非下定决心进入者则不能入。

即便是以文学为专业的人，如自高自大、目中无人、无意潜心研究，则也不会走出第二阶段。

值得一读的俳书就应该得手一读，读完之后要能看出该书的长处与短处。

关于俳句，能够区分陈腐与新奇是很有必要的。对于陈腐与新奇的判断，根据各人的学养程度而有所差异。见的俳句越多，就越能看出俳句的陈腐。处于第二阶段的时候，只能看出初学者的俳句是陈腐的，到了第三阶段，回头看第二期的作品，也会有这种感觉。要想知道俳句中陈腐与清新的差别，不如多读俳书。

业余的俳句作者，自己的俳句与古人的俳句出现暗合，也无妨。但到了第三阶段，就不应该以暗合为由来掩盖自己的陈腐，那样只能证明自己的学养浅薄。

由空想所得、由写实所得，两者都要熟练掌握。必须具备将非文学的东西加以文学化的功力。

将空想与写实合一，才能创作出一种"非空非实"的大文学，偏于空想与拘于写实，难以臻于至境。

必须精通俳句诸体，必须形成自己的特色。

只满足于读俳书，不过是拾古人之糟粕，要探讨古句以外的新材料。而要得到新材料，就要读历史、地理等方面的书，若能如此，则可周游天下，随时随地撷取新材料。

俳句以外的文学也要大体通晓，第一是和歌，第二是和文[①]，第三是小说、谣曲、戏剧类，第四是中国文学，第五是欧美文学。

---

① 和文：与汉文相对，指日文文章。

要在文学上有所作为，非专门家不能为。能作和歌，不能作俳句；能写国文，不能写汉文，这样的情况固然无可厚非，但文学的标准无论是哪种样式、哪个地方都是相同的。因而知道和歌的标准而不知俳句的标准者，实际上连和歌的标准也未必知道；知道俳句的标准而不知道小说的标准者，也未必真知道俳句的标准。文学的审美标准对一切文学样式而言都是共通的，此不待言。

不仅要通晓文学，还要通晓一般的艺术。文学的标准适用于绘画，适用于雕刻，适用于建筑，适用于音乐。

掌握了俳句的标准却不能解释和歌，不能判断其美与不美；不能解释汉诗西诗，不能判断其美与不美；不能解释绘画雕塑建筑音乐，不能判断其美与不美，这样的俳人是能深而不能博。

通晓文学、通晓艺术，也不能以此满足，需要通晓天下万般的学问。一生中通过自我体验所获得的东西是极其少的，所以要想多学博识，读书是最好的途径，可以从历史书中获取材料，从地理书中获取材料，从其他杂书中也可以获取好材料。

不能以创作出极美的作品为满足，而应该以多多创作这样的作品为目标。

在俳句上狠下功夫，则俳句在；俳句在，则日本文学在。

（明治二十八年十月二十二日～十二月三十一日）

俳句问答①

　　一直以来被忽视的俳句渐渐得到了士人君子的关注，在获得赞许的同时，也遭到了不少反对，而这形形色色的质疑乃至嘲弄也都可以看作俳句隆盛的标志。遭遇嘲弄摈斥，这到底是俳句之罪还是俳人之罪，我不知。得到赞成扬赏，这究竟是俳句之功还是俳人之功，我也不知。我本是不管世间毁誉而行欲行之道的人，不想伸张门户观念，也不想增添对俳宗的信奉，尽管如此，为发问之人答疑，向误解之人辨正，也是我等的义务。所以记下俳句问答以求为人解惑。有疑问者请提出疑问，我将尽力回答。意欲嘲弄者也尽请嘲弄，其中如果有有愧于我心的地方，我自当幡然改过。但愿这诸多的疑问和嘲弄，能够为我道正误。

○　问：您舍弃高尚的和歌、汉诗，而志于野卑的俳句，是因为什么呢？

---

① 本文写于明治二十九年（1897）五月二日至九月十三日。

答：高尚野卑之说，只在思想语言，而不分韵文形式。和歌、汉诗中野卑者不少，俳句中高尚者也有很多，这取决于创作者的内心。如果因为常见的俳句野卑而认为所有俳句野卑的话，岂不是因为有盗跖、五右卫门而认为世人都是盗贼吗？哪有这样的事情。

○ 问：韵文的形式没有高尚和野卑之分吗？

答：也不是完全没有。就长歌类而言，五七调庄重，七五调轻快，庄重者易倾向高尚，轻快者易流于野卑。将短歌与都都逸①比较，则是以七音句作结的短歌庄重，以五音句结束的都都逸轻快。而片歌②与俳句相比，则是片歌庄重而俳句轻快。然而这样的比较所得的区别是细微的，实际上我们所感受到的高尚与野卑，大都是由于其思想。庄重固然很好，但只有庄重也不行，如果在轻快的同时能免于俗气的话，就十分有趣了。只取五七调而舍七五调的做法，并不合理。然而，只将七五调视作佳调，也是只知轻快而不懂庄重的偏见。

---

① 都都逸：日本俗曲的一种，流行于江户时代天保、嘉永年间，多将男女间的谈情说爱，配以七、七、七、五调的二十六字句，由三味线伴奏弹唱。

② 片歌：原指日本古代的一种歌体，以五、七、七三句构成一首，多用于问答，两首片歌合在一起即为旋头歌的形式。后也指江户时代的俳人建部绫足在上述歌体中寻求俳谐起源时，所倡导的一种十九音的发句形式。

无论是只取短歌而舍俳句，还是只取俳句而舍和歌，都是甚为偏颇的。

○　问：上月二十日登载的两首俳句：

厕所墙壁崩，却见春夜月溶溶。①
街上马粪多，还有桃花一朵朵。②

不论是题材还是风调，都让人不禁叹服。就连其中的臭气，也令人深有同感，这样的句子可以说是妙句吗？

答：巧拙都是比较而言的，虽说只取一首很难判定其优劣，但这一首并不属于文苑中的上乘之作，只是与那些陈腐的俳句相比不觉得拙劣罢了。如果说读此句而不堪其臭，那读到如下古句，又该作何感想呐：

脱肛厕内蹲坐久，间赏枇杷花。③（鬼贯）
广阔的枯叶啊，任高僧排泄。④（芜村）

---

① 原文：雪隠の壁崩れけり春の月。
② 原文：街道は馬糞多し桃の花。
③ 原文：脱肛の厠に枇杷の花見かな。
④ 原文：大とこの糞ひりおはす枯野かな。

须磨的故乡，晾晒着尿湿的被褥。① （芜村）

古来写马粪的俳句就有很多，不胜枚举。这并不是因为人们喜欢这样的题目，而是世间比粪臭更甚者不少，其中，我等最为嫌厌的当属铜臭。不知道那些认为句中没有铜臭二字就很好的人是不是鼻塞，在我等看来，世上的俳句（乃至和歌、汉诗、小说等）没有铜臭的极少，相比之下，马粪也就不臭了。但是，马粪只有散落野道才有野趣，如果包于锦缎而置于壁龛，是为我所不取。

○ 问：阅读近来的俳句，看到有十七字的，有十八字、十九字的，此外二十余字的也有不少，这样也无妨吗？

答：如果依从俳句的定义，便很难论断有无妨碍。如果有人认为十八字、十九字之类的句子不能叫作俳句的话，不将其称作俳句也可，权且称之为十八字的新体诗、十九字的新体诗、二十字的新体诗吧。我最初并不是要竭力作出俳句，而只是尽力表达感情，至于尽力的结果是十七字、十八字还是二十字以上，就不是我能预测的了。

○ 问：且不说俳句的名目，单在音调上，如果有十八字、

---

① 原文：いばりせし蒲団干したり須磨の里。

十九字、二十字的话，似乎也不流畅，这又该当如何呐？

答：音调的好坏在十七字中也有区别，何况是多于规定字数的俳句，更是有好坏之别了。就连散文中的音调也和字音多少有关，韵文就自不必说了。但是，如果一味认为和歌不是三十一字就音调不畅，俳句不是十七八字便音调不通的话，那就错了。例如，我们惯常虽都吟咏十七字的俳句，但试着以适当的音调去吟咏十八字的俳句，也并无不可，如果说这一字之多会有损音调，实在是胶柱鼓瑟了。而且，说这样不流畅的人，应该是审美标准出了差错。我国的艺术、文学，从来以优美为要，所谓优美，和这里所说的流畅是在同一意义上使用的，因此和歌如今唯独以柔美为贵，俳句虽不比和歌，但也倾向于优柔了。这使得自天保以后，就再也没有了劲健的俳句，也没有超出字数的俳句了。我认为，不管是在怎样的艺术、文学中，只有优柔与遒劲相对，才得趣味。与优柔之处能见趣味一样，遒劲也有它有趣之处，所以，不能只喜好柔和流丽的音调。描写雄健之事自然须伴以铿锵的音调，而若要写出劲健的俳句，自然就应多用汉语和长句。世人或许认为超出字数是因为语穷，这是严重的误解。在遒劲的俳句中（或者其他的俳句中），刻意超出字数来调整俳句音调的情况不在少数。当然，这也并不是说我们喜欢佶屈的俳句。千万别弄错了。

○ 问：下面这首俳句，可以称之为佳作吗，如果不能，它又不好在哪里呢？愿请赐教。

> 梅也绽放柳泛青，却在冬木町。① （干雄）

答：这是一首好俳句。梅柳同用，并且不使用感叹的语气，而只是平铺直叙地说"泛青"，这都是新派的格调，新派的势力已经赶上我们这些老人了。然而梅柳相对，却在一处用"梅也"，添加了"也"字，而一处却只说"柳"，这就显得很拙劣了。如果说了"梅也"，后面就该出现"柳也"，而如果只说"柳"，就应当只有"梅"。倒不如改为"梅白柳绿冬木町"。也许会有人认为用"白""绿"这两个形容词形容冬木町不如"绽放""泛青"这两个动词来得恰切。但总的来说，与原句的缺陷相比，更改之后的俳句似乎要稍胜一筹。

○ 问：对于先前"厕所"之类的俳句的问题，您以鬼贯、芜村等的古句为例作了回答，但除"鼻塞"之论外，似无其他，您的回答，主要是古句如此，所以在俳句中使用"厕所"这样的词也可以的意思吗？这实在让人意外，随便以古人搪塞与您一贯的观点似乎是相矛盾的，并且，就像您也认可的那样，污

---

① 原文：梅の咲柳青みぬ冬木町。

秽的题材绝不是吟咏的好题材，我坚信诗的神机妙灵自当存在于别处。您以为如何呢？

答：举古句为例并不是由于崇拜古人之名，只是列举二三以供参考。而且，芜村的这两首俳句实在是难得的名句，不仅没有丝毫臭气，而且十分雅致，如果有人仅能从此句中得知芜村的价值，恐怕也会大力宣扬他能够将这样的题材运用得如此自如的功力。因"污秽"一语而遭排斥，这也是它稍难被人接受的地方。但如果以此为论据推演开来，岂不是说金殿玉楼比野店茅屋更美（艺术之美），月卿云客比村夫老妪更美，麟脯熊掌比豆腐昆蒻更美，这固然是现今一些幼稚的歌人的幼稚的看法，但稍有审美心胸的艺术家、文学家就必定不会抱有如此妄见。金殿玉楼的确不乏艺术之美，但野店茅屋中所蕴含的美也不少一分。甚至现在的芭蕉一派的俳人更倾向于认为野店茅屋中存在着全部的美。对牛溲马勃，也不必以"污秽"一词妄加排斥，何况芜村之句，毫无污秽可言。但是美来自比较，若不取实物进行对比，到底难以判别其价值优劣。现试作如下论断：与上文所举芜村的两首俳句相比，乙由、千代、士朗、苍虬等家集中的俳句没有一句能出其右。而若将芜村集中的俳句分为上下两等，这两首当属上等。（厕所、马粪之类的题材在俳句界占极小的部分，这自不俟论。）

○　问：俳句的内容如何呢？

答：对于连艺术、文学的定义也不知怎样去准确表述的我等来说，实在难以明确地说俳句的内容就是如此这般。因此，如果已经确知文学的内容，解说俳句的内容当然就容易了。可以说，俳句是一种以十七八字为限（具备五七五的音调）的文学。但是，比十七字多出几字还能称作俳句？音调变化在怎样的范围之内能被允许？古来并无定说，乃至今天也不知界定的方法。例如，二十二三字到底应该称之为俳句、片歌还是新体诗，这全凭个人。名目在文学创作上并无必要，就算认为有必要，也不可明确地区分。

○　问：下面这首俳句的意义为何，价值又何在呢？

　　掏出怀中纸，递与友人包堇菜。①

答：这首俳句可谓俗俳之最。说的是"我"与人结伴在郊外游玩，同伴在路边一棵两棵地挖着堇菜准备带回，问我要包菜的纸，我将怀中的纸给他的事。这首俳句就像谜一样难懂，也少有感情的流露，这使得其中的趣味丧失了大半。卑俗的宗匠之辈多喜好迂回婉曲的风格。婉曲的风格多用于

---

①　原文：懐の紙もらはるる菫かな。

议论，在纯粹的文学，尤其是俳句中，并没有什么必要，何况是写得像谜一样。且不说语言层面，单就其中的趣旨而言，用纸包着堇菜带回一事，不仅陈腐，而且毫无趣味可言。如果直叙将堇菜包入纸中带回，尚且说得过去，可作者并没有这样写，而是将自己置于旁观的位置，来写被索要怀纸一事，实在是大煞风景。这类俳句的趣旨中，让人感到美的地方，就应该在于堇菜的楚楚可怜，和喜爱堇菜之人的温柔的心地。可是这首俳句的重心却不在这两者，而是取了作为旁观者的自己，到底是既不懂美也不懂文学之辈啊。他究竟知不知道古人有如下名句呢？

　　在怀纸中枯萎的，堇菜啊。① （园女）

〇　问：您的书中提到了一个叫作死木的人，并对他的各种体式进行了解析，之后又将各种体式分别称为赤裸体、起立体、横卧体，等等，这是怎么回事呢？

　　答：死木应该是说子规的事。子规将自己的俳句分出某体某体进行揭载，是为别人提供模本的意思。如果其中的某体中尽是恶句，谁人会不唾弃呢？当然作家也不必抱有这样的奢望。如果认为存在这样的问题，就该在最初预先告知。

---

①　原文：鼻紙の間に萎む菫かな。

总之，作家的作品都是几经辛苦磨炼而成，并非像提问者想象的那样在谈笑之间就能写出佳作。对于拙劣的讥笑，我们须恭谨受之，对于莽撞的罪责，我们也得宽容处之。

○ 问：俳谐中的四季是以什么为界线的呢？

答：俳谐的四季就是历书的四季。历书中有立春（二月初）、立夏（五月初）、立秋（八月初）、立冬（十一月初），从立春到立夏是为春，从立夏到立秋叫作夏，从立秋到立冬属于秋，从立冬到立春称为冬。所以阳历的新年是在冬天，然而并不是到了冬天就不能吟咏新年的俳句，气候与感觉多少还是有差异的。

……①

○ 问：新年的俳句中使用的题材，依据阳历和阴历给人的感受是相同的吗？

答：大体是相同的。但是像"今日之春""今朝之春""花之春""国之春""庵之春"这样的题目，就应该稍加注意了。试想，在立春之前的一个月使用春字，该当如何呐？在阴历的时间中，上面所列举的题目在俳谐中未必要用在立春之后，而是多用以表达一年之始，因此也不能说"今

---

① 以下例句略而未译。

日之春"无论如何都不能用在年初。如果认为在阳历的年初使用春字不妥的话，不用也可以，以年字代替春字就是了。也就是说，将"花之春""国之春""今朝之春"，说成"花之年""国之年""今朝之年"即可。如果将"初霞""初东风"也作为新年的景物来使用的话，恐怕与阳历新年的景象难以吻合，因此并不可用。

○ 问：下面这首俳句是我所写，您觉得如何呢？

> 人睡后，都市也寂寥，只听得杜鹃啼叫。①

答：这首俳句无甚牵强，也不俗气，但到底不免平平。一首俳句的旨趣本就很难免于平凡，何况要在极少的表达方式中体现趣味。就连"杜鹃鸟，在平安城穿行"②（芜村）这首俳句，也让人觉得意趣平平。这首俳句在语言的运用上有许多不够纯熟的地方，因此读来总有懈弛之感。"都市也寂寥"中的"寂寥"一语，在此处并不恰当，将"寂寥"当作形容古都的词，在这里或许是指寂静的意思。因此改为：

---

① 原文：人寝ねて都もさびし時鳥。
② 原文：時鳥平安城をすぢかひに。

人睡后，都市静悄悄，只听得杜鹃啼叫。①

也许能更进一步。但是，"人睡后"一语仍然稍显无趣。第一，"人睡后"这几个字多少有些"理窟"。假如这其中并无"理窟"（主观），而从感情角度（客观）来看的话，应该说成"熄灯后""打烊后""行人绝往来""犬吠声中"，等等。第二，句中有了"都市静悄悄，只听得杜鹃啼叫"的描写，即使不说是夜半的情景，也可以从俳句中读出。而既然已经知道是描写夜半的情景，不特意写出"人睡后"，也是明晰的。因此"人睡后"这几个字就显得多余了。（对夜半的景色的重复，如果是客观描写的话，也是可以的。）因此可将其改为：

都市静，时闻犬吠声，间有杜鹃啼鸣。②
犬吠大道上，杜鹃枝头鸣，都市何处有人行？③

这样虽然仍难成为名句，但与原作相比或能稍进两步。

〇 问：我的这首俳句您觉得怎么样呢？

---

① 原文：人寝ねて都静かなり時鳥。
② 原文：犬吠えて都静かなり時鳥。
③ 原文：犬吠ゆる都大路や時鳥。

薰风吹绿了嫩叶，火车在嫩叶中穿行。①

答：第一，薰风和嫩叶属于重复。两者表现的是相同的光景，所以只留其一就足够了。第二，"火车在嫩叶中穿行"，语言稍嫌拙劣。从这句话可以看出其主要趣向在于火车所穿行的地方，这样一来，火车穿行本身就没有了丝毫趣味可言，这首俳句也就没有了任何趣味。这样的俳句，趣味并不在于火车通过的这一举动，而应该着力于展现火车穿过嫩叶驶向何处的全景，如果不表明嫩叶占据全部景色的大部分，而火车只占小部分的感觉的话，在俳句的写法上也就难以将嫩叶置于重要位置。即需要表明是"火车穿过嫩叶"抑或是"火车被嫩叶掩映"。如果要表达"火车被掩映"的趣向，不管使用怎样的语言，都该以嫩叶为主，我们可以试想火车被掩映，只剩满眼的嫩叶的情形。

火车转眼驶上了山坡，一阵薰风吹过。②
火车沿着山路穿行，路边嫩叶青青。③

---

① 原文：青嵐若葉の中を汽車が行く。
② 原文：汽車見る見る山を上がる青嵐。
③ 原文：山にそふて汽車走り行く若葉かな。

这两首俳句是我旧时所作,虽然拙劣,但也写在这里以供参考。此外,我将原作改为:

密匝匝的嫩叶,隐有火车从中过。①
嫩叶青青,火车渐行渐无踪。②

这样虽然也难免拙劣,但在句法上或许能够比原作稍胜一筹。(如果要描写距离我四五尺以内的火车通过的情形,其趣向便与此句完全不同了,在那样狭小的场地,就不可使用薰风一词了。)

○ 问:从这首俳句中,似乎只能看出极度的狂放,而并不能明白其中的具体情形,您以为如何呢?

秋朗气清,在这个鬼贯的黄昏。③(惟然)

答:这首俳句是惟然和尚去伊丹拜访鬼贯时所作,句作狂放是惟然的嗜好。为了与狂放的句意相适应,句作就不得不显出狂放,因此使用这样的调子表现这首俳句的意匠是得当的。而且这首俳句中,将"伊丹的黄昏"说成是"鬼贯的

---

① 原文:汽車はるかに若葉の中に隠れけり。
② 原文:少しづつ汽車隠れ行く若葉かな。
③ 原文:秋晴れたあら鬼貫の夕やな。

黄昏",也是惟然的专擅。而"た""あら""やな"这样的词虽然没有任何含义,却十分有趣。像这样使用毫无含义的关联词润饰视听的做法,非老手不能为。这首俳句在余韵余情上虽有欠缺,但也不失为一首佳句。

○ 问:人们普遍认为新俳句和旧派俳句在创作上是有差异的,如果真有差异的话,在创作俳句时,新俳句是着眼于何处,旧派俳句又是着眼何处的呐?

答:新俳句是指新派俳句吗?新派中也有各种类型,我未能尽知,且就我的俳句来说吧。第一,我想要直接地表达感情,而旧派则往往想要传达知识。例如"没有飞去,邻家仓库的,燕子啊"[1]这首俳句,是指燕子没有飞去建有仓库的富裕的邻家,却飞到了没有仓库的我的草屋。因而这首俳句的着眼点与其说是燕子不爱富不嫌贫,倒更像是归纳地断定燕子飞来我家是因为乐于清贫,这就是传达知识的俳句,这也正是我所不取的地方。而且这种差异是根本上的差异。第二,我排斥意匠的陈腐,而旧派对意匠陈腐的排斥要比我少,毋宁说旧派更倾向于好陈腐而厌新奇。例如:

黄鸟初鸣,老耳享福音。[2] (蓬宇)

---

[1] 原文:蔵建つる隣へは来ず初乙鳥。
[2] 原文:黄鳥の初音や老の耳果報。

这位老俳谐师到现在仍然在作着这样任谁听来都觉得陈腐的俳句。像这首俳句，大家未必是在我举例之后才知其陈腐的，但是为慎重起见，我还是将古人相类似的俳句列举如下。……①特别是梅室的俳句，可以看出是最相类似的。第三，我讨厌俳句懈弛的语言，而旧派对语言懈弛的嫌厌要比我少，毋宁说他们更倾向于喜好懈弛而排斥紧凑。例如：

日日飞来的蝴蝶啊，也会告知我它平安的消息。②（千雄）

中的"をも"，就是极为涣散的用词。第四，我在音调的调合上，不排斥雅语、俗语、汉语、外语中的任何一种；而旧派则排斥外语，所用汉语也不会超出自己惯用的狭小范围，就连雅语也并不多用。第五，我无流无派；而旧派却有自己的派系和流派，并因此而倍觉荣耀，对于其宗派的始祖和继承其传统的人也特别尊敬，认为他们的著作具有无上的价值。而我如果尊敬一个俳人，那只是因为他的著作优秀的缘故。然而，即便是自己所尊敬的俳人的著作，也有好和不好之别，所以确切地说，我并不是尊敬其人，而是尊敬其著作。因此在许多与我相左的流派中，也有我认可的佳作以及不认可的拙句。两者的区

---

① 以下例句略而未译。
② 原文：日々に来て蝶の無事をも知られけり。

别，大体有以上五条，其中细则请恕我不一一详举。

○ 问：有人对下面这首俳句大加责难，您是怎么认为的呢？

> 这一整年，小舟冻结在诹访的湖面。①

答：责难也是理所当然的。"这一整年"指未来，而"冻结"指过去，这让俳句的意思变得难以理解。作者的意思是，看到小舟冻结在了诹访湖上，想象今年这一整年冰也不会融化的场景。这首俳句的构思中已经包含了未来的很长时间，因此多少有些牵强，而这些牵强又不知不觉地体现在了俳句上。若改为：

> 那一艘弃舟，会冻结在诹访的湖面上，一整年。②

虽仍不免有些牵强，但会变得稍微易懂一些吧。我要感谢那些责难者。

○ 问：下面这首俳句可以称为佳作吗？如果不能，它又拙劣

---

① 原文：今年中こほりつきけり諏訪の舟。
② 原文：氷りけり諏訪の捨舟今年中。

在何处呢？请您赐教。

　　寒夜啊，风吹半轮残月。①

答：这是一首无所谓好坏的俳句。将趣向和语言分开来说，其趣味十足而语言拙劣。"夜"字最是有碍听觉的赘物，"夜啊"更显拙劣，"风吹"也是松散的表达。如果进行如下改动，是不是比原句稍好一些呐：

　　寒风，吹着半轮残月。②

〇 问：我在经过团子阪的时候写了这样一首俳句，您觉得怎么样呢？

　　陈旧的荞麦店的看板，和杜鹃鸟的啼鸣。③

答：句法和取材都很寻常，无所谓好还是不好，只是不表明所描写的是白天的景色还是夜晚的景色，是这首俳句的

---

① 原文：寒き夜や片破月を風の吹く。
② 原文：凩や片破月を吹いて居る。
③ 原文：薮蕎麦の看板古りぬ時鳥。

一大缺陷。让人感觉前十二字似乎是说白天，而杜鹃似乎是指夜晚。

○ 问：您主张俳句应排斥"理窟"，敢问怎样的俳句属于"理窟"呢？请您分别举例阐释"理窟"中最易懂的俳句，"理窟"深邃而让人难懂的俳句，和完全没有"理窟"的俳句。

答：所谓"理窟"就是指俳句不以感情动人，而用知识教诲人。当然并不是说俳句（或其他文学）中完全不允许出现知识教化，比如说记忆虽然从属于知识，但短时间的记忆与感情几乎没有区别，因此并不妨碍使用。是故我所说的"理窟"，是不包含这种细微的知识的。所以过于"理窟"的俳句应该是那些丝毫不能引发读者的兴趣、让人评作无趣或者少有趣味的句子。例如：

小心哟，别让手碰到滚烫的暖炉。① （春澄）

这首俳句就因完全陷入了"理窟"而显得无趣至极。尽管有人将其视为教训之句而予以重视，但教训因属于"理窟"而为文学所不取。此外，俳句中稍显"理窟"的例子如下：

---

① 原文：つつしめや火燵にて手のさはること。

手牵木曾马，头顶初升小月牙，京城何日达。①（去来）

这首俳句被芭蕉戏称为算数俳句。算数也属于"理窟"，但这首俳句中多少还有一些趣味，所以与之前春澄的俳句不可同日而语。从木曾牵马上京，京都八月十五有迎马仪式，因此预算着三号从木曾出发，这其中的计算就是"理窟"。但这并不完全是空想，作者看到八月三日的月亮，继而联想到了牵马的场景，最终想象到"出木曾"。而且这一想象并非单纯地陷入"理窟"的空想，而是取用了与三日的月亮最相得益彰的素材，如果将这首俳句当作没有"理窟"来吟咏的话，应该能够引发一种微妙的感觉。大概认为这首俳句中不知怎么地多少有些"理窟"也只是表现在俳句表面的想象。如果将俳句中的七字句改为"出木曾啊""出了木曾""自木曾出行"等，也许会不显拙劣，也应该会完全消除"理窟"。我在杂志中看到过这样的俳句：

中秋月明，后门也有人进。②

这首俳句表面看并没有什么不好的地方，但"也"字却有"理

---

① 原文：駒牵の木曽や出づらん三日んの月。
② 原文：名月や裏門からも人の来る。

窟"的倾向，可谓因一字而害全句。"也"字是在两个以上的事物对照时使用的，可这首俳句表面只出现了一个事物，另一个则暗含句中，即"从前门也有人来"。因此，如果要更改此句，应该表现出"月圆之夜，不管从前门还是后门，都有人来"的事实。因为这一事实中包含着难以一眼看到的场所和较长的时间，会使得读者止于获取知识层面上的事实，而感受不到感情层面的趣味。大概长时间的记忆和两个以上的事物同时出现只是需要大量的知识，如果只说"月圆之夜，有人从后门进来"这样其中之一的场景，应该也是佳句，所以试着将这首俳句改为：

> 轻叩着后门的人，和今夜的月。①

最后，列举几首完全没有"理窟"的俳句：

> 山茶花落在榻榻米上，悄然无声。②（吕谁）
> 看那店老板，腰间别着把团扇。③（芜村）
> 舟上火光映水岸，草上露溥溥。④（雨谷）

---

① 原文：裏門を叩く人あり今日の月。
② 原文：音なして畳に落つる椿かな。
③ 原文：褌に団扇さしたる亭主かな。
④ 原文：舟の火の草にうつるや岸の露。

原野草木枯凋尽，脚旁落鹤影。① （旦水）

○ 问：我在古书中看到过这样一首俳句，是什么意思呢？

冬日牡丹娇娆，雪中千鸟似时鸟。② （芭蕉）

答：这首俳句中，冬牡丹和夏牡丹相对，千鸟和时鸟相对，冬牡丹开时，千鸟啼鸣，恰如夏牡丹盛放的时候时鸟鸣叫一样，这首俳句将千鸟比作了时鸟，即将雪中的千鸟戏称为用雪堆成的时鸟，陷入"理窟"而了无趣味，但仍能见出作者在句法上的熟练。

○ 问：我觉得下面这首俳句真实表现了田家的情形，您以为怎么样呢？

世代种田的，田三枚祖父哟。③

答：这首俳句虽有情形，却无景致。一读之下，眼前不

---

① 原文：足もとへよるや枯野の鶴の影。
② 原文：冬牡丹千鳥か雪の時鳥。
③ 原文：田三枚祖父が世からの田植かな。

会出现任何景致，只给人以概写事实的感觉。问者也许能够想到种田的情景，无奈在种田前冠上了"祖父世代"这一来历，种田也成了虚景，是为不取。

○ 问：老鼠堂永机翁被称为俳谐大家，下面这些永机翁的俳句，是否属于名句呢？此外，永机翁在俳句界的地位如何呢？

> 杜鹃恋深夜，待人睡后，可任它啼鸣跳跃。①
> 云青青兮回惊雷，夜来雨又垂。②
> 霜月初照岚山，山松澹澹然。③
> 今夜明月好，云亦不忍相舍抛。④
> 小小枫树哟，把影子映在了，湿漉漉的锅上。⑤

答：我记得称为老鼠和永机的人有好几个，难以区别其人。所以我并不知道这些俳句的作者有怎样的价值，只知道他写出了怎样的俳句。如果只就以上列举的五首俳句来看，虽说在句法的紧凑上相当熟练，但俳句的意匠轻薄，并无重

---

① 原文：時鳥恋に寐ぬ夜の若かりし。
② 原文：夕立の戻りの雲や夜の雨。
③ 原文：霜月やはじめて松の嵐山。
④ 原文：名月やさすがに雲も捨てられず。
⑤ 原文：若楓ぬれ釜かけてうつらせん。

量。如果只有这种俳句的话，到底不过是二流以下的俳家。以上五句中，惊雷、霜月、嫩枫之句尚有趣味，明月一句极为俗气，最应摒弃。

○ 问：有时会看到超出规定字数的俳句，超出字数在怎样的情况下是可以被允许的呢？

答：关于超出规定字数的事，我曾经作过回答。超出规定字数只限用于有趣之处。

○ 问：莼菜非千年沼泽不生，因此才有如下俳句，这首俳句怎么样呢？

   千年沼泽生莼菜，下有大蛇在。①

答：这首俳句难以让人有"被莼菜遮蔽的沼泽中盘踞着大蛇"的恐怖感，而且莼菜和大蛇不管是在形状还是其他方面都不谐调，所以读这首俳句，激发不起人的任何感情。

○ 问：我在书中读到过这样两首俳句：

---

① 原文：蓴菜や千年の沼大蛇住む。

　　　　路边的竹笋，顺顺当当长成了竹子。①
　　　　莲丝如雪，多少织就曼陀罗。②

然而前者好像是对芭蕉的木槿俳句的改写，后者似乎是芜村七夕俳句的翻版，像这样的俳句也可以称为文学上的佳作吗？
　　答：改写并非剽窃。改写当然是可以的，何况有些改写后的俳句完全无损原句价值，甚至更胜于原句。而像木槿那样拙劣的俳句，有倒不如没有。莲丝之句原样挪用了芜村俳句的调：

　　　　素丝手中持，丝丝暗寄心中痴。③

在这一点上也没有什么价值，但因为将其转用到莲丝曼陀罗上，从而产生了一点新趣味，因此这首俳句也有了可取之处。

〇　问：什么情况下可吟咏杂题俳句？它又有什么价值呢？
　　答：杂题俳句古来范例甚少，一向没有什么有趣的作品。

---

① 原文：道端の筍無事に竹になり。
② 原文：法さまざま蓮の糸も白きより。
③ 原文：恋さまざま願の糸も白きり。

偶尔觉得有趣的也是表面上没有季语，却实则暗含季语的俳句，即吟咏其句，能够自然感觉到俳句所写的是夏天还是秋天。所以杂题俳句的价值极低。尽管如此，在作出了杂题俳句的时候也不至于完全摒弃它（参见《俳谐大要》）。

○　问：

> 肆虐的寒风中，那无枝可依的暮鸦。①

这首俳句承蒙您一再指教，我反复熟读您的高见，发现了其中的牵强之处，我觉得应该在"无枝可依"上加上"大约"一词，您所说的中间七字似乎没有将意思说尽，然而"无处可依""被风吹去"或者"无处停歇""骚动枝头"之类，也不足以表现吹打着枯木的寒风的凛冽。所以我想将中间的七字改为"可能是无处停歇"或者"大约是无枝可依"，您认为如何呢？请您赐教。

　　答：你这次的提问和我前几日回答的问题点完全不同。"无枝可依"一语不用说就是"大约无枝可依"的意思。关于这一点从最初就没有别的解释。前几日探讨的是句中无法表现森林之感的问题。然而即便改为"无处停歇""无处可依"

---

①　原文：凩や何に取つく夕鴉。

之类，也无法表现出森林之感，与原句并无差别，况且这一更改只是换了一个与原句同义的说法，却在音调上显得拖沓。与这样的更改相比，不如保持原句。

○ 问：请问槿花和木槿有什么区别？
答：槿花就是"朝颜"，木槿则是"槿"。木槿可植作篱墙，花呈白色或紫色，在东京的俗语中也称作"莲"。

○ 问：

嫩叶，杜鹃，二尊院。①

这首俳句可见于日本的纸面记载，如果像这样没有逻辑的字词的排列也可以称为俳句的话，那您觉得下面这首俳句如何呢？

丸木桥，土桥，藤桥，闲古鸟。②

答：没有逻辑也可以成为俳句。"二尊院"那首俳句表现出了那里的景色，但"闲古鸟"一句看不到一处景色，而且

---

① 原文：其若葉其時鳥二尊院。
② 原文：丸木橋土橋藤橋閑古鳥。

意思难解，所以并不能称为俳句。

○ 问：想学俳句的话，古人的著书中适合初学者的有哪些呢？

答：即使是适合初学的著书，也并不是像小学读本那样的东西。当然也有偶尔为了指导初学者所作的书（如苧环、真木柱），但其中不少完全陷入了邪路或偏离了文学，这样的书不必去读。对于初学者来说，类题集是最适合的，所以应该先读《俳谐七部集》《芜村七部集》《类题发句集》《俳谐新选》《题林发句集》《新题林发句集》《三杰集》《故人五百首》等书，然后再渐次体味各家选集。

○ 问：我在书中看到过这样一首俳句：

叶浓花已稀，日永人还在绿荫中将花寻觅。①

"日永人"应该理解为"白日漫长的时候的人"吗？请问在古文学书中有使用此词的古句吗？跟"日永人"相通的"夜长人""日短人""夜短人"之类的词怎么样呢？

答："日永人"的释义，正如您所说。古书中应该没有

---

① 原文：緑陰に余花索むるか日永人。

这个词。使用"夜长人"应该也可以写成俳句，但"日短人""夜短人"因为其音调拙劣，不能写进俳句。一类词语因为有多种音调，不应该由一例推及其他。例如，我们常说"春风""秋风"，但往往不说"夏风""冬风"，就如同可以说"短夜"而不说"永日"，可以说"日永"而不说"夜短"一样。

○ 问：我觉得下面这首俳句颇佳，您认为呢？

    伏首参拜之时，波涛无声，那河上的神龛。①

答：我不这么认为。第一，这首俳句其意难解。"波涛无声"是形容波浪微小，还是指以前泛起的波浪都平息了？不管是哪种情况，这句话的表达都不完整。而接在其前的"伏首参拜"，你说是"因为伏首参拜"的意思，这就越发难解了。是因为以额触地向神参拜，波浪都静止了的意思吗？并没有这样的事实，尽管不能成为事实，但也并非不能给人以真实感。实际上不可能有一直翻滚起伏的波浪瞬间就平息下来的事情，莫非是因为伏首参拜的缘故，以至于没有听到波涛的声音？这也不可能，即便真有这样的事情，也没有必要特别拿出来说，反倒是在伏首参拜之时听到了水声，还多少

---

① 原文：ぬかづけば波に音なし川社。

有些趣味。总之,这并不是佳作,而是一首拙劣的俳句。

○ 问:

> 百姓,在村社祈雨。①

我觉得这首俳句平平凡凡,但似乎也并不拙劣,您以为如何呢?

答:在平凡的俳句中也有可取者和不足取者。这首就属于平凡且完全不可取的俳句。因为祈雨一般来说就是指百姓祈雨,而百姓祈雨一般都是在村社,因此这首俳句就等于是对祈雨的解释,而感觉不到任何趣味。就好像是"脱光了衣服游泳""供上祭物祭魂""在灯笼中点上火挂在屋檐"之类,到底不能说是俳句。

○ 问:我在读俳句时发现,有些俳句并不以题目为主,这是为什么呢?

答:俳句是不是以题目为主可取决于各自的喜好,以前的师父大都倾向于以事先命题和运座②命题为主。然而这并不

---

① 原文:百姓の雨乞するや村社。
② 运座:俳句会上,出席者定出题目,创作俳句,并互相评选出优秀的俳句,始于日本文政年间(1818—1830),明治时代正冈子规等日本派俳人复兴,将其定型化。

像汉诗的咏物，也不比和歌的题目，俳句的题目应该多有宽松之处。我认为，只要是咏入其中的事物即是俳句的题目，而不问主次（这与文字的拼合不同）。因此，在以梅为题的俳句中同时吟咏梅与莺，也不能说是背题。在以蚁为题的俳句中没有出现蚁的描写也并不算违背规则。在以月为题的俳句中兼咏大佛，甚至以大佛为主而以月为次，也是可行的。我之所以这样规定，有种种原因，主要在于扩大题咏的区域，增加自由思想的可能。但以上所说的题目都是就花、月、雪、风、鸟、纸鸢、灯笼等简单的事物而言的，如果要吟咏送别、留别、祝贺、哀挽、达磨赞、题东坡赤壁图之类的题目，便与和歌、汉诗中对这类题材的吟咏毫无异处了。（俳句的类题并非都是集中地吟咏同类题目的俳句，而只是为了方便的分类。）

○ 问：先前在阅读记载乙二言论的文章时看到他说，不应轻易将远处的名胜咏入发句，芜村、晓台也持有这样的主张。白雄也排斥在席上吟咏名胜的俳句，他认为如果亲履其地，所作出的俳句即便不能达到最好，也是出色的。您认为呢？

答：游览名胜，将实景写入俳句，是理所应当的。但是在席上厌弃描写名胜的俳句也是没有道理的。前年看到的景色浮现眼前，于是将其写成俳句，这更无不可，只是不要吟咏没有见过的名胜就好。如果吟咏自己不知道的地方，恐怕会与实景不符,即便与实景并无差异,也未必能体现出该名胜的特色,若无特色,便无吟咏名胜的必要。如果将春天看到的名胜在夏秋以及冬季写成俳句,虽无甚偏误,却也并不可行。然而有时实地所见的情景无论如何也无法引发实感,反而是未曾去过的地方,或听人说到、或在书中读到、或在绘画照片中看到,其光景却能自然呈现眼底,将这样的感受作成俳句也是可以的。但这只限于描写当地的显著特色。古来文学中以及历史上的名地,即便未曾亲临,依据历史或其他写出主观的俳句,也是可以被允许的。

○ 问:"きりぎりす""こほろぎ""いとど""はたおり"(均为蟋蟀科昆虫)是指同一种昆虫吗?

答:"こほろぎ"和"いとど"应为同一种昆虫,"きりぎりす"与它们稍有不同,"きりぎりす"只是东京等地的叫法。"こほろぎ"与"きりぎりす"相比,体型较小,颜色较黑,会在外廊鸣叫,也会潜藏在橱柜中,因此在东京被称作"こほろぎ"。在"用筷子驱赶,膳食上的蟋蟀"[①](孤屋)、"从壁橱飞扑到脸上的,蟋蟀哟"[②](北枝)等古句中大体可以得知。"はたおり"是因为其声酷似织机而得名,这一点自

---

① 原文:こほろぎや箸で追いやる膳の上。
② 原文:こほろぎや顔み飛びつく袋棚。

不待论，鸣叫声像织机的昆虫，除了之前说到的"きりぎりす"和在东京被称作"马追虫"的这两种之外，便别无其他了。我听说在东北的有些地方，把"马追虫"也叫"はたおり"，或许这并不是正式名称。这些都可咏入俳句。根据古学者的说法，古代的"きりぎりす"就是指"こほろぎ"，而今天所说的"きりぎりす"是指"はたおり"，或许确是如此。然而，今天一般所称的"きりぎりす"在俳句当然也应咏作"きりぎりす"。而所谓的"马追虫"在古代叫作什么呢，在解开这一疑问之前，"はたおり"也是无解的。在俳句中，"きりぎりす"的汉字写作"蟋蟀"或"蚕"，"こほろぎ"写作"蝉""蟋蟀"或者"灶马"，"いとど"则必定写作"灶马"。"蟋蟀"应该必然对应"こほろぎ"，而不是今天的"きりぎりす"。"いとど"对应"灶马"应是习惯使然。此事待考。

松萝玉液①

西　洋　画

　　西洋画渐渐隆盛并呈现出了压倒日本画的势态，而日本画家中竟无一人能与此颉颃。所谓的日本画大家，在听到有人谈论西洋时也只能哑然讪笑着说莫谈西洋云云。他们说，卑俗的洋画怎能压倒高尚的日本画呢？况且洋画虽然势头强盛，可画家数量极少，与数以千计的日本画家相比优劣立现，洋画到底能在哪一点上制胜呢？说这些话的人恐怕是些不知时势之辈。德川氏行将衰亡之际，萨长渐起。德川氏宣称，若率三百诸侯，加之祖宗威灵庇佑，必能保全天下，即使有两三强藩叛乱，又能如何？然而难以预料的时势就如同海啸一般席卷而来，伴着器器轰鸣从根底上倾覆了尚处迷梦的德川幕府，并将其远远抛入人海。若将今日日本画的衰颓比作

---

　　① 《松萝玉液》是作于明治二十九年（1896）四月至十二月的一篇俳论随笔集，近一百则。这里选译《西洋画》《日本画》《写生》三则。

德川幕府末年，那么所谓的大家之言，岂非如同不知自身危殆的德川氏之自夸吗？日本画的运命并不是不存在危机，但我也并不认为日本画将会覆灭，而是希望它能永远繁荣。尽管如此，但以其现在的状态，恐怕终究难以持久。

日　本　画

日本画如何才能得以存续呢？我的回答是，若非出现一位日本画的大家（远远胜于今日所谓的大家之人），便无法使腐朽的日本画为之一新并得以永存。可惜的是，社会需要的人物未必就会应社会的需要而生，若真能那样，那些大家又在哪些地方有用武之地呢？那些大家就是与历来的日本画风完全不同而开创另一种画风的人吗？我虽然热切地欢迎这样的人出现，但这却是超出我的希望之外的，与这里所讨论的日本画的存续属于不同的问题。我认为要让日本画得以存续，只需让自古以来的日本画多少有一点进步就足够了。所谓多少进步一点，并不是不希望日本画在各个方面都能进步，只是主要寄望于它能富有新的意匠。试看今日日本画家的画作：老师画跃鲤浮萍，学生便也画跃鲤浮萍；老师画巉岩急流，显危桥而重樵夫，弟子便也画巉岩急流，同样显危桥而重樵夫。其意匠何其匮乏！绘画的运笔色彩中若无自己的意匠，便不能称之为艺术，而只是匠人的技术。近来，随着匠人技术的日益精密，日本画越发荡然无存，这一点看过展览会的人应该都有所感知。呜呼！日本画的运命仅系于一缕游丝，日本画危矣！

写　　生

写生一事，至少能让西洋画不像日本画那样陷于陈腐。况且若不写生，确实极难作出好画。日本画家说，写生是卑俗手法，不能与高尚的理想相比。说出这话的人，大多不懂写生。当然，绘画的能事并不以写生为最，但高尚的理想若不凭借写生也是很难成功的。听说东京美术学校有器物写生和游鱼写生，但器物、游鱼的写生并不是习得写生的途径。况且据说教师连器物写生也不教，教师反而不如学生。这样说来，所谓"写生"并不是像油画那样的写生，而要使绘画的意匠更丰富，也未必非要学习北斋不可。关于这些，改日我还将详述愚见并求教于博学之士。总之这些预想都是寄望于未来的大家，而不是今日所谓的大家。如果寄望于今日的大家，大概只想抱残守缺，不改旧时模式。我曾就此向有阅历的人讨教，他说，今日的画家看似半古半新，其实大多只善于模仿古式而拙于创新。而那些自己闭门造车搞出来的远近法、阴影法之类，也徒增西洋画家之笑柄而已，就如同乌鸦模仿鸬鹚戏水一般。

我的俳句

美的客观观察

　　文学著作体现了著作者的嗜好，或者说著作者的嗜好不知不觉间体现在了其著作中，因此读其著作，就不难推测著作者的嗜好了。何谓嗜好？我认为就是各人对美的不同感受。即与嗜好相称者谓之为美，与嗜好相背者谓之为不美。与嗜好相称有程度之别，故而美就有程度之别；与嗜好相背也有程度的不同，因此不美也有程度的不同。在以嗜好判定美的时候，嗜好便可称为美的标准。各人的嗜好都一样吗？不同。那么，是什么造成了各人嗜好的异同呢？答：这几乎是个无解的问题，各人的遗传、教育、经历、周围的环境等都有可能成为原因，今天的哲学心理学究其穷极也无法一一进行解释。那么，各人的嗜好存在异同，因此也不可能知道其异同的正与误了吧？答：这也是我们常常疑惑的地方，尚没有明确的答案。这一疑惑换而言之，就是在各自的美的标准之外，是否存在一定不变的真正的美的标准。不是有人说存在真正的美的标准吗？纵然我们认为这句话是真的，也无法明确地说出真正的美的标准是什么；不是也有人说没有真正的美的标准吗？我们如果承认这种说法，嗜好就成了因人而变、随时而变、不进不退、非正非误的东西，即嗜好变得没有了秩序，也不关乎经验，每人每刻各不相同，就如同痴人说梦一般。这正是我无法认可的地方。既然这样，我们应该依照哪一种观点来看待美呢？答曰，姑且听之。以下我将陈述我的观点，至于对与不对，任尔评判。

现在，我试将各人嗜好的不同比作方位的不同，喜甲、喜乙、喜丙、喜丁等各种嗜好，就如同朝东、朝西、朝南、朝北等各个方向。以此为例，有视金殿为美而视草屋为不美的人，也有视草屋为美而视金殿为不美的人，有认为天然是美而人工是不美的人，也有认为人工是美而天然是不美的人，人们对美的判断有千差万别，甚至像这样完全相反。就如同从同一起点出发向着不同方向前行，向东、向西、向南、向北的人最终各自相隔千里一样，各人的嗜好向着其偏好之处前进，悬隔越来越大，以至于变得错杂纷乱。然而我仍要在这些错杂中找到些微统一，在纷乱中发现一缕秩序。

我坚信，各人的嗜好在极其幼稚的时候所选取的方向是完全不确定的，即便其中多数朝向一个方向，也未必与我在其他领域所看到的方向一致，在这里没有应该注意的必要。的确，就像小孩子喜欢红色是因为红色易于区分，日本人的嗜好自幼就带有日本风，欧美人的嗜好从小就带有欧美风，上古人自然带有他们时代的风气，今人当然也带有现今的风尚，这都是由于场所与时代的不同而完全出于自然的嗜好。

而人为的嗜好从起初出现到最后死亡，几乎不会发生变化。不拘在什么年龄，人似乎都将嗜好视为幼稚或等同于小儿游戏而不断地排斥。

而作为我的研究材料最值得注意的就是各人嗜好的变化。嗜好的变化有前后各方位互不相同的，也有朝着同一方向推进的，虽说其方向固然不同，我还是认定此间存在大体一定的方向。假定将其方向命名为北，各人并非都朝着正北前行，而是朝向或西北，或东北，或西北偏北，或东北偏北，或西北偏西，或东北偏东等种种方向。朝南者也是同理，只是与朝南者相比，向北的人更多。对于此，我将下一论断：美就是将事物一分为二，其中一方为多而另一方为少，这就如同譬喻中的北多南少一样。或许会有人质疑我是依据什么方法得出这一论断的，答曰：对我所见所闻的事实加以不完全的归纳，便得出了这一论断。

此外，我所指的嗜好的变化是就嗜好的进步以及发达而言的。当然，因人不同，也有退步或者时进时退的状况，但是大体上嗜好的变化就是指嗜好的进步。

更进一步说，那些少数在文学上的有识者（作家以及评论家）的嗜好以及其进化，是最需要注意的。首先，有识者和无识者的区别势必会引起种种疑问，我坚信区别他们的最大的要素，就是对纯文学著作（批评议论除外）的任意一部分都可以精密地比较判定。例如评论一部小说，只从大体上说"这个有趣""这个没意思"，这一点只要是读懂小说的人都能做到。而有识者就可以对其中的每回进行批评。不止如此，他们还能就一回中的小立意以及全篇构思的关系进行评论。他们也可以在更加精细的分析中对其意匠及其关系进行批评（修辞上、小说中的人物性格上也是一样）。可以像这样进行精密的比较判定的人，就是有识者。有人认为，小说需要精密的批评，而韵文则不需要，这样的人是小说上的有识者，却不是韵文的有识者；有人认为，理想小说需要精密的批评，而写实小说则不需要，这样的人是理想小说的有识者，却不是写实小说的有识者。这里既说"批评"又说"比较判定"，我应当对此稍加辨析解释。所谓"批评"以及"比较判定"，并不是指在演说中或者文章中进行批判，而是只在心中一一评论就足够了。与其他相比，最能测试一个人能力的就是能否对某一著作提出疑问了，提出疑问之后，再一一判定其正误，并将之与其他加以比较从而得出结论，这样一来，该人就成了该著作的有识者。即便是胸藏英德之学、笔述古人学说、妙论文学之理的人，如果不能通晓文学上的隐微而进行批评，也不能成为有识者。

对这些文学有识者（不论古人今人）的嗜好及其嗜好的

变化加以观察，就可以得出更加明晰的美的区域。假定其处在东北与西北之间，就可以确定它的方向为北。这也是依照极不完全的归纳法得出的结论，将它与我之前的论断对照之下，毫无冲突，因此我更加坚信于此。

为了得出更加明了的区别，我向有识者中的最有识者请教，进行归纳得知，极度的美到底存在于哪边是需要进一步研究的问题。此外，时代和个人是以怎样的关系推进的？这种推进是持续不断的吗？是应该的吗？这些都是需要进一步解决的。对于这些问题，我也并不是没有或多或少的臆测，但由于我的学识浅薄，经历匮乏，还不能很好地回答这些问题。今后，当我斗胆发表关于嗜好的论说时，但愿我在这里对此臆测的敛言可以稍稍遮掩我的浅拙、冲减世人的嘲笑。

美的主观观察

以上所论述的是客观的观察。那么主观的观察又是怎样的呢？可以说主观的观察和以上客观的观察结果几乎是完全一致的。我认为我的嗜好的变化大体与一般人一样，是取正北的方向，就如同凭着感觉在东北与西北之间取中。说得更直露些，我坚信我对美的标准和文学有识者对美的标准大体上是一致的（并非是指文学的技巧）。然而我的这种想法并非是今天才有的。即使是在比今天标准低的过去,人们都是想与有识者的标准相一致的。从今天来看,认定其标准一致的人,如同在这一方面一致而在其他方面不一致,都是因为当时对有识者的美的标准所确定的范围不明晰。如果将此推及未来,未来又会发生多少改变,那是不可预测的。因此我今天所坚信的无论如何都不会有所动摇。如果有人指责并质疑我:有识者的美的标准果真这样浅近吗?我将只依照我的观察如实回答;如果有人嘲讽并质疑我:你的美的标准当真如此高尚吗?我将只依照我的观察如实回答。

我所认为的文学有识者的美的标准,和我的美的标准大体一致,因此我越发坚信美的标准大致上是有统一方向的。客观的观察是否会影响我的美的标准并使之改变,这一点我并不知道,但纵然有影响,那也是当初的事,其影响到了今天已不再有效。要说原因,那是因为今天即便发现我的客观观察存在谬误,我的美的标准也不会因此发生丝毫变化;主观的美的标准是否会影响客观的观察并使之偏移,这一点我也不知道,但即便有影响,那也是当初的事,其影响到了今天也已不再有效。究其原因,那是因为今天在我主观的美的标准之外,即使从其他方面进行观察,也无法发现我上述的客观观察中的谬误。

那么,将主观与客观合并之后所产生的美的标准是怎样的呢?答曰,这一点就文学本身而言,若非各自进行评判,是很难说明的。然而，那究竟是主观的还是客观的，天然的还是人为的，理想的还是写实的，甚或是所有这些的合并与调和，又该如何得知呢？答曰，我的美的标准不是主观的，也不是客观的，甚至也不是你所问到的任何一种。为了能够解释得稍微明白一些，我需要陈述我的美的标准的变化过程。

我从幼年起直到今天的文学以及文学批评议论的草稿和我的记忆，可以证明我的嗜好的变化。依照这些来看，我的嗜好的变化似乎比我熟知的许多人要多，想来是因为我在歧路深陷久迷的缘故。十余岁的时候，我探索着阅读《诗语粹金》并写出了一些形式上的汉诗，那时，我的嗜好并没有完全显露，因而并不足论。十七八岁以后，我稍稍获得了一些社会的、哲学的知识（此时我迷惑于是否要成为文学家），偶尔作诗，大多也不是直接地抒发感情，而是展现知识。换言之，就是将文学以外的事情写入韵文，这并不是纯粹的文学（我相信今天多数歌人和俳谐大师的著作依然如此）。从十七八岁到二十三四岁的五六年，是我在歧路彷徨的时段，当时，和歌和俳句尽管都已发端，但不管哪一个都尚不能称之为文学。和歌如果没有知识性就只是浅薄的恋歌，然而我发现就连恋歌也常常堕入"理窟"。

我觉得俳句有趣是从最先看到了比喻的俳句开始的。例如，千代在结婚的时候吟咏道：

初次交欢，敢问柿子是涩是甜？①

高尾在不喜欢的客人索要"伏猪画赞"时吟道：

荻花瑟瑟，野猪缠花绕枝卧。②

这都是我最爱的俳句。而比喻并不是纯粹的文学，它是只有与题目相配合才得以完整的不完全的文学。在这些比喻的俳句之外，我还喜欢能够表现最强烈的感情的俳句。例如，千代在与丈夫分别的时候吟咏道：

君去蚊帐宽且广，醒也惆怅，睡也惆怅。③（此句实非千代所作）

而在看到吊桶上攀绕的朝颜时：

牵牛花，抓住了水井的吊桶，去他处讨水。

---

① 原文：渋かろか知らねど柿の初ちぎり。
② 原文：猪にたかれて寝たり荻の花。
③ 原文：起きて見つ寐て見つ蚊帳の広さかな。

这些都是我最爱的俳句。而这些感情强烈的俳句大多是超出实际的。"蚊帐"之句的"醒也惆怅，睡也惆怅"，虽是刻意的感情抒发，可也还算写实。而"朝颜"之句却完全是违背事实的，每天打水的井上不会攀绕着朝颜，即便是有，也会因此而无法取水。有人认为这是扫墓时所作的俳句，按照这一说法，朝颜攀绕一事就成了可能，但无法解释取水一语。听觉不发达的人，喜欢鼓和太鼓，而不喜欢三弦、十三弦、胡琴之类，这是因为他们只听得到强力敲击鼓膜的巨大声响，而感受不到声音的高低、变化以及调和等。我只喜欢表现强烈感情的俳句，就如同那些在乐器中只爱鼓和太鼓的人一样。此时，我对于俳句的嗜好实际上并未脱离以上两种类型（今天不少文学家评价不知俳句者的俳句的标准也是如此）。我自己无法作出这样的佳句（只是当时的想法），于是写了一些劣句，还写了一些虽不算是陈腐而俗气的宗匠流，也是以语言游戏为主的贞德流俳句。那些在比喻方面拙劣的句作，大多是想要表达强烈的感情而又未能很好地表达。而此后几年我在俳句上的趣向，概括地说，就是稍稍脱离了"理窟"，而倾向于在感情的表达上取用那些极其柔软、极其纤细的事物，比如风中蝶舞、紫堇含露、樱花凋零、水碎月影、秋蝶委地，以及秋日黄昏那无可排遣的哀愁。我坚信，视柔软为优美，以纤细为微妙，方能尽知文学的奥义（我认为今天的歌人、新体诗家等也有持此观点的人）。

到了明治二十三年,流行起一种无常的观念,这让我喜欢,我也作了一些旅僧、骷髅、芒草、秋暮之类的俳句。这为我之前对柔软纤细的感情的单一喜好带来了一种变化。

从明治二十四年起,我对俳句稍多了一些热切,并萌发了研究俳句的想法。此时,我试图写出少许实景,却并未成功,其中总不免带有先前的优柔屡弱之风。此年冬天,我开始阅读《七部集》《三杰集》,大有所感,并生出了漫游的念头,于是只带了三天的干粮就去了武藏野。尽管往返之间所得不过十数句,却不再有之前屡弱的音调和纤细的意匠,而可以写出实景并加之以空想,或多或少都具备了新的趣味,而少了斧凿之痕。

明治二十五年以后,我几乎以俳句为生命,阅读古书、写作俳句,就这样一直到了今天。因此,这一年以后,我所作的俳句数量,比以前多出十倍乃至二十倍以上。这中间的变化太过复杂,无法逐年细说,因此我将分类说明。

首先,是屡弱渐渐倾向雄壮,纤细慢慢趋于宏大。此前我总是惯于吟咏樱花、紫堇、蝴蝶,现在也喜欢吟咏高山旷野、白云流水了。

俳句非雄浑壮大者不可,但雄浑壮大的俳句容易陷于空疏,而空疏者往往有句意模糊之弊。因此知晓这一弊病,就可使空疏者渐渐趋于精微。精微却是不与雄浑壮大相并行的,它往往取材于琐事微物,就如同从前对蝴蝶、紫堇一样,那并不是多么笼统而幼稚的嗜好。而是能够在不知名的小草、小虫身上，发现它们各自独特的趣味，并将其表现出来（这里所说的雄浑壮大，并不是自夸自己的俳句具备雄浑壮大之风，只是比较之下有了些许雄浑壮大的倾向，以下皆然）。

其次，是优柔浮华渐渐变化而倾向于古雅（接近所谓的蕉风）。在我明白古雅也并非美的全部之后，也慢慢作出了一些艳丽的俳句，但后来的艳丽和先前的浮华完全不同。

其三，是最初的主观渐渐变化而倾向于客观。更详细地说，起初我在表现自己感受到的美的同时，也表达自己感受的结果，后来我终于明白，表达自己所感受的结果无异于画蛇添足，只要写出能让人感受到美的客观事物就足够了。例如，我起初写山河，会添上一句"真美啊"，后来就省去了"真美啊"这样主观的字眼，代之以更多地展现山河其他部分的美，以求不言美字而使读俳句者尽知其美。我客观的趣向又有两个变化阶段，起初是对天然之物的客观描写，后来也开始喜欢客观地描写人间俗界。

其四，是从在空想中获得意匠渐渐变得倾向于注重写实。起初我并不明白应该注重写实，即使想要写实，在看到实景实事时也很难将其咏出，随着经验增多，我也稍稍能写出这样的俳句了。

其五，是变陈腐为新奇。我变得很少阅读陈腐的句作，写作陈腐的俳句。尽管多读或许能够得出更加新奇的句子，但我认为要达到最高的新奇必须是在体味写实之后，即写实的结果对摆脱陈套是极具效力的。

其六，从最初对极端即极奇极大等的喜好，渐渐归于喜欢平淡。这应该是感情发展过程中能感受到的细微差别所导致的结果，写实中也蕴含着倾向平淡的力量。

其七，在对句作中的四季的感受上也发生了种种变化。我最初只喜欢春天，其后又只喜欢秋天而最讨厌春天，之后变成最爱冬天、夏天次之、春天再次、秋天最后，此后有一段时间我的喜好次序又变成了冬、春、夏、秋，后来又变成可以谙知秋天的趣味了，到了现在，我终于可以感受到春夏秋冬是平等的了。

其八，语言句法也从最初的流于懈弛渐渐趋于紧密，对于汉语的使用也从少变多了，使用汉语和汉文的句法，对句作的紧密也是有效的。

其九，就古来流派而言，我最初喜好旷野、猿蓑并崇尚其风调，之后学习《三杰集》，此后也曾偏好鬼贯、来山、惟然、一茶、乙二等人的风调，后又醉心于芜村，后来因感受到文化、文政之句的优长而独好于此，最后逐渐体悟到了各流派的趣味而均爱之，并想要进行或多或少的模仿，然而模仿终究远不及原作。我在此处虽未一一录记其他流派，但据此也可概知。

在空中悬挂一物并将其大力拉向右侧，该物必定会向左冲去并强力摆回，而在左右摇摆数次之后，便会渐渐平息并恢复到原来的位置。我一时尊崇西洋的事物，其反作用力就是最终对西洋的轻侮和对日本事物的尊崇，这一结果也体现在艺术、文学上。但是随着年龄增长，我在艺术、文学上的嗜好渐渐消除了邦土古今的区别，只看美与不美。我不会因为是油画而鄙视，也不会因为是日本画而高看；不会因为是横写的文学而褒扬，也不会因为是竖写的文学而贬抑。就如同我舍弃纤巧而倾向于雄壮，舍弃空想而倾向于写实一样，虽说一时不免或趋向雄壮或趋向写实，但随着时日渐增，两者会自然地平均，并在一首俳句中看到两者的调和，即便不是这样，两种俳句也会并存而毫无违和感。因此，说是风格由纤细变为雄壮的人，并非完全舍弃了纤细，从空想变为写实的人也是如此，其他亦然。

因此，对于以上所述的我的嗜好，概括而言，就是我所感受到的美的种类在渐次增加，而美的程度却在逐渐降低。例如，在起初只偏好纤细之美的时候，我对壮大或是其他的风格都不喜欢，而只喜好从属于纤细的各种风格；在偏好壮大之美的时候也是如此。之后，我变得同时喜欢壮大与纤细之风，对之前所钟爱的壮大的俳句，有一半变得不再喜欢，之前偏好的纤细的俳句也有一半不再喜欢。就这样随着嗜好的种类的增多，在一个种类中感受到的美就逐渐减少了，这就是我的嗜好的变化。我的俳句的标准，也不外乎如此。而这一标准并不特定限于俳句中，和歌、汉诗、新体诗、小说以及其他所有的文学，也都遵从这一标准。所以我所认为的文学中的美，并非如有人所说的那样只以理想为美，也并非只以写实为美，也不是以理想的写实或者写实的理想为美，我的美包含了理想、写实、理想的写实以及写实的理想，而我所以为的不美同样囊括了这一切。

我穷极宇宙，不是没有发现美，也不是没有发现不美，我坚信美与不美并非各自偏居一处，而是四处弥漫的。因此，无论是哪一部分，我都想要从中捕捉到美并将其付诸笔端。如若可以，我也想从所有变化的部分中捕捉到美并将其表达出来。

（明治二十九年七月～八月）

俳句和汉诗

俳句、和歌、汉诗可谓异形同趣。其中俳句与汉诗的相似之处尤其多，这大约是俳句借力于汉诗的缘故吧。芭蕉读杜甫诗后将其趣味移入俳句，芜村将诗的趣味与诗的语言兼用于俳句之中。然而，能读懂汉诗的人却往往不能理解俳句，这是因为在阅读俳句时未使用汉诗的标准。我也长期误以为阅读汉诗有汉诗的标准，可一旦明白俳句与汉诗并无二致，疑团便会自然解开并对汉诗的真谛有了理解。我相信，我读俳句的标准无误，那么读汉诗的标准也必定无误。不理解俳句的人，在读俳句时若和读诗一样，俳句也就很容易理解了。

俳句中有与汉诗暗合的句子，也有直接将汉诗中的句子挪为己用的。现在我将汉诗和与之相对的拙句并列于下，聊供方家一笑。但诗的长处并非俳句的长处，因此即使是译诗，也常有不取诗的佳句而取凡句劣句的情况，而并非只依据是否容易翻译而选择。况且，古人经过推敲磨炼之后才吟得两三百首佳篇，能够像这样在千年之后仍然留存，肯定不是我等所能立刻翻译出来的。

汉诗的一句或者两句往往相当于一首俳句,这样一来,就会有将汉诗中前后相关的句子当作单独一句而译为俳句的情况,因此,要取用可以译成俳句的诗句,就必须确保该诗句即使被单独拆分,意思也仍然相对完整。例如:

原诗:

　　初月波中上(梁·何逊)

译句:

　　明月,从波中升起。①

原诗:

　　灯火春祠奏玉箫(清·朱彝尊)

译句:

　　灯火中,那笙箫齐奏的春社。②

---

① 原文:明月の波の中より上がりけり。
② 原文:灯ともして笙吹く春の社かな。

这都几乎属于直译。

原诗：

残夜水明楼（唐·杜甫）

译句：

江楼上，滟滟水光，驱尽了残夜。①

我认为这首译句在句法的变化中显示了诗和俳句的特色，同时也保留了原诗的趣味。

原诗：

野火出枯桑（唐·崔署）

译句：

寒冬草木枯，野火漫桑田。②

这首俳句着力于不损原诗意旨。

---

① 原句：江楼や水の光の明け易き。
② 原句：冬枯やともし火通る桑畑。

如果将两句诗改译为一首俳句，也不必有多少节略，但是要将诗的趣味模写出来，却是极其困难的。

原诗：

三春时有雁，万里少人行。（唐·王维）

译句：

举头见归雁，路上却无一人行。①

这样的改写只是写出了原诗的意思，作为俳句却没有半点妙味。

原诗：

大漠孤烟直，长河落日圆。（唐·王维）

译句：

野边起烟霞，霞笼一轮残日。②

---

① 原句：帰る雁行く人更になかりけり。
② 原句：野の果や霞んで丸き入日影。

这首俳句在改译的时候省略了汉诗中的"孤烟直"与"长河"。

原诗：

草白狐兔骄（唐·王昌龄）

译句：

草木枯凋尽，野狐骄狂不惧人。①

尽管原诗只有五言一句，仍然未能译出"兔"字。

原诗：

长安一片月，万户捣衣声。（唐·李白）

译句：

夕月朦胧，城内砧声时可闻。②

虽译出了大意，却未能如原诗悲壮。

---

① 原文：末枯に人を恐れぬ狐かな。
② 原文：夕月や砧聞ゆる城の内。

原诗:

　　榆柳荫后檐,桃李罗堂前。(晋·陶渊明)

译句:

　　屋后桃树,门前柳荫,房舍三两间。①

虽写出了汉诗的大意,但诗句直率而无任何修饰,俳句不免工于弄巧。而如果改写为:

　　房屋前后,有柳有桃。②

此句的巧拙暂且不论,但对于原句的直率,或有模仿到几分。
　　原诗:

　　山重水复疑无路,柳暗花明又一村。(宋·陆游)

译句:

---

① 原文:桃の背戸柳の門や二三軒。
② 原文:柳あり桃あり家の前後。

> 终于走出了，那柳盛花繁的村庄。①

"走出"一语，虽可见几分"山重"一句的意思，但重重叠叠的意思并不明确，"柳暗"一句，或许应该改写为：

> 那一座柳盛花繁的村庄。②

而原诗：

> 柳密行人看不见，轮蹄相属但闻声。（宋·邹浩）

译句：

> 土桥上，那没入柳树的马铃声。③

原诗的"密"字实非蛇足，但在俳句中却不足以形容车马错杂的声音。

此外，将中国的地名人名代译为本邦的地名人名，反而

---

① 原文：柳多き花多き村に出でにけり。
② 原文：柳がちに花がちに見ゆる村一つ。
③ 原文：土橋あり柳がくれの馬の鈴。

比较容易。如:

原诗:

丘陵尽乔木,昭王安在哉。(唐·陈子昂)

译句:

夏木如旧,德川时代却已消亡。①

原诗:

长安大道连狭斜(唐·卢照邻)

译句:

一路柳青青,绵绵延延出城门。②

原诗:

---

① 原文:德川の代は亡びけり夏木立。
② 原文:大門につきあたりたる柳かな。

> 邯郸城郭游侠子，自矜生长邯郸里。（唐·高适）

译句：

> 江户人夸江户美，鲣鱼初长肥。①

有的是对原诗的意思作了或多或少的变更而写成的俳句。
原诗：

> 功名富贵若长在，汉水亦应西北流。（唐·李白）

译句：

> 花落水南流。②

这一译句，虽欲取原诗的意思，却完全改变了语言，将富贵功名喻为花，原诗在深层表意，而俳句则在表面直言。
原诗：

---

① 原文：江戸人の江戸誇るらく初松魚。
② 原文：花散つて水は南へ流れけり。

人烟寒橘柚（唐·李白）

译句：

小镇荒且寂，连片柿树自蓊郁，四处少人迹。①

这首译句是以"柿树"代"橘柚"而作。

原诗：

思妇楼头月，征人马上霜。（明·章美中）

译句：

女子临窗泣，夫婿思归马蹄疾，皆被月知悉。②

原诗两句具有充实的意象，原想将其译出，却写成了这样牵强的俳句。

原诗：

---

① 原文：町荒れて柿の木多しーくるわ。
② 原文：女窓に泣き夫馬上に思ふ月。

采莲南塘秋,莲花过人头。(梁·武帝)

译句:

舟行水中,莲花触上了我的鬓发。①

像这样在同一场所表现不同场景的情况,也可称作译吗?

在俳句中完全再现汉诗中的数句或者全篇的大意,也并不是很难。

原诗:

桃之夭夭,灼灼其华。之子于归,宜其室家。(《诗经》)

译句:

我恋慕的女子,今日出嫁,桃花映红了她的脸颊。②

这首俳句稍稍流于鄙俚,但我为了模仿原诗的句法,特意分写成了两段,是故如此。

---

① 原文:舟行くや小鬟にさはる蓮の花。
② 原文:出女が恋する桃に花が咲く。

原诗：

> 桃之夭夭，其叶蓁蓁。之子于归，宜其家人。(《诗经》)

译句：

> 蓁蓁桃叶嫩且碧，今始为君妻。①

这首俳句不是取意于原诗，而是以原诗为依据所作，即应用原诗所写的俳句。

在《饮中八仙歌》中，原诗：

> 李白斗酒诗百篇，长安市上酒家眠。天子呼来不上船，自称臣是酒中仙。(唐·杜甫)

译句：

> 醉卧花间不愿醒，以此谢宫人。②

---

① 原文：蓁々たる桃の若葉や君娶。
② 原文：花の醉醒めずと申せ司人。

俳句使用"花"字，更添其趣，同时也可当作季语。

唐代杜甫《哀江头》，原诗：

> 江头宫殿锁千门，细柳新蒲为谁绿？忆昔霓旌下南苑，苑中万物生颜色……

译句：

> 御车过处柳依依，如今俱往矣。①

唐代高适《人日寄杜二拾遗》，原诗：

> 柳条弄色不忍见，梅花满枝空断肠。……龙钟还忝二千石，愧尔东西南北人。

译句：

> 柳色青青不忍看，耻食二千石。②

---

① 原文：御車の昔過ぎたる柳かな。
② 原文：柳にもわれはづかしや二千石。

这首俳句是取古诗的大意所作。古诗虽然比律诗长,但律诗趣向复杂、修饰繁多,因此很难翻译,而古诗则是一意贯之、一气呵成,往往只着眼于一点,因此比较容易翻译。即便这样,我仍想试试自己能否译出律诗。唐代杜审言的五律《和晋陵陆丞早春游望》,原诗:

> 独有宦游人,偏惊物候新。云霞出海曙,梅柳渡江春……

译句:

> 旅途春尚早,忽惊梅柳已先发。①

同人五律《蓬莱三殿侍宴敕咏终南山》,原诗:

> 北斗挂城边,南山倚殿前。……小臣持献寿,长此戴尧天。

译句:

---

① 原文:驚くや旅地に早き梅柳。

春日宴，愿君寿千年，可比北斗与南山。①

绝句短小，趣向简单，比律诗好译。

原诗：

终南阴岭秀，积雪浮云端。林表明霁色，城中增暮寒。（唐·祖咏）

译句：

无云可见富士山，江户城中寒。②

这是我试译的俳句，与原诗并不相似。可见绝句虽不难译，却很难译好。反倒是我的一首旧作，正好暗合了这首诗的诗意：

遥见富士浮林端，顿觉几许寒。③

因为后者得自实景，多少有了一些意蕴，因此胜于前者。

---

① 原文：春や千代君と北斗と南山と。
② 原文：雲の無き富士見て寒し江戸の町。
③ 原文：森の上に富士見つけたる寒さかな。

原诗：

　　强欲登高去，无人送酒来。遥怜故园菊，应傍战场开。（唐·岑参）

译句：

　　故乡菊花应已黄，何不战地香？①

原诗：

　　偶来松树下，高枕石头眠。山中无历日，寒尽不知年。（唐·太上隐者）

译句：

　　山深寒气重，梅树亦不生。②

虽然不甚拙劣，但我仍将这首随口吟出的译句记录于此。

---

① 原文：故郷の菊はいくさに踏まれけん。
② 原文：山深く梅の木さへもなかりけり。

原诗：

  远近皆僧刹，西村八九家。得鱼无卖处，沽酒入芦花。

译句：

  垂钓得肥鱼，提鱼买酒入芦花。①

俳句未能译出"远近皆僧刹"和"得鱼无卖处"的意思。不寻趣于感情，而取意于"理窟"，这正是宋诗卑俗之故。
  原诗：

  旧苑荒台杨柳新，菱歌清唱不胜春。只今惟有西江月，曾照吴王宫里人。（唐·李白）

译句：

  忆昔明月照翠帐，今在荒田上。②

---

① 原文：魚釣り得て酒買ひに行く蘆の花。
② 原文：翠帳にさしたる月や畑の上。

原诗写春而俳句咏秋,这只是就季节景物而言。

> ……熊罴对我蹲,虎豹夹路啼。溪谷少人民,雪落何霏霏……(魏·武帝)

上诗"熊罴"云云乃夸张之语,在长诗中,这几句读来令人十分恐惧,可是如果只取这几句翻译,看上去就像是编造的假话而没有了恐怖之感,因此俳句必须写得就像实景。而熊罴虎豹难入我国之景,因此以狼代之。这样一来,这首令人恐惧的俳句可以写为:

> 雪野天已暮,狼嗥渐近渐逼人。①
> 白雪满峭壁,上有饿狼向我逼。②
> 忽然见恶狼,满山白雪无处躲。③

等等。我作了许多尝试,但这种极端的趣向一旦脱离实地,就很难完全表达其意。我曾写过如下俳句:

---

① 原文:雪に暮れて狼の声近くなる。
② 原文:狼の我を見て居る雪の岨。
③ 原文:狼の見えて隠れぬ雪の山。

> 寒冬过白根，忽见地上有狼粪。①
> 寒冬山中行，一路无人寂森森，狼亦无影踪。②

这两首俳句都属于侧面烘托，却反而能够引发深重的恐惧之感。

原诗：

> ……秋天落木愁多少，夜雨残灯梦有无。遥想故园挥涕泪，况闻寒雁下江湖。（明·谢榛）

译句：

> 夜深灯已残，时闻凄凄几声雁，伴着雨潺潺。③

宋代苏轼《宿海会寺》末段，原诗：

> ……倒床鼻息四邻惊，纵如五鼓天未明。木鱼呼粥亮且清，不闻人声闻履声。

---

① 原文：狼の糞見て寒し白根越。
② 原文：狼にも逢はで越えけり冬の山。
③ 原文：灯消えんとすれば雁鳴き雨来る。

译句：

> 朝寒重，木鱼轻敲和清梦，间有足履声。①

原诗季节不明，俳句则定之为秋天。

> ……梨花雪后酴醾雪，人在重帘浅梦中。（清·厉鹗）

以上诗句巧用汉诗的独有句法，要译为他国语言非常困难。因"重帘浅梦"一语无法简单译出，"人在……中"一句也就很难在俳句中作出这样轻妙的表达。虽想着只要译出其中的趣味就好，但是语言不符，趣味到底不足。

> 暮寒侵翠帘，梨花飘零如雪乱。②
> 夜暮一灯燃，梨花簌簌不胜寒。③
> 梨花散尽酴醾落，总是飘如雪，寒梦还被翠帘遮。④

这些俳句，无论哪一首，不过都是失败的证明，唯有待方家赐

---

① 原文：朝寒や木魚打ちやんで履の音。
② 原文：夕寒み翠簾に散る梨の花吹雪。
③ 原文：灯ともせば梨の花散る寒さかな。
④ 原文：梨花の雪酴醾の雪翠簾の夢寒し。

教。题为《孙园剪牡丹归》的绝句后半，汉诗：

……买得扁舟小于叶，半容人坐半容花。（清·王陆祯）

俳句：

小舟载牡丹，悠悠归今户。①

这首俳句暗合了上面的汉诗。两者相比，俳句或能略胜一筹。这是因为描写这样的琐事，使用七言绝句就会显得趣味不足、字数过多，而在多出的字数中难免填入无用之语，这就使得整首诗拖沓懈弛。吟咏小事而无懈弛之感，正是因为俳句短小的特点。

我根据梁代《木兰诗》的大意作出了俳句：

高举浊酒杯，庆贺木兰从军归。②

并将宋代欧阳修《秋声赋》翻写为：

---

① 原文：牡丹載せて今戸へ帰る小舟かな。
② 原文：濁酒木蘭いくさより帰る。

呼童都不应,唯听唧唧草虫鸣。①

也曾取晋代陶潜的诗句半译半改作成俳句。原诗:

采菊东篱下,悠然见南山。

译句:

遥看南山陲,菊花熠熠斗霜开。②

上野有菊田,菊花灿灿傍南山。③

这两首俳句也是依照陶渊明的诗句所作。
　楚国屈原《渔父》原诗:

沧浪之水清兮,可以濯吾缨。

译句:

---

① 原文:童子呼べば答なし只蚯蚓鳴く。
② 原文:南山にもたれて咲くや菊の花。
③ 原文:菊畠南の山は上野なり。

　　　　沧浪水清清，洗出小葱嫩且青。①

原诗：

　　　　沧浪之水浊兮，可以濯吾足。

译句：

　　　　沧浪水已浊，傍水菊花自开落。②

后一句只取原诗的一半而整体表现了原诗的含义。前一句也是只取一半，与后一句相同。意思大体上也与原诗并无冲突，只是"洗葱"一语，轻减了诗中的意蕴，不像原诗那样严正。这样的翻案本应去除，而俳人却多用此法。

　　在汉诗中，每一句都含义完整、趣味十足的，当属王维的诗。这也是王维诗的特色，而他被称为百代诗宗的原因也正在于此。对王维的诗，或赞其精微，或说其富含禅味，或言其意在笔间，总之，就是摆脱了"理窟"。因为摆脱了"理窟"，故而每句趣味深远，正因每句趣味深远，所以每一句都

---

① 原文：滄浪の水清めらば葱を洗ふべし。
② 原文：滄浪の水濁りけり菊の花。

可译为俳句。以下便是我所翻译的王维的诗,如果我的译句尚算佳句,全是因为原诗精妙的缘故。

原诗:

　　松风吹解带

译句:

　　单衣迎风坐,松自飒飒衣自解。①

原诗:

　　山月照弹琴

译句:

　　泠泠琴声起,明月一轮山中出。②

原诗:

---

① 原文:脱がんとす帷子を松の風が吹く。
② 原文:琴を取って弾ずれば月山を出づ。

猎火烧寒原

译句：

手持火把半明灭，隐隐照枯野。①

原诗：

别后同明月，君应听子规。

译句：

君向山中行，子规声声夜月明。②

原诗：

落日鸟边下

译句：

---

① 原文：めいめいに松明を持つ枯野かな。
② 原文：山を行く君この月に子规。

秋阳垂垂欲落,一点飞鸟影过。①

原诗:

秋原人外闲

译句:

草木尽凋零,原上寂寂少人行。②

原诗:

古木无人径

译句:

夏木荫荫遮小径,路上悄无人。③

---

① 原文:鳥一羽飛んで秋の日落ちにけり。
② 原文:末枯や人の行手の野は淋し。
③ 原文:道細く人にも逢はず夏木立。

原诗：

　　日色冷青松

译句：

　　朝日初升，冷冷照青松。①

原诗：

　　薄暮空潭曲，安禅制毒龙。

译句：

　　毒龙已制伏幽潭，潭上暮色寒。②

原诗：

　　清泉石上流

---

① 原文：ひやひやと朝日うつりて松青し。
② 原文：毒龍を静めて淵の色寒し。

译句：

  泉水清，石上潺潺流不停。①

原诗：

  兴来每独往，胜事空自知。

译句：

  独来独往，兴味还独享。②

原诗：

  行到水穷处，坐看云起时。

译句：

  夏日溯流从江水，水尽白云飞。③

---

① 原文：さらさらと石を流るゝ清水かな。
② 原文：のどかさを独り往き独り面白き。
③ 原文：遡る夏川細く雲起る。

原诗:

阴晴众壑殊

译句:

雷奔电掣雨悬悬,急急逼邻山。①

原诗:

雨中春树万人家

译句:

春雨下,树争发,绿遍十万人家。②

原诗:

卷幔山泉入镜中

---

① 原文:夕立の隣の山に逼りけり。
② 原文:春雨や木立緑に十万家。

译句：

　　翠帘才卷，隐隐夏山镜中见。①

原诗：

　　漠漠水田飞白鹭

译句：

　　青田漠漠，上有白鹭飞过。②

原诗：

　　槛外低秦岭

译句：

　　倚阑干，遥见绵绵小春山。③

---

① 原文：翠簾卷けば夏山うつる鏡かな。
② 原文：漠たる青田を横に鷺の飛ぶ。
③ 原文：欄干と平らに春の山低し。

原诗:

野花开古戍

译句:

古道少人行,关塞开着蒲公英。①

原诗:

九州何处远,万里若乘空。向国惟看日,归帆但信风。

译句:

棹迎旭日欲腾空,更待乘秋风。②

(明治三十年二月十一日~四月五日)

---

① 原文:路古りて蒲公英開く砦かな。
② 原文:旭に向かいて空に棹さす秋の風。

俳人芜村

绪　　言

自芭蕉打开俳句界的新局面，已有两百年，其间所出俳人不少，或祖述芭蕉，或主张檀林，或别开门户，然而他们对于芭蕉的尊崇却是众口一词，就连异于檀林等流派的人也并不排斥芭蕉，相反，却时见他们将芭蕉的俳句列入自家俳句集中的情况。于是，芭蕉被公认为无与伦比的俳人，似乎没有一人能与之匹敌。芭蕉果真没有敌手了吗？答曰：否。

芭蕉的创造在俳句史上值得大书一笔，这自不待论，也无人能凌驾其上。芭蕉的俳句在其多样的变化、雄浑与高雅的风调上，都可谓是俳句界中的第一流，加之其在俳句上的开创之功，自然博得了无上的赞赏。然而在我看来，他所得的赞赏于他俳句的价值而言，实在是过分的赞赏。因为世上有一些将芭蕉那些不堪成诵的俳句也注释得煞有介事的俳人，也有在某处刻上毫无关联的俳句便将其称为芭蕉冢并膜拜的俗人，使得芭蕉一名彻头彻尾地变成了尊敬的代名词。然而在此之间，有一人的俳句可谓咳唾成珠、句句堪诵，却不为世人所知，不为宗匠尊崇，百年间空埋于瓦砾之中而不得绽放光彩，这便是芜村。芜村的俳句堪与芭蕉匹敌，甚或有凌驾于芭蕉之处，却少有声名，其主要原因在于芜村的俳句实属阳春白雪，而芜村以后的俳人，却尽是无知无识之辈。可以说，未能得到与著作价值相当的报偿是芜村之悲，然而不被那些无知无识之徒理解，毋宁说是芜村之幸。他放纵不羁，卓立于世俗之外，这样的性情与品行值得尊尚，却难容于世。

芜村之名并非不为众人所知，然而众人所知道的却并不是作为俳人的芜村，而是作为画家的芜村。从芜村殁后出版的书中可以得知，芜村的画名在生前并未流传于世，都是因为其俳名显赫，以至于压过了画名的缘故。即便因此认为芜村生前俳名压过画名，但从其去世之后至今，画名却压过了俳名，这是毫无疑问的事实。我等在学习俳句或者看到散见于类题集中芜村的俳句时，都会认识到他的非凡并深觉钦佩。有一次在一个小聚会上，鸣雪氏曾说，如果有人能找来芜村集，应该给他颁奖。虽说是一时的戏言，可这一戏言也显示了他想要得到芜村集的迫切，其内里未必是戏言。后来鸣雪氏果真得了芜村句集，我也曾借来研读，获得了很大的启发，真可谓应了死马之骨五百金的譬喻。这实际上已是数年前（明治二十六年）的事了，而这些对谈却一度流传于世，使得作为俳人的芜村颇具声名而受人欢迎，我等也被视为芜村一派。芜村的俳名也再次压过了其画名。

于是，百年以后始得声名的芜村在其俳句上被完全误解了。许多人认为以汉语书写是芜村唯一的特色，而且也并不知道其唯一的特色因何值得尊敬，更何况是汉语以外的许多特色了，所知者寥寥无几，所以他们难以理解尊崇芜村的原因。我在此将详述鄙见，以期辨明芜村堪与芭蕉匹敌之处。

积 极 的 美

美有积极与消极之分。所谓积极的美，指的是意匠壮大、雄浑、劲健、艳丽、活泼、奇警的事物，而消极的美则是指意匠古雅、幽玄、悲惨、沉静、平易的事物。概言之，东洋的艺术文学倾向于消极的美，而西洋的艺术文学则倾向于积极的美。若不问国别，只以时代区分而言，上代多为消极的美而后世多为积极的美（但壮大雄浑者却多见于上代）。因此，从唐代文学中获得启发的芭蕉在俳句上多用消极的意匠，而后世的芭蕉派也纷纷效仿。他们将寂、雅、幽玄、细柔作为美的极致，这无疑是消极的（芭蕉虽有壮大雄浑的句作，却并未传于后世）。因此学习俳句的人将消极的美作为美的唯一而崇尚，看到艳丽、活泼、奇警的俳句，则视之为邪道，以为是卑俗之作。这恰如醉心于东洋艺术的人以为西洋艺术尽属野卑而加以贬斥一样。艳丽、活泼、奇警的俳句固然容易陷于野卑，然而舍弃易陷于野卑而不野卑者，是属无辨别之明的缘故。而古雅幽玄的消极之美，其弊害在于容易使人厌腻，今日那些从俗的宗匠所作的拙俗俳句直催人呕吐，其与趋于艳丽而陷于卑俗者相比，并无丝毫优胜之处。

我们难以对积极的美与消极的美加以比较并判断优劣，两者同为美的要素，这自不待论。从其分量而言，消极的美是美的一面，而积极的美则是美的另一面，将消极的美视为美的全部，这只能说是因为见闻偏狭而产生的谬误。日本文学自源平以后便堕落于地，不得复兴，正当消亡殆尽之时，芭蕉在俳句中展现出了美，开创了美的消极的一面，这足以证明他非凡的才识，而其非凡的才识不待美的积极的一面被激发便已经消逝了。这大约是上天不愿将俳谐的荣誉归为芭蕉专有而在等待其他伟人出现的原因。去来、丈草并非其人，其角、岚雪也不在其中，五色墨之徒自不在此，《新虚栗》也未能俘获众人，芭蕉死后百年，方才出现了芜村。他应天命而立于俳坛，然而世人却不知他是第二个芭蕉，他也不慕名利，不求闻达，虽在积极之美上自有心得，却只止于自娱自乐。

一年四季，春夏积极而秋冬消极，芜村最喜夏季，吟咏夏季的俳句也最多，其佳句也多集中在春夏二季。由此也可看出人的差异。现试将芜村的俳句与芭蕉的俳句相对照，便可以看出芜村是怎样积极的。

四季中夏季最为积极，因此夏季的题目也多是积极的。牡丹花是最艳丽的花，而芭蕉集中咏牡丹的俳句不过一二：

自尾张下东武

蜂儿搜蕊出牡丹，花心还微颤。① （芭蕉）

桃邻新宅自画自赞

珠露未凉，牡丹花里凝蜜香。② （同）

前者只将牡丹作为季节风物使用，后者对牡丹的吟咏极其拙劣。而芜村吟咏牡丹，并未着力描画，而是随手即成佳句。他描写牡丹的句作也多达二十首，我在此列举其中几首：

牡丹飘散，一片两片三四片。③
剪得牡丹枝，天将黄昏花将枯。④
车声辘辘喧嚣过，牡丹静静开。⑤
日影斑驳，仿佛牡丹朵朵。⑥

---

① 原文：牡丹蘂深くわけ出る蜂の名残かな。
② 原文：寒からぬ露や牡丹の花の蜜。
③ 原文：牡丹散つて重なりぬ二三片。
④ 原文：牡丹剪つて気の衰へし夕かな。
⑤ 原文：地車のとどろとひびく牡丹かな。
⑥ 原文：日光の土にも彫れる牡丹かな。

多少鬼斧神工雕成，庭前一丛牡丹。①
百里雨云方歇，牡丹花开灼灼。②
金屏风上牡丹花，灿灿共光华。③

其句亦可与牡丹争艳。

牡丹叶也可成为积极之美的题材。芭蕉便有一两首吟咏牡丹叶的俳句：

招提寺
让我轻轻拭去，落在嫩叶上的，您的泪水。④
日光
嫩叶青青，日光融融，一片和乐风景。⑤

芭蕉不过是将牡丹叶作为季节景物使用的，而芜村直接吟咏嫩叶的俳句就有十余首，都尽显嫩叶的趣味。……⑥

---

① 原文：不動画く琢磨が庭の牡丹かな。
② 原文：方百里雨雲よせぬ牡丹かな。
③ 原文：金屏のかくやくとして牡丹かな。
④ 原文：若葉して御目の雫ぬぐはばや。御目：奈良时代东渡日本途中失明的鉴真雕像的眼睛。
⑤ 原文：あらたふと青葉若葉の日の光。
⑥ 以下例句略而未译。

此外,将芭蕉与芜村描写"云峰"的俳句进行比较:

云层多变幻,此刻峰峦,何时可化月上山?①

芭蕉的"月山"之句虽然笔力强劲,但仍然无法与芜村比拟:

杨州渡口边,座座云峰初得见。②
四泽水干涸,幻作云峰一座。③
　　　　　旅意
二十日行旅漫漫,云峰身后作伴。④

芜村写"云峰"的俳句虽然不多,但句句都让人觉得力道十足。而芭蕉写"五月雨"的俳句甚为雄壮:

大井川上云垂垂,风起梅雨坠。⑤

---

① 原文:雲の峰いくつ崩れて月の山。其余两首例句略去不译。
② 原文:楊州の津も見えそめて雲の峰。
③ 原文:雲の峰四沢の水の涸れてより。
④ 原文:二十日路の背中に立つや雲の峰。
⑤ 原文:五月雨の雲吹き落とせ大井川。

最上川汇五月雨，川中水流急。①

芜村之句也不输芭蕉：

五月雨落大井涨，幸已早渡江。②
五月雨绵绵，大河漫漫，河边三两人家依稀见。③
五月急雨泼沟渠，幸有堤坝可依。④

芭蕉没有写"雷雨"的俳句，芜村也不过两三句，却难称雄壮。

雷阗阗，雨冥冥，门胁殿中人，恁的静无声。⑤
风急雨骤，紧抓草叶的，小山雀哟。⑥
双林寺独吟千句
雨骤雷喧，洋洋洒洒一千言，书罢笔未干。⑦

---

① 原文：五月雨をあつめて早し最上川。
② 原文：五月雨の大井越えたるかしこさ。
③ 原文：五月雨や大河を前に家二軒。
④ 原文：五月雨の堀たのもしき砦かな。
⑤ 原文：夕立や門脇殿の人だまり。
⑥ 原文：夕立や草葉をつかむむら雀。
⑦ 原文：夕立や筆も乾かず一千言。

吟咏"杜鹃"的俳句,芭蕉虽然写了很多,但风调雄壮的却只有一句:

　　杜鹃啼鸣,声声水上横。①

而芜村写"杜鹃"的俳句中,也有像这样风格极端的句作:

　　云中飞来的杜鹃啊,紧抓灵柩不肯离开。②
　　杜鹃鸟哟,在平安城穿行。③
　　友切丸出鞘急,杜鹃声凄厉。④

咏诵"樱花"的俳句,芭蕉比芜村多,但芭蕉不过是咏出了樱花之美:

　　四处飘飞的花瓣儿,吹入了琵琶湖。⑤

----

① 原文:時鳥声横ふや水の上。
② 原文:時鳥柩をつかむ雲間より。
③ 原文:時鳥平安城をすぢかひに。
④ 原文:鞘ばしる友切丸や時鳥。友切丸:源氏的祖传宝剑。
⑤ 原文:四方より花吹き入れて鳰の海。

> 树下，樱花飘落，飘进了汤碗，飘进了菜盘。①
> 花已开满，且待月圆，花月共婵娟。②
> 奈良七重，七堂伽蓝，八重樱。③

而芜村则写出了樱花的极尽妖艳之态：

> 阿古久曾的裤裙，拂起落花一阵。④
> 尚未花中舞，恋恋不愿归去，且击白拍一曲。⑤
> 赏花宴，轻垂帘，娇娥窥得兼好面。⑥

此外，芜村还写了许多"春月""春水""暮春"之类以春为题的艳冶俳句（列举俳句从略）。

无论是哪一种题材，与芭蕉及芭蕉派相比，芜村的积极之美，读阅芜村集的人又有谁体察不到呢？因此不再一一赘言。

---

① 原文：木のもとに汁も膾も桜かな。
② 原文：しばらくは花の上なる月夜かな。
③ 原文：奈良七重七堂伽藍八重桜。
④ 原文：阿古久曾のさしぬき振ふ落花かな。阿古久曾是纪贯之的幼名。
⑤ 原文：花に舞はで帰るさ憎し白拍子。白拍子："雅乐"拍子名，只用笏打拍子唱歌。
⑥ 原文：花の幕兼好を覗く女なり。

客观的美

与积极的美和消极的美相对一样,客观的美和主观的美也相对而成为美的要素。将此对应到文学史上,上世表现主观之美的文学偏多,而到了后世,我们可以看到,随着时代推移,客观的美也在渐次深入文学之中。古人没有必要为了自我慰藉,或者从当时的文学中了解幼稚的世人而直叙自己客观而动的感情,因为这是主观的美所擅长的,而且古人对客观的描写,显得极其粗略,毫无精细可言,就好像在绘画中只画出了轮廓,其他部分任由观众想象一样。不展现全貌而只描写部分,这是出于作者的主观;只描写部分而全貌任由观众想象,这须诉诸观众的主观。后世的文学在描写自己因客观而动的感情时,虽与上世毫无差异,结果却是难以直叙感情,原因在于只描写客观的事物,观众无法因此而触动感情,恰如实际的客观很难让人有所触动一样。这是后世文学面目一新的原因。要之,主观的美是在难以尽写客观事物的时候放任观众的想象而产生的。

我们难以判定客观与主观两者孰美,就像积极与消极之美并存一样,客观与主观之美也应当并存并立,各显所长。有些事物可以用来显现主观之美,有些事物则不可;有些事物可以用来描述客观之美,有些事物却不可。我们应该以可表现者表现之，不可表现者也不须强求。下面我们分别来看两者的不同。

芭蕉的俳句与古来和歌相比，更多地展现了客观的美。但是比之芜村的客观之美，犹显不及。极度的客观之美与绘画相同。芜村的俳句可直接成画者不少，而芭蕉集中所有表现客观之美的俳句不过四五十句，而其中可以改绘成画者总共不出二十句（列举俳句从略）。

宇陀法师所写的《芭蕉之说》云：

> 春风在麦中穿行，隐隐听到了，水的声音。①（木导）
> 师说云：世人认为"景气"之句简单，事实上它是极为重要的。可以称作"景曲"的连歌，即便是极为审慎的宗匠，一代也不过能作出一两句。写作"景气"之句，须心地纯净，因此困难。俳谐虽在程度上不及连歌困难，但总体来说"景气"之句都是一样的。若无曲调，则难成俳句，这一点必须警惕。木导的"春风"之句，堪称"景曲"第一句，其中"跃上花瓣的蜻蜓"的胁句②

---

① 原文：春風や麦の中行く水の音。
② 胁句：连句、连歌中的第二句，由东道主接着客人吟咏的发句之后吟出。

也当得起后世楷模的赞美,其平句①也是如此。定家认为,景曲属于歌体中的"见样体"②,而寂莲的"急雨"句,定赖"宇治的捕鱼桩",也都是"见样体"。

无论是"景气""景曲"还是"见样体",都是我所说的客观之句。由上文可知,芭蕉认为客观的叙述很难。木导之句虽非劣句,但以此为第一,足见芭蕉的见识极为浅薄幼稚。芭蕉门人所作的客观之句虽然比芭蕉多,但他们对客观的描写都不完全,因此不足以按其描写改绘成画。

而芜村的俳句中具有绘画性的则不胜枚举(列举俳句略去未译),其中的一事一物,虽未刻意描摹,却尽可成画。在这一点上,这些俳句与芜村以前的俳句相比更为客观。

人 事 的 美

天然简单,人事复杂;天然是静止的,人事是运动的;在简单之中求美容易,在复杂之中求美困难;描写静止的事物容易,描写运动的事物困难。在人的思想、感情单一的古

---

① 平句:连歌、俳谐中除了发句、胁句、第三句和举句(结句)以外的句子。

② 见样体:歌体的一种,将所见之物按照其本来的样子表现出来的体式。

代，比较善于描写天然的事物，这应该是容易入手的缘故。俳句最初所表现出的天然之美也并非偶然，然而不管是复杂的事物还是运动的事物，只要稍作研究，描写出来并不难。只是将在俳句十七字的小天地中迄今为止勉强写出的一山一水一草一木，作为同一区域内极度变化不停运动的人世的一部分加以缩写，却是难中之难。这就是俳句中少有人吟咏人事之美的原因。芭蕉、去来更注重天然，而其角、岚雪虽想写人事却会无端陷入佶屈聱牙或者让人难解的程度。这样一来，人人都认为人事之美难以描写，唯独芭蕉不以为苦，只按照自己所想阔步横行，今人见此反而不觉得容易，芜村以后也未见模仿之人。

芭蕉咏诵人事的俳句很多，但都仅止于描写自己的境遇生涯：

> 拔萝卜的季节，鞍座上孤零零的小童。①

像这样在自己以外加述人事之美的情况极少。

而芜村描写人事之美的俳句数不胜数。②他的句作，虽非着力而为，却都能很好地体现自己的特色，没有一句会混同

---

① 原文：鞍壺に小坊主乗るや大根引。
② 以下例句略而未译。

于他人之作。这虽可谓是天赋使然，却尚未达到老熟之境。

天然之美描写空间者为多，在俳句中尤其如此。这大概是因为俳句短小，难以容纳时间变迁的原因。因此，即便是不咏人事，俳句也往往具备人事之美的特点，即不写时间，而写空间。偶尔也有写时间的俳句，但那不过是对与现在一样的事情的过去和未来的延续。而以下这两首芜村的俳句，则是例外：

曾经罪不可赦的夫妇，四月更换薄衣。①
打算决斗的化缘僧，相伴走向旷野，夏阳烈烈。②

前者叙述了过去的人事，后者描写了未来的人事。两首俳句的着眼点，一在过去的人事，一在未来的人事，在这一点上两句相同。其所着眼的人事属于人事中复杂的部分，这一点两者也相同。像这样的俳句，古往今来也别无他例。

理 想 的 美

俳句的美或可分为实验的美和理想的美两种，其区别首先是由俳句的性质决定的。在这个意义上所说的理想，是指

---

① 原文：御手討の夫婦なりしを更衣。
② 原文：うちはたす梵論つれだちて夏野かな。

人无论如何也不会经历的事情，或者实际中不存在的事物的吟咏。另一方面，实验之美和理想之美的区别，不在俳句的性质，而在于作者的境遇。这种理想，或指今人吟诵古代事物，或指歌咏未曾踏足之地的景色风俗，或者描写不曾目睹的社会情状。这里的理想，与实验相对，却又包含了实验。

文学必须依托于实验，就像绘画必须依托于写生一样。然而正如绘画不仅仅只依靠写生一样，文学也并不只依靠实验。如果只托赖于写生，绘画则终究不能表现出微妙的趣味；同样地，若只托赖于实验，那么拥有寻常的、同样的经历的作家的文学就到底难脱陈套。文学不是传记，不是纪实，文学家在书案的方寸间丰富其头脑的同时，应让理想逍遥于天地八荒，追求自在无碍的美与趣味。虽无翅羽而能翱翔长空，虽无鳞鳍却可潜游深海，无声而可听声，无色却能观色，如此所得者，必定崭新奇警，足可惊人。像这样的人，遍寻俳句界也只有芜村一个。反观芭蕉，其俳句平易高雅，不炫奇，不求新，所吟所咏无不是自己境遇生涯的实况。芭蕉与芜村二人，实属两个极端，毫无相似之处，而这一点不也正是芜村特色的体现吗？

　　菖蒲丛生的屋檐下，是沙丁鱼的骷髅。①

---

① 原文：菖蒲生り軒の鰯の髑髏。

芭蕉起初也曾作过像这样不无理想之美的俳句，但自从一度将"古池"之句定为自己的立足之本后，便彻头彻尾地只遵从纪实的方法作句了。而其纪实，并非从自己所见闻的一切事物中寻索句作，而是将脱离了自我的纯客观的事物全部舍弃，仅止于以自己为本吟咏与自己相关联的事物。今天看来，其见识的卑浅实在让人哂笑。这大概是芭蕉虽在感情上并非完全不理解理想之美，但出于"理窟"的考虑却将理想判定为非美的原因。芭蕉不为当世所知，始终立于逆境，却意志坚定、严谨修身，他为人一丝不苟、从不说谎，或许就是因为这样，他在文学上也排斥理想；或者因为他爱读的杜诗多为纪实之作，他便认为俳句也应当如此。芭蕉门人虽多，但像芭蕉那样纪实的却没有一人，我们也从未听闻芭蕉因门人不写纪实之作就恶言相向的事情。芭蕉的俳句，不像其在连句中表现的那样网罗宇宙、贯通古今，而是显得极为卑怯。

芜村对理想的崇尚虽然在其句作中就能看出，但他教授召波①时的自述更好地表现了他的思想：

> 求于其角，访于岚雪，和于素堂，伴于鬼贯。每日会此四老，则可超越市井名利，游于林野之山中，宴于山水之

---

① 召波：即黑柳召波（1727—1771），日本江户中期俳人，名清兵卫，京都人，曾向服部南郭学习汉诗，后入芜村门下，著有句集《春泥发句集》。

秀色，酌酒谈笑。如此，则俳谐之句不期而至，自然吟咏而出。他日再会四老时，寄情山水，游目骋怀，风雅如初。闭眼吟唱，得句眼开，忽觉四老飘飘远去，不见踪影。仿佛四老成仙飞升，只有自己一人寂然伫立。此时花香随风飘来，月光洒向水面。这便是你要追求的理想的俳谐之乡。①

芜村向召波讲述了探寻理想之美的方法。尽管明白理想的妙趣笔写不尽、口说不尽，就如同轮扁斫轮，终不可传教他人，却也并不是没有棒喝之下使其顿悟的想法。芜村将理想之事进行了理想式的解说，甚至难以分辨其到底属于解说还是文学，像这样论述理想的文字，遍寻上下两千年，也是前所未有的。实乃奇文！

现将我所认为的芜村的理想之句列举如下。②

引借历史，于十七字中再现古人风姿，由此足见芜村技艺之高。

复 杂 的 美

在思想简单的时代，人们对于文学艺术自然也是趋向于

---

① 见与谢芜村《春泥发句集·序》。
② 以下例句略而未译。

好尚简单的。看到我邦千余年间和歌是如何简单，就能深知人的思想是怎样地毫无发展。而立于此间的俳句，形式虽然简单，却表现出了比和歌更为复杂的意匠，为此甚至一度使用从汉语中借来的佶屈的直译句法，但这仅止于一时的现象，到了"古池"之句，终于使得俳句本身获得了它应有的尊崇。"古池"之句，虽不比足引的"山鸟之尾"一歌简单，但在俳句中仍然属于最简单的。芭蕉以此自得，终身不作复杂之句。其门人虽未尽学芭蕉的简单，但想要达到复杂的极点，也还相距甚远。

芭蕉曾说："发句从头而起，一以贯之，方为上品。"他在教导门人洒堂时曾说："发句并不是像你那样取两三物拼集起来就可以了，而应该像锤炼黄金一样。"洒堂之句确实如同只取两三物拼集而成：

　　秋风吹过，涩柿原的荞麦田。①
　　水田里的稻茬哟，田上的秋云。②

洒堂似乎也很喜欢使用这样的句式。洒堂这样的俳句在元禄俳句中不仅大放异彩，而且从其品调来说，"秋风""稻茬"之

---

① 原文：鳩吹くや渋柿原の蕎麦畑。
② 原文：刈株や水田の上の秋の雲。

句，决不在芭蕉之下。芭蕉非但不褒扬他的这一特异之处，反而大加排斥，可见芭蕉近乎不解复杂之美。

芭蕉未曾道出一定的真理，而是常常随时因人分别进行教诲。对于洒堂，他不也贬斥其佳作吗？这样倒不如说是对教诫的滥用。许六认为："发句是调和的产物。"与此相对，芭蕉则说："这样写的好处难道别人不知吗？"由此可见，芭蕉并不排斥调和，然而这里所说的调和是指两种事物的调和，而非洒堂那样对三种事物的搭配，这一点从芭蕉和许六的俳句中均可得见。芭蕉也曾对凡兆说："虽说俳谐也是和歌的一种体式，但一首俳句更应有'枝折'之美。"由此也可了解此间情状。凡兆之句，虽然不到复杂的程度，但也和洒堂等人一样，句句材料充实，与斡旋于虚字之间的芭蕉一流甚为不同。芭蕉认为这样的俳句沾染了稍许和歌的恶习，这大约是因为芭蕉认定俳句必须简单，而陷入了自设的美的偏狭区域的缘故。芭蕉既已如此，芭蕉以后，更不足说。

直到芜村出现。其时，所言所闻，尽是和歌的柔弱与古艳，其气味可谓腐败至极。代和歌而起的俳句也沾染了几分和歌的气味，勃兴于元禄时代，到了支麦以后，渐趋腐朽，却无拯救之法。于是芜村引进了复杂之美，赋予俳句以新的生命。他排斥和歌的简单而借力于唐诗的复杂；厌弃国语的柔软冗长，而以汉语的简劲豪壮补其不足。先前其角一派苦心经营却以失败告终的事业因为芜村而终得成就。他不虑众人攻击，不顾舍弃美即简单这一古来的标准，使得复杂之美卓然而兴，在这一点上，芜村功不可没。

芭蕉的俳句都很简单，如果非要找出复杂的句作，也不过寥寥数句。……①而芜村的俳句，若论复杂，可谓全部皆然，现举出其中数句为例：

> 草色朦朦，日色昏昏，水上悄无声。②
> 听得燕惊啼，知有夜蛇来袭，出屋驱赶急。③
> 雨后月明，夏夜初静，谁人玉腿白莹莹。④
> 五月的雨滴，宛如一枚枚入水的钱币，拍得水跳舟急。⑤
> ……⑥

一句只有五字或七字，其中像"草色朦朦""雨后月明""赶夜蛇""钱币入水"这样曲折之妙，到底不是"从头而起，一以贯之"者所能解的，这也是洒堂、凡兆梦寐以求而不得的。客

---

① 以下举例略而未译。
② 原文：草霞み水に声なき日暮かな。
③ 原文：燕啼いて夜蛇を打つ小家かな。
④ 原文：雨後の月誰そや夜ぶりの脛白き。
⑤ 原文：五月雨や水に銭踏む渡し舟。
⑥ 以下略而未译。

观之句容易写得复杂，但在主观之句中表现复杂之美，除了以下这首俳句：

满心忧戚频捣衣，几杵又停息。①

就连芜村集中，也别无其他了。如果芭蕉得见此句，不知要怎样地惘然自失了。

精 细 的 美

扩展于外者，谓之复杂；详尽于内者，谓之精细。精细之妙，在于使人印象清晰明了。芭蕉的形容叙事粗疏而胜在风韵，这尽管可以说是他的偏好使然，但从另一方面，也可归因于他不知精细之美的缘故。在芭蕉集中遍寻精细的俳句，比较之下也只得两首：

包粽无闲暇，急抽单手拂额发。②
五月雨淅淅，彩纸剥落的墙壁上，满是斑驳的痕迹。③

---

① 原文：うき我に砧打て今は又やみね。
② 原文：粽結片手にはさむ額髮。
③ 原文：五月雨や色紙へぎたる壁の跡。

而芜村集中，此类句作甚多：

> 雨后积水的庭院，山茶花凋落，没入，寂寥无限。①
> 蹚过夏日的河，多么高兴啊，手拎草鞋。②
> 夜半送鲇鱼，过门不入情几许。③
> 青梅青梅，美人浅颦蛾眉。④
> 藤蔓牡丹，棉被上的锦绣春天。⑤
> 翩翩少年，头巾欲坠笑眉深，莫怨我痴情。⑥
> 打了死结的布袜子，侍从踩得脏兮兮。⑦
> 呲着牙啃咬结冰的笔，夜已深。⑧
> ……⑨

山茶花落入了雨后地上的积水，这是谁都能想到的事情，但"没入"却是难得之语。如果是用力使其淹没，就成了俗句。

---

① 原文：あぢきなや椿落ち埋む庭たつみ。
② 原文：夏川をこす嬉しさよ手に草履。
③ 原文：鮎くれてよらで過ぎ行く夜半の門。
④ 原文：青梅に眉あつめたる美人かな。
⑤ 原文：唐草に牡丹めでたき蒲団かな。
⑥ 原文：緑子の頭巾眉深きいとほしみ。
⑦ 原文：真結びの足袋はしたなき給仕かな。
⑧ 原文：歯あらはに筆の氷を噛む夜かな。
⑨ 其他只列出俳句，而下文未做评析者，略而未译。

"凋落，没入"虽超过了规定字数，却使"没"字显得轻盈，这就是芜村的力度。即使古来佳句中没有这样的先例，他也连"没"字都加以形容，这正是芜村的不俗之处，也归因于他对精细之美的理解。精细之句容易落于俗套，这一点芭蕉早就有所感知，后世的俳人想作出精细之句却堕于庸俗者，都是因为不解精细之美的缘故。妙人之妙，应见于其平凡粗拙之处。这就好像读唐诗选而品唐诗，观展览会而评画家。只要品读芜村的佳句，无须品评芜村其人。

如果将"手拎草鞋"拙劣地铺排开来，必定会大煞风景。芜村把可以简短表述的"高兴"拖长，却将本须多费笔墨的"手拎草鞋"缩短，这岂不正是他的苦心巧用之处？

"送鲇鱼"之句的意匠可谓前所未有，即便有，也没有"过门不入"的写法。常人一般会以"送鲇鱼"为主题去写，这属于平庸的写法，而"过门不入"，则情景交融，平添了许多雅趣。

无论是使用"苦着脸"还是"皱着额"，都无法给人以如此明了的印象，虽是一样的事情，但使用"浅颦蛾眉"一语，就仿佛美人正在眼前一般。

互拉棉被以御夜寒之类的俳句，古人也曾作过，但用整首俳句来形容棉被本身的，却是始于芜村。

仅从"头巾欲坠笑眉深"七字，似能听见少年的调笑声。

打了死结的布袜，谁能想到这也可以作为俳句的素材呢？我虽熟读此句，但仍然悟不出芜村是怎样捕捉到这样的事情的。

"呲着牙"让人想到渗进牙齿的寒意。

用　语

芜村俳句中的意匠之美我已经说过。意匠之美是文学的根本，也是文学的动人之所在。然而若不辅以用语、句法之美，意匠之美不仅不能鲜活，还会让人觉得好像带上一种令人生厌的俗气。芜村的用语和句法最适合表现其意匠，而且其中大多属于自己所创。芜村的用语，概而言之，包括以下几种。

（一）汉语

芜村喜用汉语，以至于人们误以为多用汉语是芜村的唯一特色。我们理应明白此事是如何引起人们注意的。芜村使用汉语，是出于种种便利的考虑：

第一，因为汉语比国语简短，要在十七八个字中表现复杂的意匠，就必须使用简短的汉语。同时，简短的语言也有利于进行精细的形容和叙事。

　　　指南车从胡地离去，只留下一路烟尘。①

---

① 原文：指南車を胡地に引き去るかすみかな。

祇鉴俳家，轻捋髭须捻落花。①
耳目肺肠尽倾，叶叶都卷拢，芭蕉庵始成。②
唱着采莼的，彦根的村夫哟。③
……④

然而，我们只需在必要时使用汉语，如果滥用汉语而使俳句显得不谐调，便不能说是佳句。就如"胡地"一词少有耳闻，并不是常用的词，却将"指南车"置于其上，并在下段搭配以"离去"这一汉文直译风的词，使整首俳句得以调和。"落花"一词与"祇鉴"相对照，显得余韵悠长。若无"芭蕉庵"，便不能将"耳目肺肠"置于句中。"采莼"一词虽不能说不是汉语，但如果只有该词，则与国语无法调和，因此又添上了"村夫"作为动作者。

第二，有时会出现国语无法言明，而使用汉语却能很好地表现其意匠的情况。下面列举能够体现汉语优势的例句：

---

① 原文：祇や鑑や髭に落花を捻りけり。其中，"祇"指饭尾宗祇，"鉴"指山崎宗鉴。
② 原文：耳目肺腸ここに玉卷く芭蕉庵。
③ 原文：採蓴をうたふ彦根の傖夫かな。
④ 下文未作分析的例句，略而未译。

五月雨连绵，大河湍湍，河边两家屋院。①
　　绝顶高耸的城堡上，自在的嫩叶哟。②

如果使用日语词"おほかわ"，则让人感觉水势和缓，而使用汉语词"大河"，却会给人以水势湍急之感。如果使用"いただき"这一日语词，不会让人觉得山高而险，而若使用汉语词"绝顶"，就会让人陡生险峻之感。

　　使用汉语，有时会让人产生庄重之感：

　　在僧人座右，为他驱赶蚊虫。③
　　树荫下，那位卜卦先生的访客哦。④

"座右"一词表示出对僧人的几许尊敬。"卜卦先生"比"算命的"听起来更加正经，因此能够更好地与"访客"搭配。

　　络绎游客忽中绝，牡丹倍寂寞。⑤

---

① 原文：五月雨や大河を前に家一軒。
② 原文：絶頂の城たのもしき若葉かな。
③ 原文：蚊遣してまいらす僧の座右かな。
④ 原文：売卜先生木の下闇の訪はれ顔。
⑤ 原文：寂として客の絶間の牡丹かな。

萧条乱石陈枯野，吞没一片日色。①

在这样的俳句中使用"しんとして""淋しさは"之类的日语词固然没有太大差异，但还是汉语的表意更为恰切。

　　第三，关于中国成语的使用，在俳句中，有时会因使用了成语而兴味大增，也有时会因为不用成语而难尽其意。在使用中国的人名地名、吟咏中国的古事风景时自不待说，即使是在描写我国事物的时候，援引中国成语的情况也不在少数。（列举俳句从略）

　　除以上三种之外，还有：

　　四条五条的桥之下，春水漾漾。②

这首俳句若使用"春之水"也无不可，而且还与"桥之下"相一致，可听上去却远不及"春水"。但如果没有"四条五条"这样的汉音词，单用"春水"也到底不美。

　　蚊帐轻悬，且当作翠微一片，家中亦悠然。③

---

① 原文：蕭条として石に日の入る枯野かな。
② 原文：春水や四条五条の橋の下。
③ 原文：蚊帳釣りて翠微つくらん家の内。

特别是"翠微"的"翠"字,关涉蚊帐的颜色,实属妙用。

  薰风过,吹入严岛灯火。①

"夏风和煦"一词在俳句中经常使用,但这样表述的话,会因"和煦"的意思过于彰显而难成俳句,因此在只表达夏天的风的时候,不如使用"薰风",给人以这是一种风的名称的感觉。芜村独具慧眼,应当早就注意到了这一点。

 (二)古语

  芜村也好用古语。汉语在延宝、天和年间因其角一派的滥用而终至无法调和,就连其角本人也不再使用,一直到了芜村,汉语才被成功运用于俳句。古语在元禄时代,芭蕉一派曾试将其与常用语调和使用,十分成功,现今其因芜村而获得了更进一步的发展。(列举俳句从略)

  芜村所用的古语,并不属于藤原时代,也不属于北条足利时代,译读汉文书籍所使用的汉语化的古语也不多见,他不选用任何一种,而是对迄今为止未曾进入俳句界的古语信手拈来,这足见芜村的功力。只使用汉语,徒作一些佶屈的句子,就以为得到了芜村真髓的人,是不了解他的另一面的。

---

 ① 原文:薫風やともしたてかねつ厳嶋。

（三）俗语

最初将俗语中最俗的部分用入俳句的，也是芜村。元禄时代的俳句，雅语与俗语间半，享保以后，因无学无识之徒的戏玩，俳句中雅语尽消、俗语骤增，相应地，意匠也变得野卑，这时的俳句已然变成纯粹的俗俳句。然而，其中的俗语并不是因为句作者的喜好使用的，而是因为他们不懂雅语，才不知不觉流于卑近。他们所使用的俗语，似乎是择用了俗语中尽可能贴近古代的部分，而对于通俗的日常用语，他们不仅不用，反而谓之为俗而加以排斥。檀林派的句作家，其意匠句法尽管滑稽突梯，也鲜见其使用俗语中的俗语。芜村将蕉门、檀林、其岚派、支麦派都无法驾驭的极端的俗语，淡然插入俳句，这样的技法，实在深不可测。而且，芜村所用的俗语，并不让人觉得卑俗，反而鲜活生动，可以见出腐草化萤、淤泥生莲之趣，此等奇术，谁能不为之惊叹。

    吃肉满屋香，邻人持箸来寻访。①
    那个煮酒人家的妻子，让我心醉。②

---

① 原文故而将吃肉称作吃药，取其滋养身体的意思。
② 原文：酒を煮る家の女房ちよとほれた。

画在团扇上的，清十郎和阿夏。①
　　飞翔的老鹰啊，就像悬挂在空中的杜若。②
　　山寺逢骤雨，借得一把破伞归。③

后世一茶所使用的俗语，或许就是从这样的俳句中脱胎而出的吧。"吃肉"之句是芜村集中最俗的一首，可以说是不堪一读，然而一茶也许正是从此句中得到顿悟也未可知。因为在一茶创作俳句时，并非没有名句。总的来说，"煮酒""绘团扇"之句句法松散，"杜若""时雨"之句意匠又缺乏趣味。芜村对汉语和古语都进行了极端的使用，使得容易佶屈的汉语不显佶屈，容易冗漫的古语未见冗漫，容易野卑的俗语也不觉野卑。除了善用俗语的一茶之外，在汉语和古语的使用上，无人可与芜村匹敌。只在用语这一点上，芜村也足可独步于整个俳句界。
　　……④

---

　　① 原文：絵団扇のそれも清十郎にお夏かな。清十郎和阿夏，是指宽文二年，播州姬路城旅店但马屋的女儿阿夏爱上店中二掌柜清十郎并与之私奔，而清十郎被诬盗窃但马屋货款处决，阿夏得知后抑郁而死的故事。
　　② 原文：杜若べたりと鳶のたれてける。
　　③ 原文：化そうな傘かす寺の時雨かな。
　　④ 以下是《句法》《句调》《文法》《材料》《缘语及譬喻》五小节，多为对俳句的举例，略而未译。

时　　代

　　芜村生于享保元年，殁于天明三年，在其六十八年的生涯中历经种种变迁，大体来看，他是在文学艺术渐衰的时代出生而在其转盛的时代去世的。到了享保年间，芭蕉门下的英士俊才大都相继去世，支考、乙由也只余苟延残喘之力，俳句只得渐渐堕入卑俗。明和以后，俳句如同渐沐春风的枯杨，又生新叶，直到天明年间达到极盛。在二百年的俳句史上，元禄与天明是其最为繁盛的时期。元禄的盛况是以芭蕉为中心形成的，芜村之于天明虽然不及芭蕉之于元禄，但他为天明的隆盛时代的到来所做的贡献却是最大的。天明的余势延及宽政、文化时代，而后渐次衰败，到了文政以后再无痕迹。

　　和歌自《万叶》《新古今》以来，随着时代变迁每况愈下，直到真渊出现才勉强挽回颓势。真渊去世之年，芜村五十四岁，其所处时代大略相同，在对和歌的取用上芜村并无犹豫，但芜村的俳句却并未见受其影响，和歌因在音调上缺乏泥土的清新趣味，到底不足以对俳句有所助益。

　　常用和文的人多不读拟古一类的文章。所谓拟古，或许就是指芜村使用古语吟咏古代事物的俳句，而芜村的创作素材也是从古物语中获取的。

对芜村影响最大的当属汉学,特别是汉诗。汉学在芜村的少年时代就已极尽隆盛,徂徕一派勃然而兴。芜村充分利用徂徕的学说,为腐朽的俳句注入了新的生命。然而芜村并不同意徂徕等修辞派所主张的文以汉为上、诗以唐为上的偏颇言论,他坚信唐以前的诗才是精粹中的精粹。芜村所写的《春泥集》序中说:

>……他不知,我亦不知,有化归自然而脱离卑俗的捷径吗?答曰:读诗。自幼能诗,不求其他,有疑则问。说来,诗与俳谐虽稍异其致,但舍俳谐而读诗,岂不迂远?答曰:……欲去绘画之俗,尚须投笔而读书,何况诗与俳谐,何远之有?……
>
>……诗贵李杜,自不待论,犹不可舍弃元白。

读了这段文字,芜村将汉诗的趣味迁至俳句以及他贵李杜而贱元白之事,就都可明了了。芜村好读汉文书籍,他对诗的理解颇深,这与芭蕉对杜甫诗思的极度含糊的认识不同。

从绘画上来说,芜村也是在其极度衰败之时出生而在其渐趋繁盛时去世。芜村自己就创作了许多绘画,作为南宗画家与大雅并称。天明以后绘画骤然勃兴,开创了美术史上的新纪元,芜村对此也或多或少起到了推动的作用,但其影响甚微,与他和俳句界的关系不可同日而语。

天明盛行狂歌，黄表纸渐得其势，然而这与俳句并无直接关系，只是这一时代文学艺术的全面勃兴促进了文运的隆盛，这是大势所趋，反过来这样的大势也多是各种文学艺术相互影响的结果。

与芜村交好的俳人有太祇、蓼太、晓台等，其中晓台似乎是对芜村的模仿，蓼太也偶尔暗中学习芜村调，至于太祇，到底是指导芜村还是被芜村指导，至今难以判断。不过我相信芜村总有几分得教于太祇的部分。但他从其师巴人①那里所获并不多，这一点从其成功的晚年即可得知。

履历、性行等

从芜村的《春风马堤曲》可以得知，他是在摄津浪花附近的毛马塘一带度过了幼年时期，在他写给某人的书信中记载了关于此曲之事：

马堤即毛马塘，是我的故乡。

---

① 巴人：即早野巴人（1676—1742），江户中期俳人，通称新左卫门，别号宋阿夜半亭，师事榎本其角、服部岚雪，倾慕芭蕉俳风。门人有芜村、雁宕、宋屋等人。

等到年岁稍长，他出游东都，拜入巴人门下学习俳谐，后来继承了师名夜半亭。宝历年间，芜村回到京都，俳谐也渐入化境。芜村本就厌倦名利、不求闻达，然而作为俳人的他依然声名渐起，在四方雅客中被广为传称。芜村殁于天明三年十二月二十四日，遗骸葬于洛东金福寺，享年六十八岁。

芜村虽曾游历总常、两毛、奥羽等地，但并未写下纪行之作，关于当地的俳句也不多见。西归之后，他定居丹后三年，改谷口氏为与谢。从他的句集中可以看出他曾出游赞州，也可以看到关于严岛的句作，他对此地风情的描写最妙，应当不只是空想，他或许曾到过这里。芜村喜好读书，不论和汉，也不拘泥于字句之间，他只是大体玩味，得其意趣，便可心满意足。因此，在俳句中使用古语、援引古事的句集，除了芜村集，就鲜见他例了。

他虽不拘字句、不守古文法、也不注意假名的使用，但在其他方面却所思甚多。下面就举他亲写的《新花摘》中的一句为例：

> 揭秘后，窃窃私语的近江和八幡。①

---

① 原文：射干して囁く近江やわたかな。此句取意于《曾我物语》，说的是近江小藤太与八幡三郎伏击河津三郎的故事。

"射干"应是"桧扇""乌扇"之类的花草，而这里却误作"照射"使用。芜村不应该不知道"照射"和"射干"的区别，但他却表现得并不在意这件事。"近江"也应该写作"大身"①才是吧。这不觉使我想起秀吉将"奥州"写作"大しゅ"的事，反而让人觉得亲近。芜村磊落坦荡，不拘法度，正有如此类。他甚至厌恶俳人出版家集，由此可知他心性高洁，丝毫不沾俗气之事。然而我在尊敬这样磊落高洁的芜村的同时，也不由得为他的不谨慎和对名誉心的过分压抑而感到可惜。芜村如果稍有扬名文学、流芳百代的野心，他的事业也必不仅止于此。他大约也并不满足于只作一俳人吧。从他《春风马堤曲》中漫溢而出的赡富诗思和缠绵情绪来看，他不应该只是一个屈居于短短十七字中的文学家。他将余力投诸绘画，却未至大成。若他专注于俳画，必能为日本画别开生面，也不至让应举之辈滥用声名。奈何芜村并没有这样做，我为日本文学艺术深感惋惜。

《春风马堤曲》是俳句、汉诗以及其他文体杂糅而成的芜村的长篇著作，是了解芜村最为便利的作品，也是唯一一篇在俳句以外应当阅读的芜村的文学作品，而能够展现芜村热情的作品也只此一篇。《春风马堤曲》酷似中国的曲名，芜村的书简中详述了这一曲名的缘由：

---

① 此处疑为正冈子规误读。

一春风马堤曲（马堤即毛马塘，是我的故乡）

我幼年时，每逢春色清和之日，必会与好友一起登上此堤嬉戏。水面有上下的船只，堤上有往来的行人。其中，去浪花作帮佣的田家女，化着浪花时兴的美丽妆容，学梳着妓子风情的发式，她们羡慕传言中太夫的情誓艳名，轻视故乡的兄弟，然而，她们依然难舍故园之情，偶尔归省乡里，只不过尽是徒然。离开浪花走在回乡途中的她们，被戏称作在移动舞台上粉墨登场的狂言剧场主夜半亭，实际上，那是老朽的我胸中无可排遣的怀旧之情的哀吟。

《春风马堤曲》十八首可谓代女述意，曲曰：

休假出浪花，长柄川水滔滔。①
春风袅袅，长堤迢迢，归家路遥遥。②
堤下摘芳草，荆与棘塞路。荆棘何无情，裂裙且伤股。③
溪流石点点，蹈石撮香芹。多谢水上石，教侬不

---

① 原文：やぶ入浪花を出て長柄川。
② 原文：春風や堤長うして家遠し。
③ 原文为汉诗，此处照录。

沾裙。①

路边有茶店，店旁柳老不吹绵。②

茶店老妪见侬来，殷勤起问安，赞侬春衣美比仙。③

店中有二客，能解江南语。酒钱掷三缗，迎我让榻去。④

古驿三两家，猫儿唤妻妻不来。⑤

呼雏篱外鸡，篱外草满地。鸡飞欲越篱，篱高随三四。⑥

春草路三叉，中有捷径欲迎人。⑦

蒲公英花开，点点嫩黄间柔白，去年此路忆重来。⑧

楚楚蒲公英，轻轻折短茎，缓缓汁液渗。⑨

忆昔慈母恩，慈母怀中别有春。⑩

----

① 原文为汉诗，此处照录。
② 原文：一軒の茶店の柳老にけり。
③ 原文：茶店の老婆子儂を見て慇懃に無恙を賀し且儂か春衣を美む。
④ 原文为汉诗，此处照录。
⑤ 原文：古駅三両家猫兒妻を呼妻来らず。
⑥ 原文为汉诗，此处照录。
⑦ 原文：春草路三叉中に捷径あり我を迎ふ。
⑧ 原文：たんぽぽ花咲り三々五々五々は黄に三々は白し記得する去年此路よりす。
⑨ 原文：怜しる蒲公茎短して乳を泡。
⑩ 原文：むかしむかししきりおもふ慈母の恩慈母の懐抱別に春あり。

儿今已长成，身在浪花常思亲。①
朵朵白梅发，浪花桥边财主家。②
浪花风流地，撩乱春心不自持。③
辞乡弃弟去，忽忽已三春。④
忘本却逐末，犹如梅木作嫁接。⑤
行行重行行，故乡春已深。⑥
杨柳长堤路，渐行渐日暮。⑦
翘首望故乡，落日半昏黄，慈母倚门鬓苍苍，抱弟等我归故乡，一春一春年月长。⑧
君不见古人太祇句：逢假探孤亲，亲旁侧卧好安寝。⑨

此外，还有《淀河歌》三首，可以看作纪行韵文，也可以看作各体杂糅的叙情诗，可惜芜村只将其视作一篇长歌，

---

① 原文：春あり成長して浪花にあり。
② 原文：梅は白し浪花橋辺財主の家。
③ 原文：春情まなび得たり浪花風流。
④ 原文：郷を辞し弟に負て身三春。
⑤ 原文：本をわすれ末を取梭木の梅。
⑥ 原文：故郷春深し行々でまた行々。
⑦ 原文：楊柳長堤道漸くくれたり。
⑧ 原文：矯首はじめて見る故園の家黄昏戸に倚る白髪の人弟を抱き我を待春又春。
⑨ 原文：薮入の寐るやひとりの親の側。

以致未能开启新体诗之源。若作为一流俳人的芜村的事业，扩展到整个文学界的产物来看，我们不得不惊讶于其规模的狭小。

芜村在《鬼贯句选》跋中，将其角、岚雪、素堂、去来、鬼贯称为五子，在《春泥集》序中将其角、岚雪、素堂、鬼贯并称四老，并可以从中看出芜村对其角的推崇。他说："其角堪称俳中李青莲也。"又说："百读不厌，是其角的优长所在。"同时，他也指出了其角的缺点："阅读其集，多是让人费解的俳句，而可以视为佳作的却实在寥寥无几。"并评价道："在千百首俳句中真正出色的不足二十句。"连自己推为唯一俳人的其角，也认为其佳句不过二十首，可见芜村眼中无古人，他所称的"五子""四老"，也不过是比较之下的赞辞，就连芭蕉的俳句也不过只能博其一笑吧。芜村眼高至此，也具备与眼光相符的才干，这使得他最终成就了俳坛的革命。

有人说自己拿着的是咸阳宫的铁钉装饰片，芜村讥讽道："如果不说是咸阳宫铁钉装饰片，就觉得不是好东西呐。"可见芜村并非俗人。芜村曾得到过一只从大高源吾传下的高丽茶碗，那就是被说成咸阳宫铁钉装饰片一类的物什。他也曾将在松岛得到的重约十斤的木板辛辛苦苦搬到白石驿站，却因不堪长途劳累，最终将其丢在旅舍后返回。将这样的事情放在一起来想，会感到芜村的形象如在眼前。

所谓"芜村",应该就是指天王寺芜菁村吧,这一名号虽带和臭,但作为汉语,从字面上看是极为雅致的。在俳谐上芜村还有夜半亭这一雅名,在绘画上则使用寅、春星、长庚、三菓、宰鸟、碧云洞、紫狐庵等种种别名。而他又名谢芜村、谢寅、谢长庚、谢春星等,门人名为高几董、阮道立等,显然是受徂徕派的影响。将两字的姓缩成一字,这一点自不用说,从字面上看也带有修辞派的习气。

我不曾见过芜村的绘画,因此难以品评,但对其意匠还是多少有所听闻的(而在笔力等技巧层面,单看其书与俳画便足可想象)。芜村入于南宗而又设法摆脱南宗。效法南宗,是因为爱其雅致,而挣脱南宗,则是因为南宗粗松的笔法、狭隘的规模无法表现自己美的构想。他用绘画表达俳句中的趣味,并不是仿效古人,临摹其画稿、剽窃其意匠。他或将田园风光、山村景色等自己亲眼所见的事物(且未入古人画题者)引入绘画,以求为耽于中国式空想的绘画界打开新局面;或致力于刻画时间;或倾心于渲染色彩(例如春天树木嫩芽的颜色须因树木的不同而分别染绘,再如夜间灯火映照下的树木颜色画法)。在绘画上他的眼光极高,决非应举、吴春之辈所能企及,奈何芜村未及成功就已身死,反使竖子成名。

芜村的绘画多以俳画著称。俳画的创作以芜村为始,其中蕴含着无法模仿的雅致。然而俳画更像书法,始终非画,不知画者以此为画，是不可取的。芜村的书法出自中国，略带和习，纵横自在、不拘法度、不沾俗气，这与他的俳画是一样的。

芜村的文章流畅而姿致宛转，如同水向低处流去，毫无停滞。遗憾的是，他连一篇可视作纯粹美文的文章也没有。

芜村的俳句留存至今的有一千四百余首，能有千首俳句传世的俳人不出四五人，芜村相对来说是比较多产的俳人。然而一生仅作一千余首十七字俳句，就文学家而言实在不足为珍。放翁的古体今体诗篇不就多达一千首以上吗？只是芜村的句作，千首尽属佳句，这实在令人惊叹。芜村虽不顾字词偏误和有违文法，但在俳句的磨炼上则是小心翼翼，一丝不苟。而古来的文学家所作，大多玉石混杂，创作越多，越能看出其中巧拙相半。《杜工部集》就是如此。芜村的规模虽不及杜甫，但千首俳句尽属佳作的也别无他例。这到底是因为芜村本就具有咳唾成珠的天才之能，还是因为他有一种洁癖，使得心中稍有不满的句子也不能吟诵于口，抑或是他将恶句尽弃，只余佳句，我认为这三者都有。芜村的俳句技法横绝俳句界，以至芭蕉、其角均不能及。在连句上，芜村应用芜村流技法使其面目一新。然而他不像芭蕉那样专心致力于连句，芜村力不在此。

学习芜村俳谐的月居、月溪、召波、几圭、维驹等人，都学其师风调，却唯有几董独登室堂。几董继承了师号，称三世夜半亭，可惜他在芜村殁后不过数年也随之去世了，芜村派俳谐自此永成绝响。

明治二十九年草稿
明治三十二年订正
（明治三十年四月十三日～十一月二十九日）

致歌人书[①]

致 歌 人 书

如您所言,近来和歌一直不振。坦率地说,自《万叶集》和实朝[②]以来,和歌就一直不振。实朝不到三十岁、在人生大好年华尚未开始的时候,就非常无奈地结束了生命,实在遗憾。如果再让他多活十年的话,不知道会留下多少和歌名篇。不管怎么说我认为他是第一流的和歌诗人。换句话说,他既不拾人丸和赤人之牙慧,也不承袭贯之、定家之糟粕,而是以自己的本领屹然矗立,与山峦争高低,同日月争光辉,实在可畏、可敬,有时还会令人情不自禁要屈膝膜拜。然而自古以来他一直被说成是凡庸之辈,这肯定是错误的。我认为

[①] 《致歌人书》由多封书信构成,以下选译《致歌人书》《再致歌人书》《三致歌人书》,先后连载于《日本》明治三十一年(1898)二月十二日、二月十四日、二月十八日。

[②] 实朝:即源实朝(1192—1219),源赖朝的次子,母亲是北条政子,镰仓幕府第三代将军,在位时间1203年至1219年,著名歌人。

他是因为忌惮北条氏①而韬光养晦的人，不是韬光养晦的人也是大器晚成之人。文学技艺能够磨炼达到超过别人水平的话，这种人通常都是处于下等地位，但实朝绝对是一个例外。原因就在于实朝的和歌不只是技艺精巧，而且有力量、有见识、有气势，不为时代潮流所侵染，不取悦于世人。那些喜好奇巧的人和死板守旧的公卿们根本无法与他相提并论。除了实朝这样卓越而有见识的人之外，大概是没有人能够写出像他那样有力量的和歌的吧。虽然真渊极力表扬实朝，但我认为他的表扬还不够充分。真渊只了解实朝和歌中的一半妙处，正因为他不知道另一半，所以说他的表扬还不充分。

　　真渊在和歌方面是近代远见卓识的研究者，他对《万叶集》的推崇在当时确实非常了不起，但在我看来他对《万叶集》的褒扬还不够充分。真渊非常注意《万叶集》中既有好的歌调也有不好的歌，他之所以反复强调这一观点，我推测是因为他担心世人举出其中佶屈聱牙之作，以"因为有这种歌，所以《万叶集》不好"为由来攻击自己。正因为原本真渊自己也不认为这些和歌都是好作品，而这也正是他的缺点所在吧。《万叶集》中的那些被世人认为是佶屈聱牙、也被真渊当作不好的作品里面，却有我最喜爱的歌。为什么呢？其

---

① 北条氏：武士家族集团，平贞盛的后裔，因世居伊豆北条而得此名，源赖朝死后掌管镰仓幕府。

他人自不必说，就是在真渊的作品中，我也一直没有发现自己所喜爱的"万叶调"的作品。（这里当然是就短歌而论，请您注意。）翻看真渊的个人和歌作品集，非常意外地发现他其实并不熟悉《万叶集》。我这样说并不是贬低真渊。楫取鱼彦模仿《万叶集》创作了很多和歌，但特别值得一提的佳作很少。正当我怀疑古调真的就那么难以模仿时，听说近来在相识的朋友中，颇有几个人虽然初涉和歌领域，却能很好地模仿古调创作和歌。我感到不安。照此看来，从前那些歌人吟咏的和歌，是否还远远不如这些尚未成为歌人的现代人的作品呢？而如今歌人的作品却比古代歌人的作品低劣，那又如何解释呢？

只有长歌与短歌[①]稍微不同。虽说《古今集》中的长歌等作品非常低劣，不值一提，但这种长歌在《古今集》时代以降都不太流行了，这也是意外之幸事。因此后世吟咏长歌的人大多是直接向《万叶集》学习，并留下了大量的作品。与短歌相比，今天非常喜爱长歌创作的人，多多少少手法都比较娴熟。（"御歌会派"[②]率心由性所吟咏的长歌比短歌还低劣。）可是有人嘲笑说，吟咏长歌是离不开《万叶集》这个模

---

① 长歌与短歌：长歌，和歌一种体裁，五七调（音节）反复重复，以七七音节结束；短歌，也是和歌一种体裁，由五七五七七共 31 个音节构成。
② 御歌会：指宫中举办的和歌赛歌会。

板的，说得倒也不错。但是如果对歌人提出那么高难要求的话，那我们不得不说从《古今集》以后再也没有新和歌产生了吧。

尚有很多要说的话，且待下次。

再 致 歌 人 书

贯之①不是一位优秀的歌人，《古今集》也是一部没有价值的和歌选集。真是难以理解那些崇拜贯之以及《古今集》的人。尽管我现在这样说，但几年前我也是这些崇拜者中的一个，因此非常了解今天世人崇拜《古今集》的心情。原来崇拜的时候一直觉得和歌本就十分优美，而《古今集》正是集和歌精华于一体，但三年恋情一朝觉醒，才发现自己以前一直面对的是这种没有骨气的女人，所以非常悔恨和生气。

首先拿出《古今集》翻开第一页时会看到这样一首和歌："是称作去年，还是今年呢？"这首和歌的缺乏趣味性着实出乎人们意料。这与调侃说日本人和外国人生的混血儿是叫日本人呢还是叫外国人呢一样，非常无聊，毫无诙谐可言。其他的和歌也都大同小异，只是些无聊的诙谐或者带有说理倾向。即便如此，如果生拉硬扯非要给《古今集》寻找优点的

---

① 贯之：即纪贯之，平安时代著名歌人，《古今和歌集》的主要编者。

话，那么可以认为其可取之处正是虽然无聊但开创了不同于《万叶集》的独特风格，那些初学和歌的人不管是谁，都会觉得《古今集》令人耳目一新。只是以一味模仿《古今集》为能事的这些后世的无能之辈，才是让人难以理解的。而且这种倾向如果存在十年、二十年的话，姑且还能忍受，但已经过了二百年、三百年，还在食其糟粕，如此地缺乏见识实在让人吃惊。作品名称不管是叫"何代集"还是"几代集"，这些全都是《古今集》糟粕的糟粕。

贯之也是一样的，他的作品中还没有看到一首像样的和歌。我曾经向某个人表述了上述观点，他说《河川风寒千鸟鸣》这首和歌怎么样呢？我没有回答。只有这首和歌有趣且意蕴悠长，此外大概再没有一首这样的作品了吧。《不为天空所知的雪》是一首无聊的诙谐诗，《人心不测》表达方式肤浅不深刻。但贯之是第一个在作品中写这种事的人，古人的糟粕中没有。用诗来参照说明的话，《古今集》时代相当于中国宋朝，俗气横溢，根本无法与唐诗相比，因此以宋朝的特色来看的话，是比前代诗歌富有变化和情趣，这种评价应该是恰当吧。宽政①以后的诗人以此为本尊，模仿别人的缺点，成为人们的笑柄。

---

① 宽政：江户后期光格天皇时代的年号，相当于公元1789—1801年间。

《古今集》以后的《新古今集》①要稍微好些。比在《古今集》中能看到更多的优秀和歌，但所谓的优秀和歌也只是屈指可数的几首而已。定家这个人在和歌方面的造诣是高还是低不甚明了，看一下《新古今集》的编撰或许能明白几分，自己的创作中没有很好的作品，《停马甩袖》《放眼望去满是花和红叶》等几首，是很受其他人喜爱的作品。把定家比作"狩野派"画师的话，那么他与探幽非常相似。定家在和歌方面没有杰作，探幽也没有杰作，但是定家和探幽在技艺方面都有相当的打磨历练，不管什么情况下都能应对完成。两个人的名誉致二人于如此之地位，在定家以后，和歌领域产生了门派，探幽以后在绘画领域产生了门派，两个领域都在产生门派之后完全朽坏衰落了。不管在任何时代，不管哪种技艺门类，只要像和歌和绘画那样去确定门派的话，大概这门技艺就不会再进步了吧。

　香川景树推崇《古今集》纪贯之，结果造成自己缺乏见识，如今这已经没有必要提及了，不用说他的作品中有很多粗俗的和歌。但景树的作品中也有优秀的和歌，比自己所崇拜的贯之的优秀作品还多一些。那么这是否说明了景树比贯之要伟大呢？不得而知，只是景树所处的时代比贯之所处的

---

　① 《新古今集》：全称《新古今和歌集》，敕撰和歌集，"八代集"之一，全二十卷，约收 1980 首，其歌风被称为"新古今调"，与"万叶调""古今调"共同组成三种歌风。

时代进步了，这是肯定的，因此景树自然会比贯之更能创作出优秀作品。景树的作品严重地玉石混杂、良莠并存，在这一点上把他比作俳人蓼太非常恰当。蓼太的创作就是雅俗巧拙横跨两个极端，他的俳句中体现了这两个极端，而且以浑身的霸气笼络世人，在全国拥有众多的门派末流，这一点似乎也很像。向景树学习，如果没有学到他的优秀之处，就可能陷入莫大的歧途，今天的这些所谓景树派的人就是学习了他的低俗之处，导致作品比景树更加低劣。就像人们觉得卷毛头发扎起来好看，因此要在扎头发前先特意把头发烫成卷发，两者意趣相同。

对此，应该开阔视野，辨别古今东西的文学作品，认真阅读，仔细比较，一味地光是阅读那些无聊的歌学书籍，难以解开脑中谜团，一旦视野狭窄，就会搞不清是自己乘坐的火车在移动，只是感觉好像对面的火车在移动一样。

言之不尽。

三　致歌人书

前略。[①]再没有比歌人更加糊涂、更缺乏深刻思想的人了。听一听歌人说的话，他们自以为世上再没有比和歌更优

---

① 　前略：日文书信中开头的礼貌用语，意即省略前面的客套语。

秀的艺术了，所以不管何时何地总是一副傲慢的样子，但这都是因为和歌诗人除了和歌以外其他什么都不知道的缘故，所以才会如此地自我感觉良好。他们连与和歌最为接近的俳句都毫不知晓，以为只要有十七个字，那么川柳和俳句都是一样的。思想如此浅薄、孤陋寡闻，所以更不用提那些文盲、才疏学浅之徒了。他们不研究中国的诗歌，甚至连西方有没有诗歌这种文学形式都不知道。他们如果听到小说、戏曲剧本与和歌同样属于文学的话，肯定会睁大眼睛，感到惊讶。我这样说肯定有人觉得这是诽谤谩骂，认为我是无礼之人，但这确属实际情况，实在没有办法。如果认为我说错了，请指出这些所谓的歌人当中有哪一位了解俳句，就一位也可以。请一定体察我的心情，我对歌人无仇无恨，但必须要说出这样带有谩骂味道的话才行。

说和歌是最好的文学，这根本没有任何理由，也不存在任何依据。俳句有俳句之所长，中国诗歌有中国诗歌之所长，西洋诗歌有西洋诗歌之所长，戏曲剧本有戏曲剧本之所长，这些长处都是和歌原本不如的。理由道理姑且不论，歌人认为和歌是文学中最优秀的，这究竟有什么意思呢？和歌如果是最优秀的话，那么就不管什么样的作品，写得好也好，不好也好，只要排列上三十一个字，就是天下第一，就被称为秀逸之作，就是比俳句、汉诗、西洋诗都优秀的作品吗？我想问问他们的观点，如果最差的和歌要好于最优秀的俳句和汉诗等作品的话，那还会有谁那么愚蠢地费力不讨好地从事俳句、汉诗等创作呢？如果俳句、汉诗等作品中有比和歌更优秀的作品，和歌中有比俳句、汉诗等更低劣的作品的话，那大概就不能光说和歌是最优秀的了吧？对于歌人此类观点之粗陋，我实在感到意外，无以言表。

有人说俳句中没有"调"，而和歌中有"调"，所以和歌胜于俳句。我认为这不是一个人的观点，在歌人当中持此论调的人很多。歌人们非常严重地错误理解了"调"这个概念。"调"中既有平缓的调，也有紧迫的调。吟咏平和悠闲的场景时，应该使用平滑舒缓的悠长之调；心情悲哀或慷慨激昂时，或者不管是自然景物还是人的活动场景变化急剧之时，吟咏这些场景应该使用紧迫短促之调，这些都是不必特别论述的。可是歌人们认为所有的"调"都只有一种平缓的类型。造成这种错误的最终原因，在于原来的和歌都只使用平缓这种"调"，那些只读和歌选集而从不读俳句和汉诗的歌人们持有这样的观点，丝毫不足为奇。然而令人困惑的问题接着就来了。如果说平缓的"调"是和歌的长处的话，那紧迫的"调"就是俳句的长处所在，这大概是和歌诗人们不能理解的吧。紧迫、强烈等这种"调"的意蕴是那些所谓的歌人无论如何也不能理解的吧。真渊虽然喜欢雄壮、刚烈风格的和歌，可是他的和歌中却鲜有雄壮、强烈风格的作品，像实朝那样的雄壮、刚烈风格的和歌在真渊作品集中一首也找不到，诸如《飞翔雄鹰之羽触到了山谷》这种歌句是真渊的佳作，属于风格雄壮的作品，但也只是内容意义上雄壮，歌调上还是给人以软弱的感觉。如果让实朝吟咏这种题材的话，他大概不会使用这种歌调的。像《把箭囊中的箭摆齐》这首和歌，即使意趣上尚没有雄壮到令雄鹰吓飞的程度，其歌调的雄壮也是无人能及。朗读这首和歌时，感觉好像听到了冰雹的声音。真渊的和歌况且如此，他以后的歌人更是不值一提。我很想让这些歌人读一下与谢芜村流派的俳句集或者盛唐时的诗集，但这些傲慢无比的歌人们大概不会愿意去阅读门派以外的其他书籍，我只是提个建议而已，或许我是一个不懂人情世故的迂腐之人吧。

正如您所知道的，从歌人的角度来说，我属于局外人、外行人之列，因此对于和歌这门学问知之不详，何谓"格"，何谓语法毫无所知，但是还是相信自己有能力辨别和歌的大致趣味如何，恰恰这一点容易为从事和歌的专业人士所忽略。发表了如此的批评之语，估计有人会把我看作弥次马连那样的恶人。我是否是弥次马连，全凭您来判断。如果有不同意见的话请您通知我，几人来访都没有关系，即使辩论三天三夜，在下也能奉陪。在热心这一点上，我绝对不输给任何一位普通歌人。

激情走笔，多有失礼，敬请海涵。致敬。

（明治三十一年二月十二日、二月十四日、二月十八日）

"古池"句之辩

有客至。叩我草庐,欲谈俳谐。问道:

> 古老池塘啊,一只蛙蓦然跳入,池水的声音。(芭蕉)

这首俳句作为古今杰作脍炙人口,就连贩夫走卒也能吟诵。然而要问其意义,却没有一人能够说明,不知今天能否听您一说。

答曰:"古池"之句,除了字面上所表现的含义之外,别无他意。然而那些俗劣的宗匠之辈却说这首俳句具有深远的意义,而且这一深远的意义也终究不是普通俗人所能理解的。我认为,从前之所以未对这首俳句进行解析,其一无外乎是想将自家的本尊神秘化而欺瞒俗人,其二则必定是因为他并不知晓这首俳句的历史渊源。"古池"句之所以脍炙人口,是因为芭蕉认为它属于自己所创新调中的第一,于是这首俳句作为俳句变迁史中第一期的分界线而被后人众口传诵。然而随着物换时移,这首纪念俳句的纪念意味逐渐被人们忘却,反被误解为芭蕉集中的第一佳句,以致于臆说百出、附会的言论千奇百怪,使得俗人迷惑。如果想知道这首俳句真正的价值,不如去了解此句以前的俳谐史。在意义上,除了"青蛙跳入古池,听到了池水的声音"之外,毫无其他含义,如果有,那也就不是"古池"之句的真相了。这首俳句的特色,便在于它明明白白,不隐藏不遮掩,没有刀斫斧凿之痕,没有曲折难解之字。岂有他意?

客略颔首,似未全懂。我便转而说道,我今天便为你讲述"古池"之句的历史关系,请暂且忘掉你记忆中的所有俳句,虚心虚怀地听我讲述。"古池"之句也需要暂且忘记。此外的俳句,无论是芭蕉还是芜村,不问是古句还是新句,不管是他人之作还是自己所作,都必须全部忘掉。世人都以俳句业已发达的今日之心去看待"古池"之句,故而生惑。现在请你置身于俳句尚未发达的古时来听我解说,必能解惑。客人连连称是。

曰:叙说俳谐的历史本非我所愿,但是不说历史,便无法解说"古池"之句,因此为了解说"古池"句,我认为有必要对古俳谐史进行讲解。古俳谐史枯燥无味,如同嚼蜡,只会白白催人困意,但让人打呵欠的地方,便正是要引出"古池"句的地方,请专心静听。

要说俳谐史,就不得不先说连歌。连歌一般是指十七字句与十四字句交叠吟咏最终形成百韵,其中有月、花之句的定座①、打越②、去嫌③等规定,每一代的连歌师都在这些规定上费力颇多,但我在这里要说的并不是这个,而是只谈连歌的发句。连歌的发句和俳谐的发句大致相同,虽然它们之间没有相同的理由,但也并无本质的差异。只是在其发达程度上,因连歌出自和歌,所以多使用和歌惯用的语言和素材而自设壁障,以至于领域不够广阔,素材不够丰富。这样一来,连歌的发句到底不免陈腐平凡。他们模仿古人、蹈袭古句,罗列着相同的意匠、相同的语句而不知盗窃之耻,甚至在自己的歌集中重复与别人相同意匠的语言而假为己作,后世见之,不得不怀疑他们是否真的理解了几分诗歌之美。连歌盛行的足利时代正是和歌最为衰微的时代,和歌之所以衰微,主要是因为因循守旧,拘泥于师父家传而毫无新意。《新古今》以后,门派相争激烈,重视形式而忽略实质,花该如何吟咏、月应怎样唱诵、千鸟的胜地限于何处、某词须得置于某处等,都形成了严格的规则,和歌至此再无丝毫发展的空间。由这样极尽腐朽的和歌中产生的连歌发句,不仅只能同和歌一样腐朽,更有甚者,因其诗形短小,所涉范围更为狭窄,所以

---

① 定座:连句中代表四季景物的月、花之句应当出现的位置。
② 打越:在连歌、俳谐中指两句以前和两句以后的歌句,即相隔两句。
③ 去嫌:连歌中为避免单调、追求变化而对某些同义、同音词的节制使用。

只能比和歌更加腐朽。或者从另一方面来看，发句具有新的诗形，与和歌的冗漫相比也不是不能产生一些新意，只是那是极少数，大多仍只是陈腐平凡的语言的堆积。

花开，将欲言，雨声响潺潺。① （失名）
幸有花开，又闻雨声响。② （绍巴）
果真是到了，狂风，雨落，花时节。③ （心敬）
（其余例句从略）

以上所列都是写花与雨的发句，它们大体是否具有相同的趣向，又是怎样乏味的趣向，一读便知。其中"花开"两句的趣向是完全相同的，而像心敬的"果真"之句，可说是"无鸟岛的蝙蝠"了。以花为题材的发句恐怕尚未列尽。下面举出写月的发句来看看其中是否有什么变化。（例句从略）

连歌发句的千篇一律由此可见一斑。最后三首同用"小仓山"和"微暗"的缘语而毫无变化，实在让人惊讶。然而以上所列举的发句因将月与其他有形的事物配合描写，所以多少还能感觉到其中的些微变化。而如果只写月（例句从略），读了之后，竟觉得相似到无法区分其中的异同，这足以

---

① 原文：花咲けといはぬばかりぞ雨の声。
② 原文：花咲けといさむるや聞く雨の声。
③ 原文：さればこそ嵐よ雨よ花の時。

见得连歌的发句不仅整体没有变化，而且每个人每首发句也都缺乏趣味。

以上例句固然不足百中之一，但只读这些发句就让人不由得厌烦其单调了，如果是庞大的连歌句集，而集中又尽是这样的发句，谁又能不惊讶于其无聊呢？

连歌师主要致力于霞、雪、月、花、红叶、时鸟等司空见惯的题材，其他题材则极为少见。当此论说"古池"句之时，试着搜查写蛙的俳句，结果在二百年的连歌史中，仅找到了一首：

莺语声声，声声和鸣蛙。① （绍巴）

何况这首俳句也并非是说蛙趣，不外乎是模仿《古今集序》的陈腐的趣向。由此可见他们的趣味是何等的幼稚了。

连歌单调至此，纵然是愚昧的足利时代的文学家，何以竟没有一人对此表示不满呢？可称作连歌最为鼎盛的文明、明应时代只在昨日，而在余势未衰的永正、天文年间，已可以看见一丝转机。

山崎的宗鉴和山田的守武同为永正、天文年间不满于连歌并在俳谐上开辟新局面的人。虽未曾听闻宗鉴对连歌有什

---

① 原文：鶯のもろ声に鳴く蛙かな。

么意见,但他在连歌流行的时候独作俳谐,应是感觉到了俳谐的新颖胜过连歌的陈腐。尽管他流传下来的歌只有一首,但足可见出他并非寻常依样画葫芦的文人:

> 黄莺飞过繁华都,其间尽虚无。①

他嘲讽当时那些将吟咏花开且乐、欲听时鸟等视为作歌规定,而完全不解自然之趣的歌人和连歌师,说"其间尽虚无",这必是对连歌缺乏生气、没有变化的指责。守武欲试着独吟千句,但他在到底是模仿连歌还是吟咏俳谐之间游移,因为连歌千句古有其例,若作连歌,便无所忌惮,但缺乏趣味,而俳谐千句虽然极为有趣,但自古无前例可循,对于自创一事便有所迟疑。他在这两者之间难作取舍,于是依靠抽签决断,所抽签文为作俳谐,于是便有了俳谐的千句独吟。自此,连歌师们有时也会写一些俳谐发句了。例如:

> 再渡鞠古川
> 再渡鞠古川,川流湍湍足又返。②（道兴）

---

① 原文:かしがましこの里過ぎよほととぎす都のうつけさぞや待つらん。
② 原文:まりこ川又渡る瀬やかへり足。

这样的俳谐只是即兴之作，却也并不多见。到了宗鉴，不只在发句中使用俳谐，在连句上也是如此，并将其合集成了《犬筑波》一书。然而吟诵五十韵、百韵的人却并不作这样的连句，自守武起便是如此了。连句在此是无用的。现对他们的俳谐发句略作研究。

宗鉴、守武所振兴的俳谐并不是创造了连歌以外的另一种诗形，只是在相同的诗形中使用了至今从未使用过的俗语和汉语，表现了至今从未吟咏过的滑稽趣味。俳谐为陈腐的连歌注入了崭新的元素，为狭隘的连歌赢得了广阔的领域，为严肃的连歌赋予了诙谐的趣味。然而俳谐并不能为无趣的连歌增添趣味，也无法教模型式的连歌写实。他们只不过是得悉了滑稽这一个方面，不，不过是滑稽中下等的那一部分。在句的品格和趣味上，却是远远低于连歌的，他们不过是让其中的一种样式得以中兴，若要称之为文学家，他无甚识见，若要称之为连歌师，他也稍嫌野卑，但是他毕竟使得沉迂腐朽的连歌为之震动并赋予了其日后革新的机会，这样的功绩值得在俳谐史上特书一笔，因此他们俚俗野卑的发句也就有必要一读了。

他们的俳谐，即滑稽的发句大致可分为三类：一是拟人法或者使用譬喻的发句，一是在语言上属于游戏的发句，一是对古事、古语、鄙俗的谚语加以应用或者翻案的发句。（各类例句从略）

他们二人起初作俳谐，只不过是自娱，没有一个弟子，甚至在他们死后，世上也没有一个能够承继他们意志的人。与足利氏因缘颇深的连歌随着足利氏的衰朽而衰朽了，到了丰臣氏当权，出现了绍巴，但他也仅能保其命脉，太阁薨，绍巴殁，丰臣氏随之灭亡，德川氏执政于江户，连歌只余形骸尚存，而松永贞德的俳谐渐渐在世上崭露头角。贞德的俳谐兴起于宽永年间，恰值德川氏的基础渐次稳固、战乱稍稍平息、民众渴望平和之时，无邪的滑稽趣味、野卑的俳谐符合当时的偏好，极受世人欢迎，终于由残存的数十人发展到势力遍及京都、江户，并且迎来了未曾有过的盛运。这与宗鉴、守武等人的自吟自听、独作独喜相比，其中的形势变迁、时运泰否，不啻云泥之差、霄壤之别。然而将贞门俳谐与宗鉴、守武的俳谐进行比较，与其说是没有一丁半点的进步，毋宁说更添了一层无味与野卑。应该说贞德是对鉴武的祖述以及对其糟粕的取用。

此派俳谐陆续刊行了以《犬子集》《鹰筑波》《毛吹草》为首的许多书册，其中的劣句堆积如山，不下几万首，一想到这些，直觉得催人呕吐，但是若没有这些劣句流行于世，便也无法感知后来的芭蕉的妙趣了，因此即使令人嫌恶，我也想要列举一些以示其一斑，你即使忍不住打哈欠也请姑且听之。（所列各类劣句从略）

这些句子比连歌更无趣味，比鉴、武更缺乏活力，无论是谁，一读便知。你读了这些发句，莫要误解为我是特意以恶句示人，这些发句并非是我从头开始筛选而出的，只是随手摘录，若要摘出百句便有百句，若要摘出千句便有千句，然而那只是徒增烦恼罢了，只能说明不管千句万句，都是这种类型。

在沉睡的足利时代，人们因嫌厌连歌的单调而振兴了俳谐，德川的天下完全安定，文运日趋隆盛，比木屑竹片更为拙劣无趣的贞门俳谐到了何时方能俘获人心呢？宽文年间想变而没能变化的俳谐到了延宝年间才开始发生了些微改变。西山宗因出现并倡导谈林派。于是贞德时代幼稚的俳谐自此完全绝迹。谈林的俳谐也未能超出滑稽的范畴而显得与贞派类似，但与贞派相比，谈林派更增添了几分趣味，在俳谐的结构也更显活泼，这是一大进步。

拟人是贞派惯用的技法，但在谈林中则几近绝踪，偶尔用之，却颇有趣味，不比贞派的枯燥无味。使用譬喻手法的俳谐，其中奇拔者有之，轻妙者亦有之，的确比喻花为云，喻雪为绵的连歌派、贞德派更能深入文学一步。（以上所说使用拟人、譬喻手法的例句从略）

以语言游戏为主的俳谐如下（略去不译）。使用古事古语可以说是谈林一派的生命，他们的句作有一半皆属于此类。（例句从略）

谈林一改贞派使用俚谚、俗语的喜好，而好用和歌、谣曲，这正是谈林在品格上胜过贞派的地方。

守武死后八十年，贞德兴起，贞德兴起三十年之后谈林兴起，时势的进步骤然加速，如今的十年相当于过去的百年，在三日不见自当刮目相看的今天，在趣味、品格、句法上各进一步的谈林为了更进一步，岂非要等三十年。在谈林勃兴后不到十年时间，其已呈现衰势，人人争先斗奇，日新月异，文运复兴的机运渐渐成熟。在延宝末年，像其角、杉风所作的俳谐竞赛，虽然也未能脱离滑稽，但早已不属于语言游戏的滑稽，而是以趣味上的滑稽为主了。这样的滑稽是高等的滑稽。（例句从略）

以上虽有摆脱滑稽的句作，但并非全都如此。这些都是比较之下选出的佳句。三年之后，正是天和三年《虚栗集》（其角编）问世的时候，俳句似乎普遍脱离了滑稽，只认可雅致。俳谐自此渐渐走上正路。然而其立意粗笨复杂、未得统一，语句佶屈聱牙、缺乏调和，未能达到练达的地步。（例句从略）

其中也有一些稍近完美，或者语句虽失于诘屈但趣向却颇得俳谐精髓的句作。此时的俳句界宛如曙光初升、万物始辨，然而这些俳人对于佳句却是想作未作，不，应该说是想作也未能作出。若是我们今天所评的佳句在当时也可被视作佳句的话，这种句作应该很多，事实上却是我们看上去佶屈聱牙的句作居多，而这些佶屈聱牙的句作却无疑得到了普遍赏赞。正风的萌芽将发未发，时有佳句，大半皆属偶然。

  栽种爬山虎，狂风吹竹四五株。①（芭蕉）
  秋风寒，昔日不破关，今已是杂木荒田。②（芭蕉）

  贞享元年有《冬日》选集，芭蕉有《野曝纪行》，而读赏《野曝纪行》的句作，则是当下最有必要的事。他的句作与《虚栗》相比更进了一步，不似《虚栗》粗笨，不如《虚栗》佶屈，然而句中犹有斧凿之痕，未能达到自然圆融之境。芭蕉此时尚未将目光投注于自然上，因此不免有巧施细工的痕迹。"爬山虎"一句虽然已有几分接近自然，但"栽种"一词仍然有失自然。"不破关"一句作为俳句可说是完美，但这样的怀古之作也是和歌中常有的趣向。此时芭蕉尚未知悉俳谐特有的妙处，但是其间的距离仅差一寸，便能触手可及。

  贞享三年，芭蕉作出了前所未有的一首俳句，便是：

  古老池塘啊，一只蛙蓦然跳入，池水的声音。

---

 ① 原文：蔦植えて竹四五本の嵐かな。
 ② 原文：秋風や藪も畠も不破の関。

我们能够感觉到此时的芭蕉在俳谐上已得大悟。此前他致力于吟诵庄重的事物、描写珍奇的情状并写得佳句，现在也直接在句中表现日常平凡的事物了。在忧愁的旅梦尽头是曝露荒野的极端感怀，秋风中是弃婴哭泣的极端悲哀，而认为这样极端的事情中并无趣味那都是过去的误解了，现今他将青蛙跳入池塘这一司空见惯的事情写入俳句，竟连自己都感到惊艳。将马、残梦、月、茶、烟毫无逻辑地叠加并写成一首俳句，将三十日的黑暗、千年的古杉以及入夜的风暴满满当当地填入十七字的模具中，起初认为这样有趣的人，幡然醒悟，现在看来，这些精雕细琢的俳句反倒不如"一只蛙蓦然跳入，池水的声音"的简单来得有趣味。芭蕉最终体悟到了自然的妙处而开始贬斥雕琢。他认为轻率也是一种自然。试着返回去再看前面我所列举的连歌之后的俳句，是否有像"古池"句那样的自然句作？一首也没有。虽然没有与之相似的俳句，但是很明显芭蕉捕捉到了迄今为止不为人知的事物。自然在某种程度上可以视作文学艺术的基础，这一点毋庸置疑，而未能置于自然的基础之上的文学则不足以称为文学，这连无趣的连歌、鉴武贞宗的俳谐之流也应当知晓。纵然遵从自然不是唯一的方针，但芭蕉在"古池"句中所感受到的却正是自然，是以他此后的方针都指向了自然。

这首俳句的题目《蛙》被许多人所遗忘，我们应当多加注意。蛙在和歌中极少吟咏（《万叶集》中的蛙并非今天的蛙），在连歌中也很少见，这一点我在前面就已经说过。贞派的俳句中虽然多少也有，但能写出蛙之意趣的俳句却很少。可以说"古池"之句开辟了写蛙的先河。现在列出从连歌以来到"古池"句为止的写蛙的句作，我们便能看出人们对蛙的观念的变迁。（例句从略）

以上，我按照时代顺序将大部分写蛙的句作悉数列举于此，但是其中恶句是恶句，拙劣的玩笑是拙劣的玩笑，让人感到在"古池"句之前对蛙的描写各不相同。芭蕉自己也是这样感觉的。至少芭蕉在蛙这一动物上是具有洞察力的，但别以此误解为芭蕉认为蛙是一种雅致可爱的动物。蛙不像莺那样可爱，不像杜鹃那样惹人遐思，不像大雁那样哀婉，也不像秋日鸣虫那样寂寞，因此古来的歌人对蛙的吟咏远不如莺、杜鹃、雁、虫那样多。那岂不是说唯有芭蕉一人爱蛙胜过百鸟百虫吗？相反地，芭蕉是认为连并不美好也不可爱的青蛙也多少具备一些趣致，并感觉到其可以作为俳句的素材。如果蛙也雅致的话，那么莺、杜鹃、雁、虫自不用说，所有事物不就都是雅致的了吗？芭蕉在蛙上的洞察力便是在自然上的洞察力。而他在自然上具备洞察力之后的第一首俳句便是写蛙的句作，这实属偶然，那些庸俗的宗匠之辈在解说这首俳句时，认为蛙是重中之重，实在是不可取的谬见。

从以上所举的例句中便可得知，"古池"之句在俳谐史上弥足珍贵，芭蕉的俳谐以这一首为界限发生了改变，同时，当时的俳谐界也以此句为中轴为之一转，纵令事实未必如此，芭蕉也是这样想的，因此在芭蕉将死之际，门人问请其绝命之句时，芭蕉说：

> 昨日发句可作今日的绝命句，今日发句可作明日的绝命句，描写我生涯的俳句没有一首不可作绝命之句。若有人问我绝命句为何，我这些年所写的任何一首都可作绝命。"诸法从本来，常示寂灭相"，这是释尊的绝命之语，一代佛教至尊，也不外只此两句。"古老池塘啊，一只蛙蓦然跳入，池水的声音。"这首俳句始兴了一种句风，便作为我的绝命之句吧。之后所咏的百千俳句中并非没有此意，只是不作绝命句罢了。

"之后所咏的百千俳句中并非没有此意"一言，所指的是和"古池"句一样有所体悟的、因自然之趣而作的俳句。芭蕉虽然自己明言"古池"之句是蕉风的分界线，但并未说过这首俳句是自己的句集中最好的。不仅芭蕉没有这样说过，他的门人弟子也没有这样说过，去来是受教于芭蕉最多之人，但他对于"古池"之句却未有一语说明。就连支考那样将芭蕉当作至尊以夸耀自己的言说的人（出于十论引例之外），也未对"古池"句进行评说。然而不知从何时起这首俳句被捧作无上的佳句，加之一些不可思议的言说，使其广为人知，并引发了一些误解。芭蕉甚至自夸道，"古池"句之后的任何一首俳句都可为人传诵，但若知后人只称扬"古池"一句，芭蕉必定不满。我是不将"古池"视作佳句吗？不，是我坚信在"古池"之外还有许多佳句。客听之，颔首而去。

（明治三十一年十月～十一月）

新派俳句的倾向

　　世界文明总是由简单走向复杂，由粗陋走向精微，由散漫走向紧密，与此同时，艺术、文学也表现出了相同的进步倾向。而在艺术、文学由简单走向复杂，由粗陋走向精微，由散漫走向紧密的同时，俳句也朝着相同的方向发展。从国家安宁的角度来说，复杂的政治未必胜过简单的政治；从个人保全的角度来看，散漫的法律未必胜过严谨的法律；从趣味的深浅高下来看，粗大的文学艺术未必胜过精微的文学艺术。如若上有葛天氏，下有葛天氏之民，则天下长久泰平；法律虽不完备，但若得德川时代的判官大冈，赏罚劝惩皆依道德标准，则狱中再无冤案。汉魏六朝的诗，《古事记》《万叶》的歌，高古苍老，朴而不燥，华而不浮，后世反而难以企及。元朝东山的画，雄健雅清，纯粹而不驳杂，超然世外，不带丝毫俗尘气息，足可疏阔人心。特别是在文学艺术上，甚至有人叫嚣新不如旧、今不及古，这岂不是多少有些无理了吗？尽管如此，进步不外乎多样和变化。假定沉重的文学变为轻快的文学，庄严的艺术变为滑稽的艺术，纵使轻快不及沉重,滑稽不及庄严,但沉重这一单一的风格终究比不上沉重与轻快的调和,庄严这一单一的风格也必定不如庄严与滑稽的谐调,轻快与滑稽的时代虽不及沉重与庄严的时代,但在前者与后者融通之后却比单纯的后者更值得玩味。这就是时间的多样。有前例者并不难模仿,而那些一度被认可的趣味,纵使物换星移也并不能完全消减,是故六朝的诗虽有六朝的诗体,却也时存汉魏遗音,唐诗虽有唐代的诗体,但也偶带六朝余风。时至清朝,诗歌便兼备了汉魏六朝唐宋元明诸体。或由一人熔铸提炼而出,或者世人按照各自的喜好模仿古调、唐朝、宋朝的诗体。不管是在哪个国家、哪个时代,后世必定会融入上世的因素以形成其多样的风格,这是不争的倾向。这就是空间的变化。在时间和空间方面,变化和多样化,哪一个不是进步呢?宋诗劣于唐诗,然而若将宋诗看作中国诗界的另一抹色彩,也不能不说是进步;浮世绘劣于狩野派,但是若将浮世绘视为日本画界的另一个种类,则也不能不说是进步。人的喜好,或偏于古雅,或偏于新奇,或偏于雄壮,或偏于艳丽,或偏于天然,或偏于人事,但随着时至后世,一人兼好各种趣味的情况也变得多了起来。随着人口的增多、教育的普及,各人的喜好也呈现出了千状万态的变化,与此相应的,文学艺术也应发生千状万态的改变。而在各种文学中,俳句这一短诗的存在便正是出于此理,俳句也理应应时代变化而变化。

俳句诗形简单、作者众多，因此在短时间内发生的变化最多。其趣味的多样，句法的变化，是德川时代的和歌、小说、戏剧远不能及的。元禄的俳句到了天明年间得到了显著的发展，其俳风由简到杂，由粗到细，由漫到密，由消极到积极，都是顺应着时代进步的大势而变化的。无论是享保、宝历的俗调还是天保以后的俗调，就其时代价值而言不能不说是退步和堕落，但站在古今俳句界的总体角度，其独具特色的地方也可视作是一种进步。而明治时代兴起的所谓的俳句新派，就不仅是因为有特色而将其视作进步了。这一时期的特色的价值与元禄、天明时代相比毫不逊色，这正是我特别提出这一题目的原因。

后世的文学艺术正如上所说渐渐变得多样，明治的俳句中累积了元禄调、中国调、天明调、文化文政调、天保嘉永调等各种风调，这样的多样化虽然也可看作是一种进步，但我这里想论述的并不是这种进步，而是一种非元禄、非天明、也非天保的特色。所谓特色，就像月和鳖一样，特殊的极为稀少，大多不过是程度的不同。元禄的俳句与贞派、谈林相比几乎让人感觉是另一个种类，毋宁说俳句是起始于元禄时代。而元禄以后的变化就只是程度的不同了。天明的特色与元禄时期相比，从大的方面来说也只是程度的不同。明治的特色与天明相比，从大的方面来说也不过是程度上更进了一步，在天明年间变得精微的俳句到了明治时期则变得更为精微，其他复杂、紧密的俳句也是如此。因此，想要阐明这一规律，就须以俳句为例加以比较。从以下所录，应可见一斑：

> 顺便一说，明治的小说界与德川时代的小说界相比之下进步的比率要比明治俳句与德川时代的俳句相比之下进步的比率更大。这是因为小说在德川时代极为幼稚，而俳句在元禄、天明、宽政、文化年间的进步却是史无前例的。西鹤、其碛、马琴、春水都是一代文豪，但他们的著作却是具有时代性的，而不是出于实力。唯独芜村等人的俳句不仅是当时的佳作，即便在今天看来也让人惊叹于其完美作品之多。俳句的进步如此迅速，从另一方面来看不也意味着俳句的发展在渐渐逼近其终点吗？

举例以虚子、碧梧桐的俳句为主，是因为这二人的俳句最多地体现了新派的倾向。新派倾向的形成虽不是因为一两个人的引导，但二人在其中发挥了不少作用，这是不容置疑的。

明治的俳句变得复杂起来，这须首先以吟咏"清水浑浊"的古句为例加以比较：

（元禄）一桶才下，清水已浑浊。① （割舷）

---

① 原文：一桶のあと濁されし清水かな。

（天明）　两人掬水饮，手入清水水即浑。① （芜村）
（宽政）　水面虽浑浊，稍作沉淀便澄澈。② （默我）
（文化）　一池清水，浊中见澄澈。③ （五明）
（文化）　几回洗笔，清水终浑浊。④ （尺艾）
（天保）　寻将泉眼去，清水何以变浑浊。⑤ （梅室）

　　俳句上所标记的年号只是大概表明时代，并非精确的记载。以下亦同。

清水变得浑浊这一趣向并不是多么珍奇的事情，因此有许多人吟咏。元禄之句是"一桶才下"，天明为"两人"，文化是"洗笔"，而天保则变成了"泉眼"，至于中间两句，其意匠相同，各自表现了将浑浊的水澄清的情形。虽不是全无一点新意，但无论哪一首俳句都不能摆脱清水一词，因此不过是让人觉得大同小异罢了。而明治的俳句：

　　强力的清水哟，洗去了污浊。⑥ （碧梧桐）

---

① 原文：二人して結べば濁る清水かな。
② 原文：濁りても中からすめる清水かな。
③ 原文：濁しては澄むを見ている清水かな。
④ 原文：筆提てつい濁したる清水かな。
⑤ 原文：涌き口を尋ねて濁す清水かな。
⑥ 原文：強力の清水濁して去りにけり。

"洗去"二字，脱离了清水也脱离了自己，即在掬起清水的动作之外，还加上了洗去的动作，在清水和人配合的光景之后，又将没有人而只有清水的情景与之进行了时间上的联结，是以变得复杂而不落陈套。这也是明治俳句的进步之一（因添加了"洗去"二字产生的趣味在后文的其他例子中会再提到）。

另举打野鸡的俳句为例：

> 日已暮，春山边，兴致勃勃打野鸡。① （芜村）
> 打得野鸡喜归家，不觉日已高。② （同）
> 春打野鸡昼复夜，气力尽消磨。③ （太祇）
> 忆昔先亲打野鸡，原野尽枯寂。④ （晓台）

这些都是安永、天明、宽政年间的俳句，明和以前并没有这样的趣向。这虽说是因为时世的变迁，不过在元禄年间，人们认为打杀野鸡这样的事情实在大煞风景，不应写入俳句。文化以后恐怕也没有这样的趣向。那些俗俳家必定认为这样的俳句没有趣味而加以贬低，而只有芜村、太祇等独解此间趣味，这足以证明他们二人的非凡之能（晓台的俳句的趣向，不用说就是

---

① 原文：日暮るるに雉打つ春の山辺かな。
② 原文：雉打つて帰る家路の日は高し。
③ 原文：春の夜や昼雉打ちし気の弱り。
④ 原文：人の親の焼野の雉子打ちにけり。

认为打杀野鸡是煞风景的)。芜村的第二首俳句"打得野鸡喜归家"与第一首相比稍为复杂。

> 将军打得野鸡还，纠纠立玄关。①（秋竹）

这首俳句则更为复杂。如果写作"手提野鸡还"，其间的光景就变成了瞬间的事，而且将军的印象也会变得模糊而难以捕捉，复杂的程度也会仅止于比太祇之句稍进一步。正是因为有了"打"字，将军轻装简行，肩扛猎枪，猎犬相随的样子便会清晰地浮现在我们眼前，或者也可以想象玄关处有学仆下婢甚或女主人相迎的情景。芜村的第二首俳句虽然也会让人联想到猎者的服装，但因为并未说明猎者的身份，以至于联想感极为薄弱。打野鸡一事的趣味，今天的俳人无一不解，这也是普遍的进步。（对这些俳句的比较只是就其复杂程度而言的，并不是指俳句的价值。其中所说的进步也是指复杂程度的增加，并不是说明治时期的俳句优于芜村。其他比较皆然，望勿误解。）

贫交

> （元禄） 贫贱之交尤应惜，相让破纸衣。②（丈草）

---

① 原文：将軍の雉打つて帰る玄関かな。
② 原文：交りは紙衣の切を譲りけり。

新宅祝

（明治） 知交相继赠安火，祝我家宅安。① （碧梧桐）

因为有"祝我家宅安"几个字，便会让人想象到其他人家（即使不知道是迁入新居）因为某事忙乱的场景，与丈草的俳句相比就显得颇为复杂了，这和前文中"清水"之句的句法相似。

奈良鹿鸣未得闻，返程回看频频。② （极堂）

来到奈良却未闻鹿鸣声，这一情状古人似也写过，但应该无人写到"返程回看"的情形。

夜半起床何辛劳，喂蚕灯影摇。③ （虚子）
茶店老妪也喂蚕，扶着眼镜看。④ （秋竹）

为了喂蚕，夜半起床的事情古人应该也是能想到的，但述其"辛劳"，便是进了一步。而又将其与"灯"结合起来，这应该是古人做梦也想不到的。茶店老妪喂蚕的事在今天看来实际并

---

① 原文：交りは安火を贈り祝ひけり。
② 原文：奈良は鹿の鳴かざるを見て戾りけり。
③ 原文：起き出づる夜半の労れや蚕飼の灯。
④ 原文：蚕飼ふ茶店の媼の眼鏡かな。

不稀奇，只是"扶着眼镜看"是为进步。

嘟囔着梦话睡着，脸上还落了苍蝇。① （红绿）

这首俳句将时间复杂的经过所形成的印象明晰地表现了出来，这应该是古人所没有想到的。

烛光照盆梅，不觉吟出俳句来。② （秋竹）

若是古人，大概会用整首俳句来写"烛光照盆梅"之事，而在其中加入"吟出俳句"的趣向，就已是进了一步，更进一步地将其限制在"不觉"上，这是只有明治时代才有的。而在"烛光照盆梅"和"不觉吟出俳句"之间，暗含着引发人想象的许多事实，这样的俳句即便是在明治时代的俳句界也是少有其匹的。（也有人质疑这样的俳句是否真的完美。文中引用的所有俳句都是因其便于比较，并具有显著的倾向，并不表示它们都是完美的。）

砍尽遍地扫帚菜，芙蓉灼灼开。③ （碧梧桐）

---

① 原文：むにやむにやと眠り入るなり顔に蝿。
② 原文：盆梅に燭して転の句は成りぬ。
③ 原文：箒木は皆伐られけり芙蓉咲く。

扯断枯葛，方见萑草生蓬勃。① （虚子）

以上两首俳句让人联想到时间上的两种光景，而且各有两个中心点。一个中心点在上半部分，一个则在下半部分。前一首俳句首先让人想到扫帚菜丛生的情景，继而表现出砍尽扫帚菜，使得芙蓉花灼灼开放的光景。后一首俳句首先让人想到了扯断枯葛的情形，继而再给人以枯葛尽除之后萑草生机勃勃的联想。这两首俳句各有两个中心点都是因为其语句的用法，如果改为"砍尽扫帚菜之后的芙蓉花啊""扯断枯葛之后的萑草"，俳句则会变得只有一个中心点。像这样将一个中心点演化到两个，是明治时期的手法。所有的文学艺术都不允许有两个中心点，这是人们一直以来坚守的一般原则，但俳句中却可以出现两个中心。听说近来西洋也出现了这样的小说。我相信，有两个或者三个中心点的俳句也可以通过巧妙排布而形成饶有趣味的诗或画。

　　月色朦胧河面宽，闻笛心悠然。② （四方太）

这首俳句在视觉和听觉上各有一个中心点，如果将其改为"笛

---

① 原文：枯葛を引き切りたりし萑かな。
② 原文：朧夜の川幅広し笛を聞く。

声悠悠然",中心点则会变成一个。我最近也在尝试一种句法,句中都有两个中心点,其中一个中心点在前十四个字中,另一个中心点则在整首俳句里。但也有人对此提出了批评意见,认为这样的句法在前十四字中描绘了一幅画面(读完整首俳句之后),而再添他物则会使画面发生轻微的改变,或者使思想变得混杂。当然,我也并不认为这样的句法就是完美无缺的。(所录俳句从略)

> 田间野鸡多,枣树嫩芽已勃勃。①(碧梧桐)
> 枝叶寒,峰相连,多少风光在东山。②(同)

这两首俳句分别在两段式的描写中表现出了连续的空间,恰如两幅连续的画。若将这样两幅连续的画合一,俳句就只有一个中心点,而若将其这两幅画拆分,俳句便有了两个中心点。

> 沙道边,一侧是松树青青,一侧秋来海面平。③(肋骨)

这首俳句根据我的理解,是松树在右,大海在左,砂道居中,

---

① 原文:畑に鶏多く棗の木の芽かな。
② 原文:比枝寒き峰のつづきや東山。
③ 原文:砂道や片側松の秋の海。

作者就走在砂道上，而中心点也只有一个，那就是作者。如果以绘画作比的话，这首俳句就像是一幅全景画。能在短短十七字中描绘出一幅全景图，这足可视作一种奇观。但这首俳句依然遭到了许多非难。不知我的解释是否得当。

景色的呈现不止是将其进行绘画上的呈相，更应凭借理性思维为其附上地图的说明，这在从前也许也能做到几分，但一直到今天，其程度才得到了大幅度的提升。

> 栲实落小院，小院立在山脚边。① （牛伴）
> 大桥近海边，晌午亦觉森森寒。② （碧梧桐）

如果只是看的话，并不能得知其地点是在"山脚""近海"，只有看到一部分的高度，才能断定这是山，只有看到一部分水，才能断定这是海，这些都是由记忆、推定等复杂的知识所共同作用的。俳句中是允许一定程度的知识相互作用的，但如果超过了度，趣味就会丧失殆尽。

到了天明年间，在俳句中吟咏人事的程度高了起来。将复杂的人事填入十七字中，必然是历史的、抽象的，而难以是小说的、具象的。其中的弊病与前文所说的空间的地图化

---

① 原文：椎の実や小庭にせまる山の裾。
② 原文：海近き橋に真昼の寒さかな。

说明是一样的，然而芜村使用特殊的手法写下了如下俳句：

> 曾经罪不可赦的夫妇，四月更换薄衣。
> 打算决斗的化缘僧，相伴走向旷野，夏阳烈烈。①

这两首俳句中虽然加入了抽象的说明，却能够引发人具象的联想。这样的倾向，到今天已经达到了普及的程度。

> 踏绘之后，活下来的女人。②（虚子）

这首俳句和芜村换装的俳句一样，也杂入了过去的元素。

> 声声谩骂，就像困住了武人的雪球。③（碧梧桐）

这首俳句虽然描写的是复杂的人事，但其中也含有较多的具象的因素。

> 迁居在即少买炭，总为生计难。④（秋竹）

---

① 原文：うちはたす梵論つれだちて夏野かな。
② 原文：絵踏して生き残りたる女かな。
③ 原文：罵るや戎を縛す雪礫。
④ 原文：移り住んで炭の小買や新世带。

这首俳句就已经极为抽象了。

　　春风拂，小舟寄伊豫，道后温泉新浴。① （极堂）

这首俳句则更为抽象。这是因为整首俳句中各处都被分配了许多时间，加入这么多抽象因素还能使俳句多少保有趣味，这就是明治的特色。

　　对于由诸因素拼合起来的复杂的俳句，又应当加以分析拆解使其变得细微。在俳句的细微上，天明年间与之前相比就已经是进步了，到了明治时期则更进了一步。所谓细微就是在狭小的空间、短暂的时间里精密地呈现出某种现象，其特长在于能够给人以明了的印象。比如要尽可能精密地去描绘一枝牡丹，一枝牡丹并没有什么特别的新趣，即使没有其他事物作为衬托，也能在画中如实摹写，让人一见之下便有真正的牡丹就在眼前之感，这确有一种快感。这就是俳句中所谓的印象明了，其以平凡的意匠、寻常的句法，让人一读之下如见实景（列举俳句从略）。天明年间有这样的一首俳句：

　　一年新岁至，三碗杂煮乐分食，长者心安适。② （芜村）

---

① 原文：春風や舟伊豫に寄りて道後の湯。
② 原文：三椀の雑煮かふるや長者ぶり。

在元禄时期，尚没有对杂煮的数量加以吟咏的趣向。而到了明治年间：

杂煮碗里浮年糕，三块量略小。①（虚子）

俳句中不仅有"三块"的数量，也形容了年糕的"小"，并且更进一步地对"小"进行修饰，说明是"略小"，这就给人以更加鲜明的印象。

我还想要进一步地研究明治俳句中出现的新趣味，这是极有必要的事情。这一新趣味的出现，相当于油画中所谓的紫派，小说中的写实短篇。绘画、小说、俳句中的潮流并没有谁模仿谁，却仍是自向一撨，这就是大势吧。这一新趣味既不浓厚，也不高远，更多的则是淡泊平易，因此其中心并未聚于一点，而是表现出了稍稍放散的倾向。以小说为例，从前的小说往往叙述主人公极度成功，转而又极度失败的事件来由，而现今的小说则仅止于描写其一定程度的成功或失败；从前的小说喜欢写终得有情人，如若不然，则或杀之，或自杀，只有这样极端的描写才足可令人称快，而现今，即便不能终得有情人，也不会杀掉他或者自杀，而只是郁闷忧伤度日，这样没有杀与被杀的结局反而让人有一种愉快感。

---

① 原文：やや小き雑煮の餅の三つかな。

而更为淡泊平易的小说，则是女主人公对男主人公既没有爱也没有不爱，男主人公对女主人公既没有得到也没有失去，就只在这样的暧昧未了之间结束。而这样的暧昧未了中存在的微妙感觉，虽与浓厚、高远的趣味属于完全不同的种类，却也未必劣于浓厚高远。（这一新趣味也具有印象明了的特点，前文已述，不再赘言。）

就俳句而言：

（元禄）且看水泼下，渐泼渐落渐成冰。①（林鸿）

这首俳句的中心在冰，但水泼冰结中应该有一个"落"的过程。

汲水注冰上。②（虚子）

这首俳句既无中心点也无"落"的过程，与前一句的趣味完全不同。如果将这一趣向说给从前的人听，他们必不满足于注水这样的中间行为，一定会想要达到终端目的而把这首俳句改出"水注冰上，冻冰终消融"的意思。这样一来，的确中心也有

---

① 原文：水かけて見れどいよいよ氷かな。
② 原文：水汲んで氷の上に注ぎけり。

了,"落"的过程也有了,但是只有中心和"落"的过程并不意味着有趣味,反而是简单的冰上注水(没有"落"的过程,没有明确的目的),让人感受到一种独特的趣味。这样的感受与看着有人往冰上注水时的感受是一样的,因此即便是作者亲身所为,也不必问其目的何在、结果何如。高远的趣味勃兴于古代(例如元禄),浓厚趣味的发达则稍晚(例如天明),而在淡泊平易中寄托微妙的趣味,是到了明治时期才发展起来的。高远和浓厚的趣味都是因强刺激而得以发展的,但强刺激的俳句却正因为其过于强烈而容易使人产生不愉快感。适合古人迟钝感情的刺激,对于后代人敏锐的感觉而言是过度的,或者说,因古人的迟钝而无法感知的低度刺激,对于敏锐的后来人而言,却是能够完全感知的。

    寺院牡丹自芳菲,行过实堪悔。[①](芜村)
    借宿终不得,走过一家家灯火,相随片片雪。[②](同)

这两首俳句叙述了行过的悔恨和借宿不得的光景。

    蚕村已行过,今夜宿处尚未得。[③](虚子)

---

① 原文:牡丹ある寺行き過ぎし恨かな。
② 原文:宿借さぬ火影や雪の家つづき。
③ 原文:宿借さぬ蚕の村や行過ぎし。

俳句并未表达行过的悔恨，也未叙述借宿不得的光景，借宿被拒的蚕村业已行过，而下一座的村子还未走到，这样不顾过去，不望未来，只行途中的写法却给人一种微妙的感受。别说芭蕉、其角，即便是芜村、太祇也未必能有感于此。

离别
（天明） 柳丝恋恋，小舟渐行渐远。① （几董）

离愁
（明治） 柳枝依依，不放离人去。② （露月）

这两首俳句，一首尽言"小舟渐行渐远"，一首则说"不放离人去"，言犹未尽。

麦风懒过，也来乘破车。③ （碧梧桐）
入夜的厨房里，还煮着辣椒。④ （同）

这两首俳句给人以意犹未尽之感。

---

① 原文：恋恋として柳遠のく舟路かな。
② 原文：依依として柳の枝を放たざる。
③ 原文：麦の風鄙の車に乗りにけり。
④ 原文：夜に入りて蕃椒煮る台所。

我相信以上论述,应能略尽其意。

此外——

> 愿能重生如紫堇,虽小却坚韧。① (漱石)
> 死后托鹤生,清越啼鸣一声声。② (同)
> 泥土精华结合,生出一个个田螺。③ (苍苔)

也有像这样表现架空的理想的俳句。

> 鲁国诸侯大会见,瓜茄作席宴。④ (露月)
> 小小蛇洞,孔子怎容身。⑤ (同)

虽然也有像这样利用汉土的故事和汉语所作成的俳句,但这只是一小部分现象,不能说是一般倾向。

有些俳句在语句上虽然不是没有特色,但大都与意匠相关,所以并没有重复的必要,下面只举一两个例子:

---

① 原文:菫程なちひさき人に生れたし。
② 原文:人に死し鶴に生れて冴え返る。
③ 原文:泥の精星と契りて田螺を生む。
④ 原文:魯に大に諸侯を会す瓜茄子。
⑤ 原文:蛇穴を出て孔子容れられず。

> 菊中丽色分白黄，秋来竞芬芳。①（碧梧桐）

这首俳句句法极为严密，"分"字的使用可谓前所未见。

> 步履匆匆提灯走，寒气追身后。②（虚子）

俳句中的"步履匆匆提灯走"的接续方式非古人所能为。即使古人已经想到了这样的趣向，但假如以此趣向来写作俳句的话，或许就会出现"提灯急急走"的写法，或者会变成"脚步急急，追向灯笼去"，使得意思多少发生改变。这首俳句中如果没有"步履匆匆"的描述，景色就无法鲜活。

天明年间，句调的长短变化程度已经很高了，到了明治时期则更甚。两三年前流行的"乱调"虽已渐敛踪迹，但俳句的前六字中有五字为名词的情况却普遍留存以至人人不以为怪。

就单独的素材而言，除了像火车、电信、自行车、蒸汽机等这些伴随世事变迁而产生的词汇之外，新倾向俳句还使用了许多古人未曾使用的素材。季节题材中有炉塞、蚕、蛇入洞、蛇出洞、雀为蛤、莲实飞、寒食、栗花、汗、鹿笛、

---

① 原文：争ひは白分つ黄菊かな。
② 原文：足早き提灯を追ふ寒さかな。

葱、酱拌萝卜、布袜、被子之类，而季节题材之外则有战争、吵架、赠遗、无常、正午、尼姑、卜筮、单行道、贱民村、厨、厕、地震、火灾、妾宅、吴、越、蜀、冷漠的心、恨，等等，不胜枚举。不以古人斥之为卑俗的事物为卑俗而用作俳句的素材，能将古人因偏狭而远之的题材或分解或拼合，重新作出数十首俳句，这正是明治的手法。

总之，明治俳句大体上比天明时期更进了一步，增添了或多或少的新趣味，并随大势不断地变化与进步。过去数年间出现的这种倾向在今后的数年间，方向虽不会发生变化，但程度上必定会有所提高。虽说如此，俳句的形式已被限定在十七八字中而无法扩展。在有限的十七八字中，如何使其复杂化，给人的印象明了化，并最终达到登峰造极的地步呢？我认为，今日的进步已近乎顶端，想要更加复杂化、明了化应该已是不能了。如果说今后还有什么值得期待的进步的话，或许就是对待特别的事物尚未进步的观念的彻底革新。

（明治三十二年一月）

关于雅号

据传有一位先生住在鬼谷，世人因尊敬而不以其名相称，故而加上地名唤其为鬼谷先生，这和我国的某村先生、某镇师父是一样的。这大约就是雅号的初始了。然而从前是别人这样称呼，而到了后世，则是自己择一地名等作为雅号。唐代诗人中，杜少陵、柳柳州、杜樊川是否为后世依据其居住地所定的称号，卢玉川、白香山等是否为自称都已难确知了。到了宋代则都变为自命其号，东坡、山谷等便是如此。自此之后，雅号遍及文人墨客之间，到了后世，除普通的雅号之外，往往还会有某轩、某堂、某庵的号，有人甚至有数个别号。就像马琴有曲亭、马琴、蓑笠陈人、著作堂、鹜斋等数号，他在甲场合用哪个号、乙场合用哪个号都是各有规则的。而平贺源内除了鸠溪、风来、福内鬼外等别号之外，还使用过种种异名，其中并没有什么规律，大概是出于一时匿名的考虑吧。

后世的诗人骚客使用雅号也只是遵循一般的惯例，并没有什么深层含义，如果非要究其理由的话，大约有三：第一，在写上姓名显得小题大做和过于严肃的场合使用雅号；第二，姓名从字面上看不大风雅时，作为修饰使用雅号；第三，在匿名的时候使用雅号等。在我国，自物徂徕之后，开始流行将两字姓氏修改为一字之类的姓名修饰。芜村将与谢这一姓氏加以修饰，或署名谢寅，或署名谢长庚，像这样模拟中国人姓名的称号也可看作一种雅号。匿名有两种情况，半匿名时所使用的雅号是固定的，并没有要强行隐藏实名，而全匿名时则会改用临时的假名，这样的假名使用是有时限的，这种雅号（西洋的假姓名）永远不会与本人对应，这不管是我国还是西洋都不乏其例。

我国从前并没有使用雅号的习惯，甚至后世的一些歌人也大都署实名而不用雅号。但公卿却有取一字为号的先例，三条西公条（永禄六年殁）便是以"苍"为号，这都是足利末叶以后的事了。德川初期有细川幽斋、木下长啸、近卫龙山等雅号，歌人也开始使用中国式的雅号了。日语训读的雅号，应该滥觞于贞德的柿园、芦的丸舍。虽不知柿园是否为音读，但芦的丸舍则必是训读无疑。贞德的门人望月长好为一代歌人，他自号小狭野屋大约也是模仿其师吧。自真渊、悬居之称，宣长、铃舍之名后，某舍、某园的名号开始盛行。但不曾听闻歌人有一人多号的情况。（西洋虽会使用假姓名，但并不使用雅号。）

雅号的使用多限于学者、诗人、文人之类，其中我国的汉学者、汉诗家、汉画师因较早受到中国的熏染，最先使用雅号。因僧侣也与汉学的关系较深，禅宗中早就开始使用庵号、轩号以及雅号，所以世人对他们大都不以佛号相称而习惯称其雅号。连歌师为准僧侣，在将佛号用作实名（如宗祇、宗长）之外，也有庵号、轩号等。在德川氏之初，俳谐师也受其影响主要使用像佛号那样的名号（如贞德、贞室、宗因），此外他们也有庵号、轩号，使用实名的人也有不少（如亲重、重赖）。而名号开始使用蕴含俳谐趣味的雅号，以及像汉学者那样的雅号，而非庵号、轩号，也非同佛号，是芭蕉等人之后的事了。

艺人的艺名属于雅号的一种，而且别有趣味。像市川团十郎、尾上多见藏这样的俳优的艺名就是仿照姓名而取的，而像谈洲楼焉马、三游亭圆朝这样的落语家的艺名则与俳谐宗匠的庵号相类似。我国有在实名中通用同一个字的情况，就像源氏通用"义"字，平家通用"盛"字，河野氏则用"通"字。为了模仿日莲之，他的门人都取"日"字入号，以至于到了今天，日莲宗的僧徒都称日某。而连歌师宗彻、宗祇、宗长、宗硕、宗牧、宗鉴、宗养、宗因、宗春等人的名号中都用"宗"字，也是承继派系的意思（大德寺派的僧侣和茶人千家也使用"宗"字）。到了后世，小俳家层出不穷，若有一人为师，则自称其门人者动辄可达数十人之多，通用一字作为名号也就盛行起来了。如沾德门皆用"沾"字，千翁不角门皆用"千"字、"角"字。然而这只是部分现象，并不是普遍情况。但堂号、庵号、亭号代代相传的情况却是很常见的。艺人完全沿用其先祖或师父的艺名而不改一字，就如同商家对商号通称的袭用一样，属于极端的例子。俳人有时也会如此，例如湖十、宗瑞、立志、介我、素丸，等等。

将地名作为雅号的人极多，他们一般是取用自己的住居地，或者住地附近的山名、水名等。例如徂徕的号便是出自往来坂，周南是因为住在周防之南而得号，山阳则是由于生于山阳道而得号，汉学家的雅号大半皆属此类。然而这种情形主要盛行于过去而非后来。如果一度有人号徂徕、周南、山阳，则后人必定不再使用此号。南海、海南、南洲等号在四国、九州一带极多，北海这一名号则同时被江村、片山二人所用，这都是根据地理取用雅号的原因。

从古语中选取雅号的，有如其角、鸠巢、百川、图南等人。即便是这样的名号，也不免时有暗合，如掌故家有纪图南，而医家有山田图南等。

不管是出自地名、古语，还是其他，雅号的暗合总是无法避免的，古人的名号中就有许多先例。除过前面的例子，现将我所知道的稍列如下：画家有柳泽淇园，汉学家则有皆川淇园；汉学家有宇士朗，俳人则有朱树园士朗；汉学家有赖春水，戏作家则有为永春水，另有法印[①]北村春水；汉学家中有

---

① 法印：日本中世以后仿照僧位授予佛师、画家、连歌师、医师等的称号。

野中兼山、菅野兼山、片山兼山三人；俳人中有尾张的一笑和加贺的一笑；诗人有秋山玉山，画家有冈田玉山；而高芙蓉与木芙蓉同为画家；三宅寄斋号野水翁，而俳人中则有冈田野水；大德寺江月号破笠子，俳人中则有小川破笠；大德寺宗牧为僧，而孤竹斋宗牧则为连歌师；大德寺正严号自笑，而安藤自笑却是戏作家，此外在俳书中也能看到自笑之名；陈元赟号既白山人，而俳人中也有人号既白；松平不白是庆安时期的大名，岚云也以不白轩为号，而茶人中则有川上不白；一休有真珠庵，俳人如泉也号真珠庵；木下顺庵号锦里，后又有伊藤锦里；冈井碧庵号东皋，后又有野东皋，二人皆为汉学家；国学家中有羽仓御风，俳人中也有名为御风者；汉学家中有大高坂芝山，而长川华山也是汉学家，也以芝山为号，而在长川华山之外，还有横山华山、渡边华山两位画家；平东海殁于元文而岳东海殁于享和；中根东里是诗人，而高野东里、伊藤东里为汉学家，东里山人则是戏作家；冈岛冠山、原冠山都是汉学家；兵学家有山鹿素行，俳人中也有名为素行的人（鸣雪翁本名素行，近代的女艺人中也有名叫素行的）。此外，那些声名不显的人所用的雅号也大都普通，在黑田如水之外，以如水为号的人不论昔时还是今日都多不胜数，而在罗山的白云斋之外，白云这一雅号也极为陈腐。

在我所熟识的人中，也有雅号与古人甚至今人相暗合的情况，其中重合最多的当属"天外"一号，在有些场合只称其号很容易让人混淆，因此我常常会冠上姓氏中的一字加以区分，如小天外、丰天外、田天外，此外还有盲天外。我不相识的人中也有名为天外的人。如果将俳书中无数的雅号搜罗出来，恐怕无论怎样的名号都会有所重合。我记得与现今俳人的雅号有所暗合的，有白云、为山、可全、井蛙、露叶、青青、漱石、一笑、虚白、虚舟、青岚、菊舍、吐月、如云、百川、松宇、桂山、桃雨、东云、吐云、秋水、流水、千川、露石、牛步、柳翠、松花、芳水、巴水、如水、柳水，等等，如果进一步搜查的话，必定还有很多。把栗曾号破笠，后因重名而改为现在的名号；极堂曾号碌堂，却因与他人名号相撞而改号极堂。有人曾号岐山，也因与人重号而改名。冰花因与岚雪门人同号，鸣雪翁曾为其取号匏瓜取而代之。井蛙、木外、孤松、孤村等，在遇到同号时，往往会取姓氏中的一字置于雅号之前，而素香、槐堂、栗堂、三溪、滴水、别天楼等名号，不管是在俳人中还是在俳人之外都有同号，特别是别天楼，曾经数次被人弄错。至于子规，虽无重名，但也有人号子规亭，只是至今未改，也就不再更改了。

下面对我所熟知的人的雅号的由来作一简单介绍。

鸣雪：取"任由世事变迁"之意，并以"鸣雪"二字对应"なりゆき"①。

---

① "なりゆき"意为事物发展的趋势、演变，与"鸣雪"的读法相同。

老梅居：某年元旦，有人来访，鸣雪翁一边收拾着那边的废纸一边说："从元旦起就狼狈而居了呐。"故取"狼狈而居"的读音，改汉字为"老梅居"，"居"字尤为奇特。

碧梧桐：本名秉五郎的谐音。

虚子：我取其本名清（きよし）的读音所命的名号。

红绿：也是出自其本名洽六的读音。

四方太：完全依照本名所取，读作"しはうだ"（shihauda）。

肋骨：军人。曾说过"死则曝尸战场，只余肋骨"的话，故而取名肋骨。

墨水：未听闻其由来，但因生于江户，其名号有可能是取自墨田川这一地名。

漱石：出自成语"枕流漱石"。

霁月：出自成语"光风霁月"。

犬骨坊：我在与飘亭同住本乡真砂町时，曾捡回狗的头盖骨，煮了之后放在桌上，飘亭向我讨要，自那以后他便以犬骨坊为号了。

接下来对我自己的名号也稍作解释。

子规：因时常咳血，并作子规之句，由此得名。"规"也是我本名中的一个字。或者将其视作"杓子定规"（为清规戒律、墨守成规之意）的缩略语应该也颇为有趣。

獭祭书屋：李义山写文章时会将许多参考书散置座右，别人见了后说他就像獭祭鱼一样。獭祭鱼出自《礼记·月

令》，我的书斋中书籍纵横散乱，甚至连落脚之处也没有，故得此号。许多人会将"獭"字误读，"獭"字应读作"だつ"（datsu），"獭祭"读作"だつさい"（datsusai），"㹨獭"读作"ひんだつ"（hindatsu）。

越智处之助：越智是我在家谱上的姓氏，处之助是我出生时的通用名，还是父亲的猎枪师父特意取的，但外祖父说："这名不好，去学校后会被嘲笑说是'到处转转'。"所以在我大约四五岁的时候便改名为"升"了。

升：读作"のぼる"（noboru），可能是从《易》的"地风升"中得到的启发，我也曾将"地风升"作为雅号。上面这两个名字虽是通称，但现在户籍上也不登记通称了，所以将其视作雅号的一种应该也无不可。

竹里人：有人最早将根岸称作竹根岸，我也曾寓居于此地，故取此号。

此外，还有一些临时的名号，这里便不一一说明了。

通过调查我所认识的人的雅号以及近来的《子规》等刊物上登载的今人的雅号可以得知，雅号中使用最多的当属"月"字，其次为"水"字，再次为"子"等。

月（四十三），水（三十九），子（三十五），山、村（各二十六），堂（二十二），花（二十一），一、白（各十七），云（十六），石（十五），川（十四），碧、紫、三（各十二），青（十一）等。

月：露月、霁月、梧月、钓月、其月、寒月、春月、晓月、冻月、凉月、素月、半月、眠月、醉月、步月、挚月、卧月、吟月、镜月、城月、湖月、岭月、海月、云月、芦月、松月、柳月、兔月、月兔、月鼠、月舟、月人、月窗、月洲、月啼、月梦、月乃、月明、月华、月光、双月庵、友月舍、吐月生

水：墨水、澜水、芳水、贡水、岐水、叹水、丰水、枫水、二水、去水、秋水、流水、徂水、滴水、如水、乐水、浩水、潦水、原水、素水、碧水、紫水、自水、北水、箕水、篙水、磐水、铁水、巴水、镜水、桃水、柳水、溪水、鸭水、鸠水、旭水、水村、水郊、守水老

子：虚子、灵子、三子、骨子、竹子、静子、巴子、狮子、雀子、卵子、菊子、菁子、柑子、樗子、雪子、露子、潮子、满子、尧子、楚子、渔子、咄子、斜子、丸子、圭子、真子、旦子、鹿子、案山子、黑眼子、生刍子、半俗子、了了子、志伟子、子规

以下略。这其中应该也有临时的假号，但我还是根据字的不同进行了列举。或许仍有不少遗漏。

雅号中多用"月"字，大约是不论古今，人们都喜爱赏月，因此出于喜好使用此字。多用"水"字，其一是根据住居地旁的川流名称所取，其二则与"月"字相同，是因为对水这一自然物的喜爱。多用"子"字，是因为这个字是对男子的称呼，但也有很多人是模仿虚子。近来，我国也会在女

孩的名字下面附上"子"字，这是对中国固有字意的回归。"山"字较多的原因则与"水"字相同。"村"字则是因为居住地的村名或者为了体现那个村子的特色，此外我觉得也有模仿芜村的村字的意思。"堂"字则多用在庵号之类中。"花"字与"月"字相同，都是出于对自然物的喜爱。使用"一"字，是因为它是最简单的事理，也是最简单的客观存在。而"白"字则是因为它是最为清净的颜色。多用"云""石"，是因为爱好天然（一动一静）。使用"川"字则是和"水"字出于相同的原因。而雅号中的其他关于颜色的字，大约是出于对色彩之美的喜爱，但是"碧""紫""青"等字尤其多，其中应该有种种原因。

汉学家的雅号中带有汉诗的兴味，和歌家的雅号中则带有和歌的韵味。不管是汉诗的兴味、和歌的韵味，还是其他的各种风味，全都体现在俳人的雅号中。俳人的雅号，有汉语，有国语，有汉字，有假名，也有汉字假名的混合，有一字号、二字号、三字号，有自造词，也有成语，有些取自天文地理，有些取自动物植物，还有些是取自器具家屋，有些源自理想，有些则全无内涵，因此便呈现出了各不相同的趣味。

雅号是任由自己确定、自己停用的，自然不应受到他人的任何干涉，但我还是有几条希望：

一、避免更改雅号

更改雅号的情况有许多种，或因不喜欢现有的雅号而改，或在遭遇了重大事件后为了纪念更改，或因逐渐年老而想要改个适合老年人的雅号。但我认为曾在报纸杂志书籍上出现过的雅号，还是尽量不改为好。改过一次，就会想改第二次，而往往改过的名号反而不如以前。

二、避免相同的雅号

如果跟名人、前辈，或者认识的人的雅号相同时，最好改。但不论古今，如果发生重名的是无名之人（前辈和认识的人除外），则不必改。

三、避免类似的雅号

偶然发现有人与自己的雅号类似，是不必更改的，但在确定雅号的时候，则应避免取用相似的名号。从前若能得到老师的庵号或者雅号中的一字为号，是非常荣耀的事，但现在想来，这倒不如说是让人鄙薄和讨厌的事。虽说如此，但也不能选用过于奇怪的名号。

四、俳句中避免四字以上的雅号

在俳句的十七字下面写上四五个字那样长的雅号，会显得很不协调，但如果只有自己的俳句，并能列出十首以上，则不管雅号写在开头还是结尾，四五六个字的长度都是无妨的。

（明治三十二年十月）

明治三十年的俳句界

上

明治三十年的俳句界与明治二十九年的俳句界相比有了一些进步，主要表现在两个方面：一是初学的俳人水平渐渐提高了；二是高水平的俳人迈进了古人未能涉足的领域。前者不过是寄望于未来，后者才具有真正的价值，这自不待言。而碧梧桐便是其中的代表。碧梧桐本以意匠奇拔取胜，但从去年开始却转为平易（并非陈腐）。在句调上，他从前年末开始喜作长短句，以至句作流于乱调，而现今却回归了普通的五七五调。回归五七五调固然不算进步，但他在意匠上与古俳句迥异其趣，而与此相伴的句法的变化也开拓了古人未知且未曾涉足的领域，尽管我们难以简单地评定其价值，但至少他的独出机杼是值得在俳句史上特书一笔的。

为了说明这一点，我认为直接就实例进行剖析会比较易于理解，因此下面我将依据此法对几首俳句进行解说。

入夜的厨房里，还煮着辣椒。（碧梧桐）

这首俳句中无半点"理窟"，也未留斧凿之痕（虽经悉心打磨，却不留痕迹，方能十分成功），意匠虽为日常琐事却毫不陈腐，句法平易，切字似有似无却能很好地断句，它不会让人有剧烈的感情波动，却有淡泊如水的趣味，这些都能很好地体现这首俳句作为新体俳句的特点。那些拘泥于旧俳风的人或许会认为此句没有趣味，如果这样的人要求我来解说这首俳句的趣味，我会让他们虚心静气地玩味此句，完全抛却自己的成见，置身句中，方可从句中感受到新的趣味。这是因为趣味是只可意会不可言传的。然而在需要激发人强烈感情的时候就应当进行启发式的说明，听者或可从这样不完全的说明中体悟其妙处。只是像这首俳句这样淡泊的趣味却是无法不完全地说明的。如果非要说明，除了说它没有一点让人不快的意味之外，就别无他言了。

　　男子汲水正回还，清早阵阵寒。①（碧梧桐）

这首俳句的句眼在"正"字，若无此字，俳句则必定平凡。

---

① 原文：水汲の男来て居る朝寒み。

门上月徘徊，指引客人夜半归。①（碧梧桐）

复杂、新奇的意匠往往容易使句法陷入佶屈的境地，而这首俳句的意匠既复杂又新奇，句法却十分平易，给人以如行大道之感，这也是新体的一个特色。

　　……②

　　能够理解这些俳句的人，也必定能够理解我对所谓的新体俳句的追求。

　　新体俳句和旧俳句的区别，就如同油画的新派（紫派）与油画的旧派的比较。一为简单（画题小），一为复杂（画题大）；一为平易，一为屈曲；一为淡泊，一为浓厚；一为轻新，一为沉着；一个适合表现琐细的物事中极为微妙的感情，一个则适宜描绘壮大的景致中最为深远的趣味。无论是哪一派，都不免有长有短，而只有使两者并立，互相取长补短，才能促成文学的大成、艺术的大成。

　　我认为俳人中虚子与碧梧桐最为相似，故不特别列举其句。

---

① 原文：客を率て夜半に帰るや月の門。
② 所列举的俳句略而未译。

下

　　碧梧桐、虚子、红绿、露月、把栗、四方太、秋竹、苍苔、漱石、霁月、极堂、绕石等，都是俳人中的佼佼者。此外，去年在地方上有所进步的人有茶村、菰堂子、青岚、绿、澜水、森森、香墨、桂堂等。鸣雪退出了俳坛，墨水也多为俗事羁碍。

　　俳谐界的杂志《子规》在伊豫兴起，《秋声》在东京颓倒。

　　俳书除了《芜村句集》之外，还有《与谢芜村》《新派俳家句集》，另外，博文馆还出版了《俳谐文库》一书。

　　从前年末到去年，俳句会有如雨后春笋般在各地陆续兴起，地方俳句会中最早的当属松山的松风会，创立于数年之前。而在前年秋天京阪的满月会创建之后，仙台的百文会、金泽的北声会、松本的松声会、松江的碧云会、骏远的芙蓉会、越中的越友会相继勃兴，此外，京都还有一些团体，各地组建的小团体也有不少。去年上半年，松风会、百文会、北声会等威震一方的俳句会渐呈衰势，到了下半年则唯有满月会独领风骚。然而这其中的盛衰有种种原因，未必能够证明当地俳句的退步。

　　去年我曾取相同的俳句让各地俳人评其优劣，地方上的俳人所评十有八九相同，而东都的俳人所评结果却各不相同。

地方上的俳人散布各地，其间并无互通；而东都的俳人屡屡会聚一堂，互相多有论争。这是因为东都的俳人经过钻研、琢磨，产生了各自的见识，能够向着各自所见的方向直线行进，他们有偏向于一方且只专注于这一方的倾向。而地方上的俳人由于原始的理解和小学老师那样通常的、感受性的见识，使得其评论基本相同。在这次评品中，众人所推举的俳句中多有意匠奇特的事物，而众人所贬斥的则是句法不甚规整的俳句（就像网兜中的包裹，因用力捆绑而使得包上多有凹凸）。在东都俳人中，鸣雪最接近众评而碧梧桐与众评相去最远。众人所推举的俳句正是碧梧桐所贬斥的，而众人所贬斥的俳句却正是碧梧桐所推举的。这是因为地方的俳人在句法的观察上不甚精细，有徒自炫耀奇特的趣向，而碧梧桐对句法的张弛进行了详密的吟味，如果句法严整，在趣向上即使有不尽合理的地方，也是可以宽恕的。总之，对句法的疏忽是地方俳人的一大缺失。不过去年的地方俳人与前年相比已经有了显著的进步，不可同日而语。

我在《明治二十九年的俳句界》中所称的新派，即碧梧桐、虚子倡导的俳句，其在意匠上几乎占全国俳坛的一半，只是在音调（字数）上比保守派有所减少。地方俳人中也时有写作长短句的人。

其与俗流匠派的关系已不必论说，他们的作者不同，作品不同，写作的目的也不相同。近来随着俳句的流行各地报纸往往刊登一些宗匠派的俳句,以致满纸俗气,陈词滥调。报纸记者玉石不辨,袭藏燕石并珍而视之,实在可笑。报纸上登载的俳句数目大增,这是去年俳句界的一大现象。

(明治三十一年一月三日、四日)

明治三十一年的俳句界

明治三十一年的俳句界比明治三十年更进了一步。不论东京还是地方，不管前辈还是后学，进步是遍及全国的。若论在俳句界的地位，地方总体不及东京，后学总体不如前辈，但从前年与去年的进步幅度来看，东京的进步则不及地方迅速，前辈的进步也不及后学迅速。换言之，俳句界呈现出了地方的地位逼近东京，后学的技能凌驾前辈的倾向。因处东京，因是前辈，则必思奋发图强，扶摇直上，以至畅游于九霄之间，对于后辈，亦不遑相让；因在地方，因属后学，则必欲勇往直前，如利刀破竹节，如香车刺角行，如清正击猛虎，有使垂老前辈一败涂地的勇气。今年的俳句界会出现怎样的对决，胜败又将如何，我等也自拭目以待。

去年俳句界在技法上的倾向我已在别的文章中（《俳句新派的倾向》）论述。这一倾向虽说并不是从去年开始的，但到了去年才越发显著，这至少要将前年和去年加以比较才能让人更好地知晓。这一倾向到了今年是继续挺进，还是转向他处，这都由舵手掌控。那么舵手又是谁呢？是前辈，还是后学？是在东京，还是在地方？

各地的俳句情况在杂志上都有详细的刊载，此处不再赘述。在东京，前辈鸣雪复出俳坛引导后学，显得非常引人注目，就像他在《芜村句集轮讲》中的解说一样，俳人中借其力者不少。碧梧桐老练而遒劲，虚子高朗而活泼，二人都是无敌天下，那么，若以此矛攻此盾，不知熟胜熟败。露月跌宕，四方太劲直，他们一个如熊，一个如野猪，野猪一撞，熊或会牙断头翻，熊一搏击，野猪或会倒伏在其脚下。两雄争霸，世人凝神以观。

京都的俳坛前辈紫明率领满月会走向隆盛，其他各地虽然有盛有衰，但总的来说俳句会和俳人都呈现出了增加的趋势。肥之漱石、越之红绿、豫之极堂，都是地方上的前辈，足可以一当千。漱石超脱，时而奇警；红绿圆活，善用虚字；极堂敏捷，语句紧密。他们在这几个方面无人能及。听闻红绿近来多病，但愿他能善自珍重，切莫放弃。

去年有显著进步的俳人，东京有五城，越后有香墨，大阪有青青。我是去年夏天初次读到青青的俳句，初读之时就已认定其句在极堂之上。青青的俳句豪宕高华，善用典故而不堕勃窣，多用汉语而不显晦涩，由此足可见其技法高妙。但其年岁不大，经验尚少，喜好偏狭，尚不能变化自如。他的缺点在于专欲驰赴高远之境，不免时有失足堕马之险而难以体会平淡中的至味，若能不断勉力为学，其造诣不可限量。

狙醉曾让我嘉奖不已，不料他一朝消息全无，或许已是幽明两隔了吧。我对他的追慕之念越来越甚，奈何白云杳杳，终究无迹可寻。如今看到青青的俳句，我仿佛超越了时间，茕然独立于五年前的俳句界，并读到狙醉的俳句一样。特别是在使用汉语、运用典故以及风调的雄健崭新方面，二人极为相似。事实上，狙醉是在我倡导芜村之前就带有芜村调的人。他其实是个盲人，我每每想起他，总是仿佛看到他在无边的黑暗中低头默坐的枯瘦姿容。狙醉虽去，青青却来，也可算得上是失之东隅，收之桑榆。

香墨渐渐追进，基础也已牢固，五城从去年起也开始不断磨练，一天更比一天精进，前途有望。

此外，豫之花叟、常之芳水、京之青岚、越之竹门、花笠等，进步都较为显著。

现对于各地俳人的分布情况，试列如下。

东京：鸣雪、碧梧桐、虚子、四方太、露月、秋竹、肋骨、五城、绕石、把栗、墨水、左卫门、麦人、鼠骨、乐天、露叶、格堂、白滨、太古、活潭生、右卫门、渔村、月人、骨子

横滨：牛伴、森森、胡堂

京都：紫明、青岚、菰堂子、瘦石、烟村、非无

大阪：青青、别天楼、孤村、疑星、橡面坊

远江：雪肠

下总：井村、台村

常陆：牛里、芳水、静子

美浓：茶村、鸭脚子

信浓：三川、奇峰、木外、八千溪

上野：镝川、荻郎

陆前：澜水

加贺：紫影、洗耳、碧玲珑

越中：红绿、竹门、花笠、竹湍、尘外

越后：香墨、无事庵

美作：一五坊

出云：梧月、羽风

赞岐：桂堂

伊豫：极堂、霁月、叟柳、花叟、虚堂、萱村、燕子

土佐：灵子、春风庵

肥厚：漱石、千江、紫川

以上所记，或有错误缺漏，此外，句作不多者未录于此，而愚哉尚在旅途，因此也未予录记。

（明治三十二年一月）

明治三十二年的俳句界

明治三十二年的俳句界与明治三十一年的俳句界相比也是有所进步的。虽说其在俳句界的地位，以及俳人、俳句社、俳句杂志的增加方面都各有进步，但让我等特别欣喜的是作句技法上的进步。与明治三十一年、明治三十二年相比，俳句在作句技法上的进步理应是早有所知的，而我却是在审查《日本》的投稿，得知三十二年的选拔标准高于三十一年时偶然感觉到的。我们将三十一年投稿的俳句中未能在同年刊载的做了标记，想在三十二年继续刊登，但到了三十二年重新阅读上一年的投稿时，却感觉之前标记过的俳句中需要删除的竟达到了十之五六甚至十之七八。在这样的高标准下所选出的三十二年的俳句，与三十一年相比在数量上有了显著的增加，对于此事，我们可以看出不单单是选拔的标准提高了，在投稿人作句技法的进步和佳句数量的增加方面，也是不容置疑的。虽说《日本》的投稿情况并非俳句界的全体现象，但《日本》的投稿人与一般的俳句界并无背道而驰的倾向，由此及彼，也不能说是有错。何况事实上"保等登艺须"的俳句征集栏在东京地方俳句栏中历历可见，这不就是明证吗？

三十二年《日本》的投稿与上一年相比，投稿者的人数有所减少，而所投俳句的数量却有所增加。简明地说，以前那些作了五首十首的劣句就来试着投稿的初学者业已绝迹，而现在投稿的都是热心并且笃挚于俳句、每季都能作出二百首以上甚至一千首俳句的人。三十二年十一月即秋冬之交，《日本》每天都会收到好几份俳句的投稿，一天的俳句数量多达二三百首甚至一千首，读完一天的投稿要耗费好几个晚上。而《日本》所刊载的俳句一天不过十七八首，投稿堆在筐中，供给常常是需求的数倍。自有《日本》以来，俳句从未有过像今天这样的盛况。

"保等登艺须"的投稿情况与《日本》稍有差别，其投稿者越多，新作者便越多，新作者越多，佳句便越多。之所以会产生这样的差异，是因为《日本》只与俳句界保有部分关联，而"保等登艺须"则与俳句界几乎完全相关联。而所投俳句的数量和佳句的数量都有了前所未有的增加，这一事实不管是对于"保等登艺须"还是《日本》而言都是一样的，而三十二年的俳句界不管是从整体还是从部分来看，都不得不说是明治再兴以来最为繁盛的时期。

明治三十二年，在俳人的数量增加的同时，各地俳句社的数量也有了显著的增加，达到了一百五十所左右，特别是在朝鲜仁川有了仁川新声会、俄罗斯海参崴有了笠蘘会，得知侨居海外的同胞中也有像这样的同好，是最值得我等欣喜的了。

俳句社的急剧增加虽说让我们有些惊讶,但在三十一年末三十二年初也已能预想到这一倾向。而俳谐文学杂志的勃兴却完全是出乎预料的,而且其机运的成熟仅在三十二年年末,不免让人有恍如梦寐之感,但其计划在各地的施行也是事实。三十二年夏,《芙蓉》在静冈刊行,紧接着《车百合》在大阪刊行(加贺大圣寺虽发行了小册子《虫笼》,但其起源已不可考),这都是俳谐杂志。这两本杂志的独立刊行让我们为之一惊,现在,又有了京都的《种瓢》、金泽的《吹雪》、伊豆的《星影》以及仙台的《埋木》,这些杂志能否很好地刊行?刊行后是盛是衰呢?评判仅止于过去而无法涉及未来,因此我们只能汇总各地杂志的勃兴情况来预测俳运的隆盛与否。我相信在他日写"明治三十三年的俳句界"时,这些杂志会为我们提供绝好的材料。

风起为盛,则风止为衰;日中为盛,则日落为衰;昨日吃四碗饭为盛,今日吃三碗则为衰。盛衰是比较的产物,比较是差别的常态。自己处于盛况而观察衰境时必会嫌厌,自己处于衰境而仰视盛况时则会艳羡。然而如果从平等的角度来看,甲盛则乙衰,丙盛则丁衰,又有什么盛衰可言呢?大阪满月会衰而大阪三月会盛,伊豫松风会衰而出云碧云会盛,信浓松声会衰而加贺磐声会盛,陆前百文会衰而羽后北斗吟社盛,我们若以平等的眼光来进行评判,就不会觉得俳句界中有什么变动。父老而减食一碗,子壮而增食一碗,父老而减食两碗,子壮而增食两碗,父终死,子又生子,于一家整体的健康而言并无增减,但知父衰者必为其悲,知子盛者自为其喜。同样的,对俳句界的整体而言也并无庆吊之说,但就各个俳句社来说就必定有庆有吊。即使各俳句社间没有庆吊之分,各个俳人也是有庆吊之别的。

三十一年兴盛的俳句社,到了三十二年大多已经衰颓,同样的,三十一年声名赫赫的俳人,到了三十二年大都已寂寂无名。而在三十二年崭露头角的俳人,东京有潮音、格堂、三子、孤雁、竹子、道三、紫人、抱琴、牛步等数人,大阪有鬼史、月兔、井蛙等数人,因幡有寒楼、紫溟郎等数人,其他不胜枚举。只是这些人大都年少气盛,做事贪多,没有选择取舍的识见。他们的作品玉石混杂,瑕疵极多,可以将这一时期看作他们的修炼期,他们的成功仍要等到几年之后。但相比之下,佳作较多的有潮音、寒楼等人。

在这篇明治三十二年的俳句界的最后,我反复阅读以上文字,并自我反省,也请诸君各自反思:明治三十二年的俳句界发生了这样大的进步,而我的俳句是否有所退步?明治三十二年的俳句界有这样多的佳句,而我的俳句稿中是否少有劣句呢?
……①

(明治三十三年一月)

---

① 附记"俳句社一览表抄"与"俳人一览表抄"略而未译。

俳句中的京都与江户

自从京都的俳谐杂志《种瓢》刊行于世,我便总想着要写点什么。去年以来,随着俳句的流行,各地纷纷创办杂志,而自古作为国都的京都如果什么都没有也实在太不像话了,所以《种瓢》的创刊可谓是恰逢其时。然而杂志的发展是相当困难的,就像我们虽然明白群居家庭终究难以存续一样,仍然有人将杂志视作自己的生命。因为是出于慰勉而创办的杂志,所以不论兴盛还是衰颓,都不甚要紧。但对于费心劳力所生的孩子,父母总是希望他能无病无灾。所以我不管身在何处,总是祈愿《种瓢》能够平顺。

而我在这里所写的《俳句中的京都与江户》一题,属于俳句上非常大的问题,也是极为有趣的问题,要对此加以论述,需要很长的篇幅,足够写一本书了。所以我在这里只是勾画出一个大体的轮廓。

德川时代俳句界的中心是在何处呢?是京都,还是江户?尽管谁也不曾对此提出异论,但俳句界的中心到底归属何处,还是因人而异的。要让江户的人说,他们则会大吹大撮道：就像芭蕉所说的"俳谐与荞麦仅限于江户"，俳谐自然是属于江户的。而要让京都人说，他们则会声称自己才继承了芭蕉的正统，江户的俳谐只是旁门左道。如果要问今天的京都人，他们或许就不会再说芭蕉的正统之类的事，而应该会说芜村是京都的了。总之，这事就像在相扑中判定获胜方那样，扇子指东则西侧有异议，扇子指西则东侧有异议，实在难分胜负。但是出于公平考虑，还是不分胜负显得更为合理吧。因为德川时代的俳句界并不是只有一个中心点的正圆，而是有两个焦点的椭圆。那么，为什么说俳句界不是正圆而是椭圆形呢？这是因为德川时代的政治界就是椭圆形的。

虽然俳句界在整体上不分胜负，但就各个时代分别来看的话，还是各有胜负的，这显得十分有趣，因此我在这里对时代的区别稍作比较。

第一是贞德时代。此时，贞德已入居京都，而江户尚在初建，东武还没有悠然享受文学的余地，因此俳人大概都是京都人，这一时期京都胜出是毋庸置疑的。

第二是谈林时代。这一时代的江户，文学勃兴的时机已经到来，因此文学也呈现出了繁盛发展的景象。现今的谈林八百韵便是出自江户，但谈林的本家本源到底是在江户、京都还是大阪，已不得而知了。这个时代为期不长，且三都共同兴盛一时，其中的详情已不可知，因此胜负暂且存疑。

第三是元禄时代。这一时代两地都名人辈出，而时代的核心人物芭蕉却既不属于京都，也不属于江户，而是往来于两地之间，他去年住在江户，今年住在京都，却并非因公务在身，只是任由性情喜好迁居。因为芭蕉勤于迁动，说他是江户或是京都的名人都无不可，而从另一方面来看，正因为他是两地所共有的名人，才需要数度往返两地之间吧。要说这一时代的俳人，其角当属江户的主角，他的句作优秀，弟子众多，著书也极有分量，算得上是一人担负起了整个江户。其次，岚雪也有自己的门人弟子，他的弟子也颇善作句，与其角形成了暗中颉颃之势。此外便没有值得一说的人了。至于京都，大家当属去来，并与其角相互对峙，为东西两大俊杰。但去来的弟子只有风国、野明，在这一点上他不及其角。而去来之外的京都俳人，除了凡兆之外，便别无其他了。反倒是近江出现了许多俳人，近江虽不属京都，但离京都非常近，所以也可以按照京都来论。近江的丈草、许六、尚白、智月、乙州、千那、正秀、曲翠、珍硕、李由、毛纳、程己等许多俳人都技法极为高妙。若将京都、近江合并之后再与江户相对抗的话，则恰好是棋逢对手，胜负难分，甚至京都近江一方或许能稍占优势。

第四是享保时代。虽说是享保时代，其中也包含了从正德到宝历年间的时段。这一时期俗俳盛行，少有名人产生，从俳谐史上来说，应该称其为衰微的时代、中断的时代、寂寞的时代。尽管如此，江户仍有五色墨等俳人的出现。谈林虽已不振，但尚且苟延残喘，而在京都，不管好坏，俳人却都已销声匿迹。如果说还有的话，移竹算是仅存的一个。因此，与贞德时代京都的全胜相反的，享保年间则是江户占据了全胜的地位。

第五是天明时代。其中也包含了明和到宽政时期，这一时代和元禄时代一样，属于俳句最为隆盛的时代，京都江户两地都是名人辈出，名句迭出，书籍层出，发展势头非同寻常。然而得胜的一方却不用说还是属于京都。因为京都出现了芜村这样的奇才，他不仅当时名动天下，而且使古俳风为之一变，并播下了明治新俳风的种子。他的才能无论是在江户还是地方都是难得一见的。在他之上，京都虽有一位名为太祇的名人，此人也具有非同常人的才能，就连芜村稍不留神也会被挤出赛场，因此，不管是在江户还是在别的地方，除了芜村之外，便无人能与之匹敌了。正因为有此二人，俳句界的中心才偏向京都。此外，京都还有几董，他也算得上是芜村、太祇之外的第一人了。其下还有阑更，但他尚属裈担①。阑更若在江户，虽不至于位及大关，也不会低于关胁②，但因为身处京都，他便只能与裈担相当了，这实在令人担忧。至于江户，蓼太、白雄等人为扩张门户，连同无名小卒也一

---

① 裈担：相扑运动中等级极低的力士的俗称。
② 大关、关胁：均为力士的等级，其排序依次为大关、关胁、小结。

并收入门下，人数虽多，却终究不敢生出与京都相抗衡之念。而且我在此处还想赘言一句，即无论是芜村还是太祇，虽在江户修行，但获得大成却都是在京都。

第六是俗俳时代。这是临时所取的名字，指的是文化以后明治以前的这段时期。这个时代初期，江户有白雄、蓼太的门人以及成美等人。而在京都，芜村一脉业已断绝，仅余月居一人，此外虽然还有苍虬、梅室等人，可也没有什么建树。因此这一时期获胜方应该属于江户。

如上所列，京都与江户因时代的不同而时胜时败，但整体来说应当是不分胜负的。若将俳句界最为鼎盛的元禄与天明时代比较，元禄时代两地高下难定，而天明时代则是京都胜出，因此可以说京都在整体上更胜一筹。但是从另一方面来看，京都的俳句界长期以来并无规则可言，而江户则是不断兴盛的，特别是太祇、芜村等是在京都的砧木上嫁接了江户的接枝，他们不可能完全凌踏于江户之上，所以权且认为两地打成平局是最好的了。

以上是从俳人的角度对京都和江户进行了比较，接下来我将着眼于两地俳风的比较。俳风的比较会产生更多的有趣问题，我虽想对此进行详细论说，但由于担心篇幅过长，只好略述一二了。

要对京都与江户的俳风加以比较，首先需要在大体上判定两地是否存在像"京都风""江户风"这样的各自的特色，而后比对各自的俳句，就可以很容易地分辨出之前的判定是否得当，从而得出最后的结论了。我认为京都有"京都风"，江户有"江户风"。京都的俳句，不论是何时、何派、何人所作，在或多或少的变化之下，总是潜居着一种京都的因子，因此，虽然甲乙两人之间存在巨大的差异，但若将其与江户人相比，就会感觉到他们与江户俳句的差异更为明显，甲乙两人之间反而在哪里有些相似，这样的相似便是"京都风"。江户的"江户风"也是同样的道理。那么"京都风"与"江户风"具有怎样的差异呢？"京都风"柔和，"江户风"强劲；京都的俳句华美，江户的俳句凝涩；京都浓厚而江户淡泊；京都温煦而江户机敏；京都率直而江户婉曲。像这样的列举，能否直接让读者有"原来如此"的领会呢？对于俳句上"京都风"与"江户风"的比较，其实与风俗、习惯、性质上的"京都风"与"江户风"的比较并无差别，与京都语言和江户语言之间的比较也大有相似，甚至与京都山水和江户山水之间的比较也并没有什么两样。说"那个呆子"是京都的俳句的风调，而说"这个畜生"则是江户的俳句的风调；三十六峰绵延屈曲，映衬着庭院檐端，岚山的松树、樱花、枫叶逐次繁盛，宛如画卷，这是京都的俳句给人的联想，而武藏野辽远疏阔，处处凹凸，富士山和筑波左右可见，这则是江户的俳句给人的联想；公卿峨冠博带，乘牛车入宫参谒，这能够体现京都俳句的趣味，而大名扔下羽枪，乘肩舆登上城楼,则最能体现江户俳句的趣味。京都的俳句和江户的俳句正是因为受其周围情况的支配,才形成了这样的差别。

接下来我将就以上的思考借助俳句的实例加以进一步说明。

首先从元禄时代开始,京都的去来和江户的其角分别代表了京都和江户的最高水准。

懒着旧铠甲,伏天翻来晒一下。①(去来)

这样温煦雅致的风调正是去来所擅长的,也是"京都风"的骨髓所在。

身穿寝衣出来晃,偶见晒夏忙。②(其角)

而像这样随时随地的诙谐正是其角的专长,也是"江户风"的骨髓。

出门来赏花,怎料相知无一人。③(去来)

---

① 原文:鎧着てつかれためさん土用干。
② 原文:夜着を着てあるいて見たり土用干。
③ 原文:知る人にあはじあはじと花見かな。

京都安静。

　　　　山包像馒头，上有樱花招人瞅。①（其角）

江户喧嚣。

　　　　这成何体统，赏花人带着，长刀。（去来）

京都人习惯委婉的表达。

　　　　都睡了吗哎，巡山人挥着棒子转进了花山。②（其角）

这是江户子大大咧咧的喳呼。（以下四句未作分析，略去不译。）

　　　　秋风中啊，白木弓上，欲绷弦。③（去来）
　　　　秋风吹散了，作木的丝线。④（岚雪）

从品调而言，京都的俳句属于上品。

---

① 原文：饅頭で人を尋ねよ山桜。
② 原文：寐よとすれば棒つき廻る花の山。
③ 原文：秋風や白木の弓に弦はらん。
④ 原文：つくり木の糸をゆるすや秋の風。

裹着布巾的小猫哟，无精打采地纳凉。①（去来）
　　　小猫窜来窜去，追扑着蝴蝶。②（其角）

从机敏而言，则是江户的俳句为上。

　　只是像这样列出一首两首的俳句，并不能看清其中的区别，但如果读得多了，京都与江户的不同也就看得十分明白了。当然，去来集中也不乏江户风的俳句，其角集中也会有京都风的俳句，但整体来说，到底京都是京都，江户是江户，区别还是很明显的，因此也无须强辩。因为去来自己便不喜欢其角的俳句，并曾向其角写信贬讽，这也是明证。其角当时虽无回信，但许六因替其角辩护与去来之间多有论争。前面所举的例子都是同样的选题，但实际上在二人的句集中，单从他们各自所选择的写作题材就能看出很大的差别了。去来写得比较多的是花、月、时雨等寻常题材，而其角的句作题材中则包罗了种种特殊的人事。

　　那么芜村又是怎样的呢？对于这些通则，他是稍有偏离的。芜村句作的磊落之处，确有江户之风，不能说他是纯粹的"京都风"。就像前面所说的那样，芜村学于江户，而后将江户的优长带往京都，因此可以说芜村是取京都与江户的两

---

①　原文：猫の子の巾着なふる涼みかな。
②　原文：猫の子のくんづほぐれつ胡蝶かな。

地之长才得以大成的。芭蕉也时常往来于京都与江户之间，他的俳句虽富于种种变化，但因生长于京都一带，句作中总是京都的因素更多。但芜村因长期居于江户，才能将两种元素进行巧妙的调和。话虽如此，不过芜村也正是因为混融了"京都风"，才能有这样温煦流丽、永远平和的气象。（列举俳句从略）这样平和的气象在江户的俳句中是极少的。芜村并不属于纯粹的"京都风"，这一点从其俳句不写于京都也可以看出。芜村之后的阑更属于纯粹的"京都风"，但他仍然受到了芜村等人的影响，作品中不乏有风骨的俳句。然而到了苍虬，则完全转向了毫无风骨的俳句，虽说是大家所作，却只取了京都令人嫌厌的部分，实为下品。（列举俳句从略）

阑更的俳句总给人以万紫千红、友禅一般绮丽的感觉。与之相对，江户有白雄，但蓼太、白雄到底掺杂有些许京都的因素，因此并不适合在此特意列举。成美是纯粹的江户儿，却尊崇去来，他的俳句也是完全的"京都风"。由此可见，后世流派之间的混融是无论如何也无法避免的。

但是京都的苍虬和江户的道彦都擅长剑走偏锋，因而十分有趣，通过举例可知，京都柔和而浅近，江户则不论在趣向还是语言上都善作推敲；京都多写寻常之事，而江户则不管是描写的事物、描写的方法，还是思维都不同寻常，总可以看到其中的变化，这便是江户的秉性。无论举出多少例证，都会得出相同的结论，总能看出两者之间存在这样的差别。

（例句从略）

　　此外，那些普通的俗句中是否多少存在东西两地的差异呢？因为对此没有研究，我们也不得而知，且先视作没有差别吧。但是这些看似相同的俗调到底是"江户风"还是"京都风"呢？虽已被论定为"京都风"，但这些普通的俗调更是从京都传来而在江户流传开的。江户儿的堕落虽然也是很不名誉的事情，但京都人忘记芜村而尊崇苍虬、梅室，更是没有见识了。

　　我在上文中首先对俳风进行了比较，接着必然引起"京都风"与"江户风"孰优孰劣的问题。但这个问题一句话就能说清。"京都风"与"江户风"之间并无优劣之分，反倒是"京都风"与"江户风"中各有优劣，这一点不应忘记。

　　篇幅已长，不再赘述，但这个问题实在有趣，但愿诸君能够再作更为精细的研究。

（明治三十三年四月）

病床六尺[1]

四

西洋古画的照片中，有两百年前荷兰人所绘的风景画，这恐怕是这个时代十分珍贵的资料了。日本只珍视人物画，认为风景画极为平常，但风景画也并不是从上古时代就有的。巨势金冈[2]时代自不用说，即便是到了后来，土佐画[3]兴起，也主要以画人和画佛为主，直到从中国渡来的禅僧等使得两国在佛教上有了相互的交流，中国的山水画也随之输入日本，山水画才在日本流行了起来。

---

[1] 《病床六尺》是正冈子规晚年（明治三十五年，1902）五月至九月写的杂文集，一共127则。这里选译的是与俳论及画论有关的第四、四十五、四十七节。

[2] 巨势金冈：平安初期的宫廷画家，传为肖像画名家。

[3] 土佐画：日本画的一个流派，继承大和绘的模式，由宫廷绘所的画师藤原行广（自称土佐）开其先河，后由土佐光信确立画派，与狩野派形成日本画的两大流派。

在日本，山水画就像其名称所显示的那样，画的大多都是山或水等大幅的景色。但是西洋却不会画那样十分宏大的景色，而是以大树为主的风景画为多。因此，即使是画水，也只画河的一段或水的一部分，跟山水画反而名不副实。

西洋的风景画中，以前画树，会将大树的雄壮描画得极其精细，而近来的风景画中即使是画树，也不再刻画大树的威仪，而是以轻快地描绘普通树木轻盈柔婉的趣味为多了。趣味由坚硬转向柔和、由严密变得轻快，是当今世界的大势，这不仅仅体现在绘画上，也不只是局限于西洋。

我以前在论述文学之美时，将其分为叙事、叙情、叙景三种。有人便对此进行攻击，因为西洋只有叙事、叙情而无叙景，我当时笑说：所以我并不是模仿西洋啊！西洋自古就少有风景画、风景诗，因此学者即便是在进行审美的议论时也似乎不会涉及风景。这都基于西洋人所见所闻的狭窄，不得不说这是他们的缺陷。

（五月八日）

四十五

"写生"，不管是在画画还是写记事文的时候都是极为必要的，可以说不用写生的手法就完全创作不出绘画和记事文。这一手法在西洋早就被运用了，但是从前的写生并不是完全的写生，因此现在需要采取更为精密的手法。但是写生在日本从来都很少见，因此阻碍了绘画的发展，也使得文章和诗歌都缺乏进步。由于习惯所致，即便到了今天，不解写生之味的人仍然十有八九。不管是在绘画还是在诗歌上，不少人都吹捧"理想"，那是他们不知写生之味，认为写生非常浅薄而加以排斥。但事实上理想也是浅薄的，与写生的趣味多变，是完全不能相提并论的。这并不是说理想之作一定拙劣，但是一般来说突显理想的作品大多不好，这却是事实。因为理想表现的是人的思考，既然此人并非罕见的奇才，那他的思考必然不免类似和陈腐。将这样的作品给孩子看、给没有学识的人看、给初学者看时，所谓的理想或许的确可以感染他们；但如果是略有学问见识的人，若非大伟人非同一般的理想，毕竟难以让他们感到满足。这在今后教育普及的社会上是难以避免的。与之相反，写生则是对天然之物的模写，只要天然的趣味发生变化，则写生文、写生画的趣味也会随之变化。写生的作品，看上去虽然稍嫌浅薄，可越是仔细品鉴，越会觉得其变化多样、趣味深远。若说写生的弊害，当然也有许多，但结合现今的实际情况来看，写生的弊害却不及理想的弊害严重。理想一物，可以使人在一息之间跃上屋顶而又落入池中，而写生虽显平淡，却不会出现差错。写生是在平淡之中蕴含至味，实在妙不可言。

(六月二十六日)

四十七

我认为那些见载于《子规》的写生小品文，大多都是在我们觉得叙述稍见精密处就信笔而写，使得文章兴味索然。我们的目的是为了描述事情本身，即使是不厌其烦地描述，如果不够精密的话，读者也是很难理解。我们往往认为，对于亲临实地的自己来说，即便不写下这样的事情也无不可，但是如果给外人看的话，却会因为略去了某一处便使得意思不通。如果是为了给别人阅读而写的文章，自不用说处处都必须写得让人容易理解。或者如果担心文章过长而进行减缩的话，无关紧要的部分不管怎样简写都无妨碍，但对重要的目的物的描写，若有一处不够精密，就会显得无趣了。目的物必须依照自己的经验如实客观地加以描写，这是我在前面所反复论述的。然而，有人虽然想要写出写生的文章，却写成了概念化的记事文，使文章显得枯燥无味。举例来说，若要写地处美国的中国餐馆，只要尽可能精密地写出自己去那家餐馆时的情景就可以了，然而许多人却不写自己的见闻，反而长篇累牍地描述像中国餐馆的特质这样概念化的事情，这作为杂文通讯是很好的，但作为美文就略显无趣了。看起来很多人还是不懂杂讯和美文的区别。以至于可以看到许多像杂志上的"一日记事"那样过于简单、没有什么趣味的文章。我想，如果现在下定决心对事物加以精密地描写，文章应该也能够变得有趣起来。

(六月二十八日)

译后记

本书由我和郭尔雅合作翻译。我主译的篇目有《俳谐大要》《芭蕉杂谈》《文学的本分》《致歌人书》，其余各篇为郭尔雅主译。全书各篇译文均有互校。

本书主要属于文论著作的翻译，但其中有大量丰富的俳句举例，因此也属于俳句翻译即文学翻译的范畴，难度不小。关于俳句汉译，迄今为止仍没有为大家所公认的固定格式，我们权且如此翻译，未能顾及"五七五"的格律，但将俳句的口语化、滑稽洒脱与通俗趣味尽可能加以传达。为了便于读者拿原文参照，我们把每首俳句的原文在脚注（本书所有的脚注均为译者注）中对应列出，请读者对读，懂日文的读者可以试译，并对我们的译文加以批评指正。

本书的翻译出版，幸赖复旦大学出版社及责编王汝娟博士的信任和支持。一年来由于我的研究与教学事务繁多，译稿交稿拖延了将近一年。感谢汝娟的宽容与等待，更感谢她为本书编校出版所付出的心血与劳动。

王向远

2017 年 12 月 25 日

图书在版编目(CIP)数据

日本俳味/[日]正冈子规著;王向远,郭尔雅译. —上海:复旦大学出版社,
2018.8(2019.4 重印)
ISBN 978-7-309-13554-1

Ⅰ.日… Ⅱ.①正…②王…③郭… Ⅲ.俳句-文学研究-日本 Ⅳ.I313.072

中国版本图书馆 CIP 数据核字(2018)第 036244 号

日本俳味
[日]正冈子规 著 王向远 郭尔雅 译
责任编辑/王汝娟
封面设计/周伟伟
复旦大学出版社有限公司出版发行
上海市国权路 579 号 邮编:200433
网址:fupnet@fudanpress.com http://www.fudanpress.com
门市零售:86-21-65642857 团体订购:86-21-65118853
外埠邮购:86-21-65109143 出版部电话:86-21-65642845
浙江新华数码印务有限公司

开本:890×1240 1/32 印张 11.75 字数 202 千
2019 年 4 月第 1 版第 2 次印刷

ISBN 978-7-309-13554-1/I·1105
定价:45.00 元

如有印装质量问题,请向复旦大学出版社有限公司出版部调换。
版权所有 侵权必究